MW00876401

ODIO EN EL ALMA
JULIO CÉSAR PEREA

ODIO EN EL ALMA

Novela de
JULIO CÉSAR PEREA

Copyright © 2024 Julio César Perea

ROQUE LIBROS, *2023.*

Colaboración: Omar Perea

Todos los derechos reservados.

ISBN: 9798875726682

DEDICATORIA

A mi esposa Amarilis,
cuya persistencia logró hacerme terminar esta novela
detenida por la mitad durante varios años
y que ella amó desde el primer momento.

AGRADECIMIENTOS

Agradezco a la vida por haberme premiado con esta pizca de talento
que me ha permitido vivir tantas vidas diferentes
y en tantos mundos distintos.

A mis personajes positivos y negativos que tanto amo y con los cuales he
compartido alegrías y tristezas, triunfos y amarguras, fortalezas y
debilidades. Muchas gracias a todos ellos por haberlos encontrado en mi
camino y por dejarme acompañarlos en un trecho interesante de sus vidas.

NOTA DEL AUTOR

Antes de que el lector se adentre en esta obra, debo aclarar que todo cuanto se relata en pocas páginas acerca del infortunado viaje de los 937 pasajeros del buque "San Luis", en 1939, desde el momento en que fuera fraguado hasta su arribo a las aguas territoriales de Cuba, son desdichadamente verdaderos y aquí están apenas novelados. También son reales todos los hechos concernientes al personaje de Dieter Fuch en Alemania, incluidos su viaje y sus gestiones en La Habana en aquellos momentos. Solo he cambiado su nombre para mi conveniencia, pero en realidad casi todos estos acontecimientos fueron protagonizados por el comandante de la Gestapo Alfred Naujocks, un hombre desconocido para algunos y casi olvidado para otros, pero como se verá, imprescindible en la historia de la Segunda Guerra Mundial. Todos los demás personajes —incluidos los que tuvieron relación con la tragedia en Cuba—, aparecen con sus nombres verdaderos.

Estos hechos se relatan lo más sucintamente posible y su objetivo es que sirvan de base a la trama policial tejida a continuación.

Tanto el segundo viaje de Fuch a Cuba en 1950 como todo el resto de la historia que cuenta esta novela, son de pura ficción, como lo son cada uno de los demás personajes que transitan por estas páginas y son posteriores al "San Luis". Tengo la esperanza de que ellos, positivos y negativos, subyuguen al lector tal como lo hicieron conmigo.

El autor.

PRIMERA PARTE

CAPÍTULO I

Berlín, 1939.

El despacho ocupado por el general Reinhard Heydrich en el edificio de las *SS* era muy amplio; tanto, que su gigantesco escritorio parecía diminuto. Para llegar desde la puerta hasta allí, había que caminar casi diez metros.

Aquel trayecto era recorrido en esos momentos por el comandante Dieter Fuch con un paso suave, cadencioso, casi desenfadado, aunque el uniforme de las tropas de asalto y las lustradas y altas botas negras le ajustaban como un guante.

Francamente, el comandante Fuch era una extraña combinación, porque a pesar de ser atlético y enérgico, era un hombre de estatura mediana y sus facciones no se correspondían mucho con el ideal ario. Tenía un pelo que, a fuer de negro, no parecía natural, su nariz era grande y cuadrada, tenía la piel tan trigueña como la de un gitano y sus ojos eran muy oscuros, casi negros. Por lo demás, su frente era amplia y despejada, a pesar del cúmulo de trabajo, preocupaciones y tensiones en que vivía sumido. Ser uno de los pocos hombres en quienes Heydrich confiaba y depositaba las tareas de mayor complejidad y riesgo, eran suficientes como para tener el pelo como una mota de algodón y exhibir en el rostro más arrugas que la camisa de un pordiosero.

Sin embargo, Fuch aceptaba de buen grado aquella presión. A veces parecía no tener límites, pero él la juzgaba por su lado bueno: en su opinión, ello significaba que su jefe lo consideraba útil, y en tanto esto sucediera, él conservaría no solo el derecho de servir a su *Führer*, sino además el de vivir.

Por otra parte, era el propio Fuch quien había elegido este destino seis años atrás, cuando Heydrich y Himmler luchaban como dos gladiadores para alcanzar el poder que ahora detentaban, aunque ellos no habían dado por terminada esa batalla. No terminaría nunca. Siempre quedaban escalones por ascender y enemigos solapados, muy inteligentes y peligrosos, que a su vez intentaban desplazarlos y debían ser destruidos por cualquier medio.

Seis años atrás, Fuch trabajaba como soldado oficinista en los cuarteles de la Gestapo en Bavaria, bajo las órdenes del sargento Kublinsky, un aliado incondicional de Rudolf Diels, el adjunto de Herman Goering.

Su jefe era un individuo mezquino a quien él odiaba por varias razones: era chantajista y aceptaba emolumentos de algunos judíos para que los dejase en paz, y para él, tenía dos cosas peores: era homosexual y gordo. Para Fuch, ser homosexual era casi tan infame como ser judío, y él odiaba a los gordos incondicionalmente, le parecían unos seres asquerosos.

Hijo de un medianamente próspero tendero de ultramarinos de la ciudad portuaria de Kiel, había ingresado en el Partido Nacionalsocialista a los quince años y trabajó durante largo tiempo como soldador en una fábrica de locomotoras.

Cuando se entrevistó con el gordo Kublinsky para comenzar a prestar sus servicios en las SD, el antiguo detective le aconsejó:

—Si en este preciso instante titubea acerca de la conveniencia de enrolarse, será mejor que se marche de inmediato, porque en el futuro no tendrá la libertad de hacerlo. Una vez aquí no podrá retroceder, permanecerá aquí para siempre. Repito: para siempre… no se abandona con vida el servicio en las *SD*.

Aquello le sonó como un epitafio. No obstante, por una de esas frecuentes y en ocasiones trágicas ironías de la vida, la advertencia tuvo una trayectoria de bumerang.

En 1933, Reinhard Heydrich hizo una imprevista visita de inspección a la ciudad de Bavaria y él y Fuch entraron en contacto. En principio hubo un sondeo amistoso por ambas partes, persiguiendo cada uno un fin diferente: Heydrich, conseguirse un aliado en aquel lugar para apoderarse de la jefatura de las *SD* en una ciudad que no le era adepta, pero la necesitaba para consolidar su poder y el de su protector, Heinrich Himmler, quien todavía no había alcanzado su status de *Reichführer*; por su parte, Fuch quería deshacerse de Kublinsky a quien consideraba un enemigo del Reich por su vida licenciosa y su actitud corrupta, y además, ascender en aquella incipiente actividad para la cual poseía dotes muy acusadas. Fuch era un fanático del Nacionalsocialismo, y en los años venideros, se convertiría en un especialista de la violencia.

Al cabo de tres días de exploración, cuando ambos hombres decidieron conversar todo lo más abiertamente posible en aquella situación, es decir, soltando información a retazos y como al azar, en medio de la conversación, cada uno supo que su unión sería larga y fructífera, porque se complementaban uno al otro admirablemente.

Fuch le lanzó a Heydrich el bocado que éste precisaba: el gordo Kublinsky se había entrevistado a puertas cerradas con Diels solo un par de días antes de su llegada. Por tal razón, era lógico imaginar que se estaba incubando una entrega del poder de las *SD* a Goering de forma encubierta, y éste pretendía detentar un control absoluto de todas las organizaciones para consolidarse como el nazi número dos. Para evitarlo en Bavaria, había que deshacerse de Kublinsky.

A su vez, Heydrich le aseguró a Fuch que no olvidaría aquel favor y él era un hombre de palabra.

Una semana más tarde, sin previo aviso, arribó desde Munich un oficial superior de las *SD,* y habló con Kublinsky durante una hora encerrados en su oficina. Al reaparecer, el gordo tenía el semblante descompuesto y las manos temblorosas. Su aspecto era horrible y se dejaba conducir por el hombre de la *SD* como una oveja hacia el matadero. Nunca volvió a saberse de él.

Al día siguiente arribó el sucesor, Herman Behrends, un abogado de 26 años muy ligado a Heydrich y a su esposa Lina desde los tiempos en que éste era alférez de la Marina.

Fuch fue ascendido a jefe de sección por Heydrich y recibió además sus mejores deseos a través de Behrends.

Pero lo que produjo el ascenso meteórico de Fuch dentro de la organización, fue la preparación e intervención directa en el sangriento hecho conocido como "La noche de los cuchillos largos", labor genial de intriga y ejecución de falsas acusaciones, que logró involucrar incluso a amigos íntimos de Hitler, considerados peligrosos para Heydrich y Himmler, consiguiendo con ello un tremendo golpe de efecto ante Hitler, los consolidó en sus puestos y los convirtió en los dos hombres más temidos del Tercer Reich.

La idea fue de Himmler y Heydrich, pero su planeamiento y ejecución fue cosa de Fuch y Behrends. Ambos fueron ascendidos, pero Heydrich sabía que Fuch había sido el artífice principal de aquel mortífero y peligroso juego. Si algo hubiese salido mal, sus cabezas habrían rodado.

Había por esos tiempos una pareja de espías de origen checoslovaco que pasaban por diplomáticos, eran hermanos y pertenecían a la más alta sociedad. Fuch fue enviado a Praga para entrar en contacto con ambos hermanos bajo la leyenda de un agente de Moscú, preparada de antemano por un doble agente —en realidad nazi—, que los presentó.

La hermosa hermana del comandante se enamoró fulminantemente de Fuch, el agente provocador, pero, además, ocurrió otro hecho imprevisto: él, a su vez, se enamoró también profundamente de la muchacha y vivieron un tórrido romance en Praga. Tuvieron una sola noche de amor que marcó para siempre a Fuch. Involuntariamente, ella le proporcionó al agente alemán las pruebas que él buscaba, y cuando éste se vio en la disyuntiva de traicionar sus convicciones, optó por entregar a la muchacha y a su hermano a la Gestapo. Él fue capturado y obligado al suicidio, pero ella logró escapar momentáneamente de la detención. Fue capturada dos días más tarde en un tren que hacía la travesía entre Praga y Berlín, porque se puso en contacto telefónicamente con su amante y le reveló sus planes. Fue enviada a un campo de concentración del que nunca salió.

Probablemente, ese haya sido el acto supremo de entrega de Dieter Fuch a la innoble causa que defendía, a la que dedicó los mejores años y los esfuerzos más fructíferos de su vida y por la cual asesinó en innumerables ocasiones.

En 1935 le habían ocurrido dos hechos importantes, aunque la única relación entre ambos era que el primero fue ordenado y el segundo provocado por Heydrich.

El primer caso fue producto de su extraordinaria inteligencia, asociada a su instinto de animal de presa, siempre dispuesto para atacar rápida e implacablemente.

Había un hombre en particular a quien Adolf Hitler odiaba más que a ninguna otra persona en el mundo: se llamaba Rudolf Formis y era una especie de genio de la electrotecnia. Durante algún tiempo había sido director de la radioemisora de Stuttgart, y a su vez, sentía hacia Hitler un odio visceral.

Formaba parte muy activa del Frente Negro de Otto Strasser, una de las organizaciones más activas y abiertamente antinazi y era un hombre con un coraje a prueba de cualquier cosa. Formis no era proclive a la violencia, pero sí a la acción y en varias ocasiones había cortado personalmente el cable principal de la emisora cuando Hitler hablaba. Silenciar a Hitler, cuyo mayor acto de autoadoración era escucharse a sí mismo, resultaba un pecado más que mortal. Cuando fue descubierto, Hitler lanzó contra él una orden de captura o muerte, y Formis fue enviado por sus compañeros hacia Checoslovaquia, donde creó una emisora móvil cerca de la frontera, y cada día transmitía clandestinamente hacia Alemania ardientes editoriales antifascistas, así como noticias de los desmanes cometidos por Hitler y sus secuaces, y a las cuales no tenía acceso el pueblo alemán, pues todos los medios de difusión masiva eran controlados, orientados y dirigidos por el Partido nazifascista.

No obstante la orden del Führer, Heydrich sabía que Formis era un hombre con mucho prestigio dentro y fuera de Alemania y asesinarlo era un error táctico.

No le dio un minuto de descanso. Movió a muchos hombres y mujeres para localizarlo y finalmente lo consiguió. Formis solía alojarse en una pensión para turistas cerca de la frontera que era una suerte de centro de operaciones para él.

Hasta donde se sabía, Formis tenía una sola gran debilidad: las mujeres. Por tanto, Heydrich envió a Fuch acompañado por una de las más hermosas agentes con que contaba la Gestapo y la trampa de momento funcionó: Formis cayó en las redes de la bella muchacha que pasaba por hermana de Fuch, pero fue sorprendida por el hombre dentro de su habitación registrando sus papeles. Fue un acto espontáneo de la muchacha sin contar con su compañero.

Se armó un escándalo mayúsculo y cuando Fuch acudió a la carrera, entró por la fuerza en la habitación y se encontró a ambos forcejeando. Detrás de él venían otros residentes y la dueña de la pensión. Fuch le gritó a Formis que la soltara y se abalanzó contra él pistola en mano. El otro intentó arrebatársela y en el forcejeo, el arma se disparó y mató a Formis instantáneamente.

Fuch se quedó desconcertado por un momento. ¡Había matado a Formis y no debía hacerlo! ¡Y lo había hecho delante de cuatro testigos!

Rápidamente se rehízo y comenzó a pensar en sentido contrario: tenía cuatro testigos de que él lo había matado accidentalmente y lo único que podía salvar su cabeza en Alemania era quedarse hasta tanto la Policía checoslovaca hubiese levantado todas las actuaciones.

El malhadado asunto quedó debidamente aclarado ante las autoridades, y Fuch y su "casi violada hermana", regresaron a la *Vaterland*. Fue ascendido por orden directa de Hitler y se le otorgó la Cruz de Hierro. Heydrich le comentó irónicamente en privado:

—Este ha sido el error mejor recompensado de que yo tenga noticia.

El incidente provocado ocurrió cuatro meses más tarde y tuvo varias connotaciones y muy serias aristas.

Heydrich había hecho construir para su esposa Lina —con un préstamo hipotecario de 35 000 *reichmarks*— un hermoso chalet de bálago a orillas del Mar Báltico, en la isla de Fehmarn.

En el chalet se produjo una reunión del alto mando de la Gestapo a la cual Fuch fue citado y cuyo objetivo era planear la desestabilización, de alguna forma, de las fuerzas armadas soviéticas. Al concluir la reunión, Heydrich recibió un mensaje telefónico de Himmler que le obligó a partir de inmediato hacia Berlín.

Fuch tenía su pasaje de regreso para dos días más tarde porque no contaba con la partida de Heydrich y había sido invitado por éste a pasar el fin de semana en el paradisíaco lugar. El propio Heydrich le pidió que se quedara y le hiciera compañía a Lina, porque ella estaba bastante disgustada por su partida.

Se quedó esa noche en un hotelito de Fehmarn y, al día siguiente, Lina se hizo acompañar por él. Siempre había sido el colaborador de Heydrich favorito de su esposa y el entonces general aceptaba esa amistad de buen grado, a pesar del amor desmesurado, casi enfermizo, que sentía hacia ella —era por tanto un hombre muy celoso—, y de la gran aceptación que Fuch tenía entre las mujeres, aunque no era un hombre atractivo; pero Heydrich confiaba en que a ningún insensato se le ocurriera tratar de birlarle su mujer, y, además, él sentía un afecto muy especial hacia Fuch.

Ese día, Lina y él se bañaron en el lago y más tarde estuvieron casi tres horas jugando volibol con otros bañistas que andaban vacacionando por allí. Luego pasaron varias horas más cenando, escuchando música y charlando. Entre ellos había una gran comunicación y realmente la pasaban bien. A ninguno de los dos se le había ocurrido jamás la idea de ir a la cama juntos por la sencilla razón de que no lo deseaban, porque realmente solo existía una sana amistad entre ambos.

Unos días más tarde, a Lina le llegaron rumores de una supuesta infidelidad de su esposo y fue el detonante de una ácida discusión en la cual el temido general echó mano de cuanto argumento se le ocurrió para probar su inocencia, hasta el desdichado momento en que dijo:

—Yo nunca cuestiono tu integridad. Tú misma me dijiste lo bien que la pasaste con Dieter en días anteriores. Estuvieron todo el día juntos, se bañaron en el lago, bailaron... ¿y yo qué hice? ¿Acaso te ofendí con un solo pensamiento acerca de tu moral? Por el contrario, me alegré de que pasaras un día agradable, aunque no fuera conmigo. ¡Ni te pregunté detalles!

—¡Quizás debiste hacerlo! —le cortó ella fríamente.

—¿Qué se supone que quieres decir con eso? —preguntó airado.

—Saca tus propias conclusiones.

—¡Tú no estás loca! —gritó con tono amenazador, pero Lina no estaba entre los millones de personas que le temían.

—Tal vez deberías hacerme examinar por uno de los siquiatras de la Gestapo.

La discusión terminó como siempre con mimos y besos y haciendo el amor frenéticamente sobre la alfombra de la biblioteca, pero al general se le quedó una demoníaca semilla sembrada en su retorcida mente.

Una semana más tarde, Heydrich invitó a Fuch a beber unos tragos en el bar Frida de Berlín.

Al llegar allí, se encontraron "casualmente" con Heinrich Müller, el grueso y rubio jefe de la Gestapo. El coronel Müller era uno de los hombres más brillantes y temidos de Alemania. Con la sola excepción de Hitler, nadie estaba a salvo de caer en manos de aquel agradable hombre de unos cuarenta y cinco años, rubio y de ojos azules como un querubín, aspecto pulcro, maneras suaves y pausadas, y enemigo drástico e implacable de cualquiera que intentase levantar un solo dedo contra el Tercer Reich.

Fuera de su ajustado uniforme, cualquiera habría opinado que Müller era un competente médico, probablemente un cirujano. Y en cierto modo lo era. Solo que cuando se lanzaba en pos de una operación, solía realizar amputaciones radicales. Allí donde penetraba su bisturí, no volvía a aparecer enfermedad alguna.

Müller había estado en la reunión de Fehmarn y se había marchado de regreso a Berlín en cuanto se terminó.

La conversación comenzó de forma intrascendente y fue conducida hábilmente por Heydrich y Müller hacia el tema del adulterio. El coronel, a quien apodaban popularmente "Müller Gestapo", fue quien lanzó la primera insinuación con la más cándida de sus sonrisas, mostrándole a Fuch una parte considerable de su dentadura blanca y pareja.

—A propósito, querido amigo, según creo usted se divirtió muchísimo días atrás luego de nuestra partida de Fehmarn. ¿El lago Plöner es tan bonito como dicen?

—¿Qué quiere usted decir exactamente, Müller? —preguntó Fuch con el rostro súbitamente tenso, apretando con fuerza el vaso que tenía en su mano derecha—. No me gustan las insinuaciones.

—No se altere, capitán —replicó Müller con voz meliflua—. Quien no tiene culpas, no debe sentir temores.

—¿Quién le dijo que yo siento temores, coronel? —ripostó ácidamente y se volvió hacia Heydrich—. ¿Se me está haciendo vigilar, *herr* general?

—No por mí —declaró Heydrich con tono neutro, mientras con la yema de su índice derecho acariciaba a todo su alrededor el borde de su copa—. Ignoraba que la Gestapo se interesara por su vida particular.

—En ese asqueroso comentario estuvo involucrado también el nombre de su esposa —dijo y los miró con desconfianza. De inmediato se percató del juego que se traían. Preguntó en un tono abiertamente retador aprendido en las calles de Kiel—: ¿Cuál es su problema? Si tienen que decir algo de mí, háganlo de frente, como los hombres, no haciendo insinuaciones cobardes como dos viejas chismosas.

Heydrich se puso lívido; sin embargo, Müller disfrutaba como un gordo colegial ante su helado favorito. El primero dijo con una frialdad que le congeló las venas a Fuch:

—Dieter, si usted no ha perdido el paladar, debe haber sentido que su bebida tiene un sabor dulzón.

Fuch se había dado cuenta, pero lo achacó a las adulteraciones que inventaban los comerciantes para sacar mayor provecho de los escasos productos.

—Continúe —le invitó sin dejar de mirarle a los ojos y sin pestañear, manteniendo su mano derecha sobre la mesa. La otra hurgaba imperceptiblemente en el bombacho de su muslo izquierdo, en tanto hacía un gesto en apariencia descuidado hacia atrás para permitir que su siguiente movimiento no fuese advertido por ambos hombres.

—En los cuatro tragos que usted ha ingerido, agregaron cierta cantidad de veneno facilitado por mí. Ese veneno se debe estar mezclando ahora con su sangre —miró su reloj de pulsera con estudiada indiferencia—. En estos momentos, le deben quedar algo menos de seis horas de vida.

Fuch sintió un gran vacío en el estómago; sin embargo, no estaba dispuesto a permitirles que disfrutaran del terror que le invadía el cuerpo como un ácido corrosivo.

—¿Puedo saber finalmente de qué se trata todo esto? —preguntó con agresiva frialdad.

—Capitán, como usted sabe el general es un individuo muy celoso, y el informe de los hombres asignados para la seguridad de *frau* Heydrich se prestaba a ciertas… interpretaciones al respecto de sus relaciones con ella, o quizás sería mejor decir, de sus intenciones hacia ella.

—Todo eso es falso y los dos lo saben. Si querían matarme por alguna razón que desconozco, no tenían por qué formar todo este teatro. Son ofensivas para su esposa y para mí las estupideces que este inmundo cerdo está insinuando —Müller ni pestañeó por el insulto.

—Es mejor que confiese, Dieter —dijo Heydrich con voz calmada, sacando del bolsillo superior izquierdo de su chaqueta un diminuto frasco y colocándolo sobre la mesa al lado de su copa de brandy con sus largos y finos dedos—. Si lo hace y me convence de que toda la culpa no fue suya, le prometo entregarle este antídoto.

Al fin, Fuch logró hacer un último movimiento que le permitió empuñar una de sus armas suplementarias. Usualmente llevaba consigo una pistola especial calibre 32, de las cuales se había hecho fabricar un par como prototipos unos meses antes en los talleres de Krupp. Estaban fijadas a la tela interior de sus bombachos por medio de una funda.

Una fría y tranquila alegría fue sustituyendo su miedo.

—Solo voy a confesar, Reinhard —únicamente ese día osó llamarlo por su nombre y sería la última—, que tanto su esposa como yo somos inocentes y espero que no haya cometido usted la estupidez de asesinar a Lina por las insinuaciones de algún intrigante.

—Dieter, si usted no confiesa, Lina morirá después.

—No, Reinhard, en eso usted se equivoca. Yo no voy a confesar algo que no he hecho y Lina no morirá después, sino se convertirá en su viuda.

—¿Qué quiere decir, Fuch? —preguntó Müller entrecerrando sus ojos con desconfianza.

—Quiero decir que ni me tomaré el trabajo de utilizar ese supuesto antídoto. En mi mano izquierda, debajo de la mesa, hay una pistola que acabará con la vida de ustedes dos dentro de… —miró un reloj de pared situado a su izquierda— algo menos de seis horas. Es mejor que esto sea una broma desafortunada, o un bluff.

—Usted se está tirando un farol, capitán —opinó Müller adelantándose en su asiento.

En un rapidísimo y sorpresivo movimiento, Fuch metió la mano derecha debajo de la mesa y manipuló rápidamente la pistola. El chasquido del carro móvil del arma logró que sus dos interlocutores palidecieran.

—Supongo que conocerán ese sonido lo bastante bien como para saber que les estoy hablando en serio.

El primero en recuperar su compostura fue Müller.

—¿A quién matará primero, Fuch?

—A usted probablemente, Müller.

—¿Me puede decir por qué razón?

—Porque no me gustan los gordos —contestó Fuch con tal simpleza que hizo sonreír a Müller.

Se volvió hacia el otro con el rostro encendido de furia.

—Escúcheme bien, Reinhard, porque no voy a repetir ni una palabra. Solo puedo confesar que soy el único hombre en todo el Tercer Reich que realmente lo respeta. ¿Sabe por qué? Porque soy el único que no le teme. Para mí, el respeto y el miedo son dos conceptos totalmente contrarios. En toda mi vida he respetado —y respeto— a algunas personas, pero no le temo a ninguna. Y eso vale para usted también, Müller. Si esto es una broma o alguna argucia urdida por ustedes, será mejor que ese agregado dulce no me produzca dolor de estómago o mi fortaleza mental no me traicione, porque van a terminar por recoger tres cadáveres de esta mesa. Luego de matarlos, no me quedará otra alternativa que pegarme un tiro para evitar los dolores del veneno o los de los sótanos de la Gestapo. Una última cosa, Reinhard: si esto es una broma de mal gusto o una prueba, cuando salgamos de aquí le quedarán dos caminos conmigo: el primero, deshacerse de mí y trasladarme al más oscuro de los puestos fronterizos, como se hace con aquellos en quienes no confiamos; el segundo, no volver a utilizar otra broma como ésta conmigo, jamás.

—¿Me está usted amenazando, Dieter?

—Hace rato, Reinhard.

Heydrich no pudo evitar que aquella centelleante respuesta de Fuch le arrancara una carcajada. Él tenía un extraño y retorcido sentido del humor.

No hubo forma de convencerlo de que todo era una broma. Se vieron obligados a permanecer allí durante seis largas horas, porque, además, se persuadieron de que Fuch estaba muy dispuesto a matarlos si trataban de marcharse.

La mayor connotación de aquel incidente fue el respeto que inspiró el comandante a Heydrich. No por su valor, ya reconocido, sino por la frialdad con que enfrentó la situación.

Al día siguiente, Fuch se presentó en su lugar de trabajo como si nada hubiera sucedido, y continuó siendo para Heydrich el hombre que mayor confianza le inspiraba.

De igual forma lo entendió Müller.

Los dos altos oficiales quedaron plenamente convencidos de que no solo era un hombre muy fiel, sino además extremadamente peligroso.

En el año siguiente, la misión más importante encomendada a Fuch —la más importante del Servicio Secreto Alemán en 1936—, fue el complot que se orquestó desde las oficinas de Heydrich encaminado a minar las altas esferas del Ejército Rojo, conocida para la historia como "El *affaire* Tujachevski", que culminó con el fusilamiento del más joven mariscal de la Unión Soviética en el patio de la NKVD, y dejó sembrado un profundo desconcierto y desconfianza entre los más altos oficiales soviéticos.

Resultó una operación muy compleja. Mover todos los hilos de aquella inmensa urdimbre requirió de cientos de horas de trabajo por parte de Fuch, de comprobar ocho y diez veces cada movimiento, cada palabra que se pondría en los documentos inventados.

Todo resultó perfecto, tal y como Fuch lo planeó y con aquella vil maniobra obtuvo sus grados de comandante.

Sin embargo, su contribución más importante al engrandecimiento del Servicio Secreto alemán, lo realizó a partir de 1937 por iniciativa propia, aunque con el apoyo de Heydrich y Himmler. Fue una labor larga, paciente y ardua.

Él no era un hombre de ciencia, pero sí estaba convencido de que el futuro del espionaje y de las misiones de sabotaje y asesinato en el extranjero, se encontraba en el campo de la ciencia y la técnica.

Sus ingentes dificultades para cumplir con las cada vez más complejas operaciones asignadas, los reveses que en ocasiones sufría y sus limitados recursos económicos, fueron los principales conductores de esta idea, hasta cristalizar en un diminuto departamento bautizado con el mote de "Los talleres del diablo".

Fuch no tenía prácticamente nociones de cómo hacer las cosas, pero sí una idea muy clara de qué quería y de quiénes podían dar una respuesta científica o técnica a sus interrogantes y necesidades.

Técnicas nuevas como cámaras especiales, micrófonos disimulados en los objetos más corrientes, chalecos antibala, una larga gama de venenos para los cuales contrató al célebre toxicólogo Schalberg, creador de la cápsula de cianuro que se podía alojar en una pieza dental con el objetivo de ser utilizada por los espías para suicidarse si eran capturados en el extranjero (también fueron utilizadas por Himmler y Goering al final de la guerra, ya prisioneros, para evitar el justo castigo de sus crímenes); se crearon nuevos explosivos así como tintas invisibles; se perfeccionaron lentes fotográficos en la fábrica Leica;

también bajo su dirección se crearon los microfilms que lograron meter una foto en un punto de una carta, inventado por el profesor Walter Zapp; se logró fabricar papel especial para falsificar pasaportes idénticos a los verdaderos y diversos tipos de dinero.

Fuch logró prodigios en los talleres y, a medida que transcurrían el tiempo y los éxitos, se fueron ampliando y adquiriendo cada vez mayor importancia.

No obstante, donde demostró ser un hombre brillante fue en nunca pavonearse de sus logros, en no intentar convertirse en centro de admiración, en restar méritos a su trabajo y procurar que fuese Heydrich quien apareciera ante las luminarias y cargara con todos los aplausos. Él era el alter ego, el hombre de las sombras.

Su mayor anhelo en el terreno personal no era salir a la luz, sino, por el contrario, evitar que le sepultasen en las tinieblas eternas.

Terminó de cubrir la distancia que le separaba del buró del general. Unió sus botas, dejando una abertura de cuarenta y cinco grados entre ambas punteras, produciendo un fuerte sonido mediante el violento choque de ambos tacones, miró hacia el frente y sus ojos quedaron fijos ante un enorme cuadro con un retrato en color del *Führer* situado inmediatamente detrás de Heydrich escoltado a su lado derecho por una enorme bandera roja con la esvástica negra. Extendió su brazo derecho a todo lo largo como parte del mismo movimiento, con todos los dedos estirados y unidos.

—¡*Heil* Hitler, *herr* general!

Aparentemente distraído, Heydrich levantó su rostro triangular, de rasgos angulosos. Sus ojos, azules y duros aparecían graves. Himmler los llamaba en privado "ojos de lobo".

Era una mirada que petrificaba incluso a muchos superiores y tenía una capacidad de fascinación diabólica, si bien en un registro diferente de la de Hitler.

—¡*Heil* Hitler! —contestó con escasa pasión—. Siéntese, Dieter.

Fuch se estremeció, aunque sus enérgicas facciones no lo dejaron traslucir. Era insólito que Heydrich llamase a cualquiera por su nombre de pila y cuando pronunciaba el suyo —lo cual hacía con cierta molesta frecuencia—, él se llenaba de recelos y aprensiones, pues sabía que su vida estaría en un peligro mortal en los próximos tiempos.

A pesar de saber perfectamente quién era Heydrich, Fuch no solo sentía adhesión y respeto, sino además una profunda admiración por su brillantez intelectual en campos tan complejos como las matemáticas, para las cuales poseía un agudísimo sentido. En el campo deportivo, era uno de los mejores esgrimistas alemanes de la época. Además, tenía el raro don de captar en su conjunto una situación política y adoptar rápida y acertadamente la mejor solución para sus intereses.

Curiosamente, la música era el campo en el que más le agradaba ser reconocido. Aunque la vida lo llevó por otros derroteros, desde niño estuvo considerado como un prodigio musical. Era un virtuoso del violín. Parecía el colmo del absurdo que uno de los hombres más insensibles del siglo pudiera tocar con semejante maestría música para la cual era imprescindible una sensibilidad especial, extrema, absoluta.

Fuch sonrió imperceptiblemente al recordar que solo a él, Heydrich le había permitido, al menos en público, gastarle una broma en ese sentido.

Fue precisamente en ocasión de su Cruz de Hierro por la muerte de Formis. Heydrich y Lina le habían hecho una fiesta de agasajo con algunas de sus personas más allegadas —treinta o cuarenta—, y el general, a pedido de Lina, había accedido a interpretar el *Liebestraum* de Liszt en su violín. Al finalizar su magistral interpretación y recibir los merecidos aplausos, se acercó a Fuch y le preguntó con una amplia sonrisa:

—¿Hay alguna otra cosa con la que pueda complacer a nuestro querido homenajeado?

—Pues sí —le contestó él con presteza—. Para variar, me gustaría oír alguna vez a un verdadero violinista.

Una estruendosa y casi unánime carcajada siguió a las palabras de Fuch. Por suerte, Heydrich se lo tomó por el lado bueno.

El general cerró la tapa del expediente que estaba examinando y lo colocó a su izquierda, en un lugar vacío de su buró. Se echó hacia atrás, se frotó los ojos con ambos puños y le preguntó sin preámbulos.

—¿Sabe usted dónde queda Cuba?

Fuch se quedó perplejo y de pronto sintió deseos de reír, pues le cruzó por la mente a toda velocidad la idea de que su jefe lo estaba sometiendo a una prueba de geografía, aunque ignoraba con qué fin.

—Es una isla situada en la zona del Caribe, *herr* general —contestó escuetamente.

—Es la más grande de las islas del Caribe y está a las puertas del Golfo de Méjico —aclaró Heydrich—. He investigado un poco sobre ella en las últimas veinticuatro horas y he sabido que tiene un delicioso clima, hermosas mujeres, y uno de los gobernantes más corruptos de todo ese continente. Es donde se fabrica el mejor ron, se cosecha el mejor tabaco y se procesa el mejor azúcar de todo el mundo. Además, su café y su cacao están entre los mejores del mercado. Tiene unas playas maravillosas con unas arenas muy finas, su sol pone la piel tan roja como la de un indio comanche y un verdor lujurioso y de distintas tonalidades de una punta a la otra —se detuvo por un momento y luego sonrió—. ¿Sabe, Dieter? Estoy convencido de que le gustará.

—¿Qué debo hacer allá, *herr* general?

—¡Dios mío! —exclamó Heydrich con fingida desesperación—. Tenía la secreta esperanza de que usted se entusiasmaría muchísimo con la perspectiva de este viaje y poderlo decepcionar después diciéndole a qué debía ir, y usted me ha quitado el bocado de entre los dientes.

—Lo lamento mucho, *herr* general.

El general apoyó los codos en los brazos de su butaca giratoria y unió sus dedos casi delante de su rostro en tanto miraba, aparentemente distraído, cómo éstos se iban colocando en parejas y una mecha de su cabello lacio, casi blanco, le cayó sobre la frente.

—Dieter, voy a hacer una excepción con usted y espero que, a cambio, jamás traicione esta confianza —hizo una breve y calculada pausa—. ¿Sabe por qué está vivo? — Involuntariamente, Fuch se envaró en su asiento por un breve instante, se puso en guardia, y su gesto no se le escapó a su interlocutor, aunque no lo dejó traslucir—. Pues por la misma razón que lo envío a esta… insólita misión. Porque usted es la única persona en quien confío plenamente en todo este ámbito donde vivimos y trabajamos. Exceptuando a nuestro amado *Führer*, por supuesto —Fuch creyó notar una leve sonrisa de burla bailando en las comisuras de los labios de Heydrich al decir estas últimas palabras aclaratorias.

—Me siento muy orgulloso de esa confianza, *herr* general, y haré todo cuanto esté a mi alcance para que nunca se decepcione de mí.

Heydrich asintió levemente.

—Bien, la misión es la siguiente: hay un barco de nombre "San Luis" en camino hacia Cuba. A bordo va un grupo de judíos cuya finalidad es desembarcar en la isla y quedarse a vivir allí. Dentro de este grupo viaja un hombre al que yo quiero de regreso en Alemania.

—¿Debo secuestrar a ese hombre cuando llegue a la isla?

—Sería demasiado complicado y entrañaría muchos riesgos, y aunque allí hay hombres del Reich que podrían ayudarlo, quiero hacer todo lo posible para no echar a perder este asunto.

—¿Entonces?

—Aunque de acuerdo con las circunstancias su desembarco será un poco difícil, debo asegurarme de que nada podrá voltear la suerte de esos sucios judíos. Por eso le envío, para que se encuentre en el terreno, evalúe todas las circunstancias y actúe en consecuencia. Sé que a pesar de Formis —sonrió solapadamente—, usted es capaz de valorar en su justo precio una situación muy delicada como la que se pudiera presentar allí.

—¿Tiene usted alguna sugerencia de cómo conseguir que no desembarquen si las cosas se torcieran?

—Se la dije, mi querido Dieter, pero parece que no me escuchó.

—Perdón, *herr* general, pero no recuerdo…

—¿Acaso no le dije que, entre sus mejores atributos, Cuba cuenta con el de ser dirigida por un hombre muy corrupto? —explicó con la paciencia que mostraría un dedicado maestro ante un alumno duro de entendederas.

—Es cierto, tiene usted razón. Si fuese necesario, debo entrevistarme con ese hombre y convencerlo de las ventajas económicas que supondrían para él hacernos este pequeño favor.

—Precisamente, Dieter. Ha captado usted el matiz exacto de la cuestión. Él nos hará un pequeño favor, nadie tiene por qué conocerlo, y nosotros se lo agradeceremos convenientemente.

—¿Por qué, según usted, es improbable que estos judíos logren desembarcar en la isla?

—Porque es precisamente este hombre, el presidente de Cuba, quien lo impedirá, pero no lo hará por una cuestión racial, política, etcétera, sino por una razón puramente económica y personal. Mejor le relato todos los antecedentes de este asunto, para que tenga una idea lo más clara posible y pueda actuar con pleno conocimiento.

El mes pasado hubo un almuerzo de trabajo en el hotel Adlon de Berlín, y en el transcurso del mismo, el almirante Canaris comentó que había recibido un curioso informe de uno de sus agentes sembrados en La Habana, la capital de Cuba, en el sentido de que este presidente había emitido un decreto — con el número 937—, en el cual prácticamente se prohíbe la entrada de extranjeros en el país en calidad de refugiados. Esto lo motivaron dos razones: la primera, allí existe una alta tasa de desempleo, y la segunda y verdadera, el ministro de Inmigración, un tal Manuel Ramírez, lo había estado engañando con respecto a la cantidad de dinero que debía pasarle de los ingresos correspondientes a inmigrantes, o sea, el tal Ramírez se estaba embolsando la parte del presidente y éste tomó rápidamente sus medidas en cuanto se enteró del fraude del cual estaba siendo víctima.

El presidente no puede mandar al infierno al tal Ramírez porque este es una especie de protegido del jefe del Ejército, que es quien realmente gobierna en el país, por lo tanto, le cortó el camino de esa forma.

A su vez, Ramírez no se quedó tranquilo con el tal Decreto y, como las visas quedaran prohibidas, creó Permisos de Entrada para ciudadanos judíos residentes en el extranjero, de ellos firmó cuatro mil y los vendió, fundamentalmente en Alemania, a un precio de ciento cincuenta dólares americanos. Hizo contacto con alguien en Berlín, y este se encargó de venderlos a nuestros queridos enemigos a quinientos dólares. Mi estimado Dieter, creo que nosotros debimos dedicarnos a vender permisos de salida para nuestros judíos. ¿Se imagina? Seríamos multimillonarios.

Goebbels dijo que él aceptaba de buen grado la idea del *Führer* en el sentido de dar una "solución final" al problema judío, pero hasta tanto esto no se pudiera poner en práctica, él era partidario de dejarlos salir. Naturalmente, si el Reich se reserva el derecho de confiscar todos los bienes y propiedades de esos individuos, así como el pago de unos impuestos como permisos de salida prohibitivamente altos incluso para ellos, y pagaderos en divisas extranjeras, necesarias para robustecer la desfalleciente economía alemana.

En todo este asunto, lo más interesante para el doctor Goebbels como titular de propaganda del Reich, fueron los fines políticos. Según su opinión, a la nación alemana se le podía decir que dejarlos marchar era parte de una operación de "limpieza general", y al mundo, que aquello constituía una clara prueba de que el gobierno de Alemania no ponía obstáculos para que sus enemigos internos se marchasen en paz.

Le preguntó a Canaris qué número tenía el Decreto cubano.

—937 —contestó éste.

—Pues esa es exactamente la cantidad de judíos que enviaremos hacia Cuba.

Canaris, anfitrión de esta extraña alianza, se ofreció para colaborar con el plan en cuanto le fuese dado. Fundamentalmente su ayuda sería en el campo de la información, a través de sus agentes en La Habana. El precio de cada pasaje se valoró en 800 *reichmarks* (marcos imperiales).

Fuch no pudo evitar que sus cejas se alzaran en señal de asombro. Hizo una cuenta mental y se rindió al calcular un aproximado de 750 000 *reichmarks*.

Cuando Goebbels terminó de armar en lo fundamental este complejo tinglado asistido por Canaris, lo hizo a sabiendas de que esos judíos serían rechazados a su llegada. Para asegurarse aún más, enviaron a catorce agentes de la Abwehr para soliviantar a la opinión pública cubana, esparciendo el comentario de que estos individuos eran ladrones, especuladores y desempleados expulsados de nuestro país por su baja catadura moral.

—¿Lo lograron? —le interrumpió Fuch.

—En principio, sí. Una parte considerable de la opinión pública en La Habana está en contra del desembarco de estos judíos.

—¿Entonces...?

—¿Qué tenemos que ver nosotros? Nada. Aparentemente. El problema es el siguiente: leyendo la lista de los pasajeros, me encontré con un nombre que no debería estar allí. No sé cómo logró el maldito escabullirse dentro del grupo. Ahora bien, usted contará con la ayuda de los hombres de Canaris, porque el gordo Goebbels confesó en mi presencia su preocupación de que el Comité Judío de Beneficencia de La Habana o en su defecto el de Estados Unidos o ambos juntos, intervengan y logren voltear la situación. Además, allí hay una especie de comité asesor formado por judíos prominentes con *status* de residentes cubanos permanentes, que pueden ejercer muchas influencias y presiones. Y como podrá imaginar, judíos al fin, tienen bastante dinero. Yo aproveché esta coyuntura para decirles con la mayor indiferencia posible, que, si ellos querían, yo le podría enviar a usted como observador y negociador en caso necesario. Usted es un hombre al cual ellos respetan y por eso accedieron. Por suerte, todo salió bien y no tendrá que trabajar oculto, lo cual supondría una dificultad adicional.

Ignoro si usted está al tanto —me parece que no—, pero Goebbels desató personalmente una violenta campaña propagandística a partir del mismo día 13 de este mes, desde el preciso instante en que el buque despegó de los muelles de Hamburgo, e informó al público alemán y extranjero a través de la radio y la prensa, que estas personas habían huido de Alemania con grandes cantidades de dinero y joyas robadas. En realidad, solo se les permitió llevar el dinero que les fue entregado a bordo para sus gastos de viaje.

Fuch se quedó silencioso.

—¿Qué dudas tiene, Dieter?

—Supongamos que este hombre desembarque y el gobernante se niegue a cooperar o, por cualquier razón que ahora no podemos prever, le resultase imposible acceder a nuestra petición…

—Entonces usted se las ingeniará para traerme a este individuo como sea; pero prefiero hacer lo imposible para conseguirlo de otro modo, porque no quiero llamar la atención de nadie hacia este individuo.

—Si sobre el terreno me encuentro con que no lo puedo hacer regresar de ninguna forma, ¿qué resolución debo tomar?

—Asesinarlo —declaró fríamente.

—Comprendo.

—Dieter, esta misión no es peligrosa para usted, pero sí me temo que le resultará muy molesta, porque deberá recorrer medio mundo para llegar hasta allí; y sumamente delicada, pues nosotros no tenemos ningún ascendiente sobre ese gobierno y deberá extremar sus dotes diplomáticas para que este presidente acceda sin sentirse ofendido.

—¿Sabe alguna cosa comprometedora de este hombre?

—No, no he tenido tiempo para eso. Seguramente su trasero estará tan lleno de mierda como el de cualquier otro tiranuelo del Caribe. Y quien lo puso allí, el jefe del Ejército, es un individuo prácticamente surgido de la nada, pero es quien manda realmente en Cuba y según tengo entendido, es bastante vanidoso. Si se viera precisado a entrevistarse con él, haláguelo sin parecer servil —hizo un gesto impaciente con la mano derecha—. En fin, estoy seguro de que usted sabrá entendérselas con esos hombres. También lo envío porque confío en su inteligencia.

—¿Hay alguna posibilidad de que se me tenga preparada una cita para cuando llegue a ese país?

—Nuestro consulado en La Habana tiene órdenes cursadas en ese sentido y espero que fructifiquen.

Fuch se movió incómodo. Había llegado el momento de hacer la pregunta clave de todo este asunto. Él no sabía nada de la historia del "San Luis" y de todo el barraje propagandístico desplegado a su alrededor, porque se encontraba inmerso en un delicadísimo plan con vistas a provocar un incidente de autoagresión en la radioemisora de Gleiwitz, en la frontera con Polonia, y cuya finalidad era buscar un pretexto para invadir ese país. El plan estaba terminado. Ahora solo quedaba rogar porque los encargados de intervenir directamente en el asalto, ensayaran día y noche y no lo echaran a perder. Lo había dejado todo por escrito porque no permitiría que ningún fracasado le echase la culpa aprovechando su ausencia del terreno en el momento de los hechos.

—*Herr* general, al menos debo conocer el nombre y la fisonomía del hombre al que deberé cerrar el paso —solicitó levantando la vista.

Heydrich estiró el brazo izquierdo y volvió a tomar el expediente que estuvo repasando a su llegada. Se lo pasó.

—Aquí está todo cuanto se sabe sobre este hombre. Deberá leerlo aquí y ahora, porque esa carpeta no debe salir de este despacho. En cuanto lo haya terminado, usted y yo seremos los únicos en saber la información acumulada sobre él.

—Comprendo.

Fuch tardó casi una hora en examinar el expediente, pero lo hizo como una acción de disimulo, porque en cuanto leyó el nombre supo de qué se trataba todo aquello y por qué Heydrich lo priorizaba por encima de la invasión de Polonia, una misión encomendada directamente por Hitler y vital para el futuro de Alemania. Aquel hombre tenía setenta y dos años, se llamaba Samuel Krantz y sin dudas era un hermano o algún otro pariente muy cercano de Sarah Krantz, la abuela judía de Heydrich. Eso era el tormento y la obsesión de su vida. Tener sangre judía era algo insoportable para él. Muchas personas lo sabían, pero nadie osaba tocar ese punto ni de lejos y mucho menos en su presencia. Hacerlo era una invitación a morir.

Sin levantar la vista del expediente, el comandante se percató del nerviosismo del general, algo inusual en él, y por eso se tardó más tiempo. No todos los días uno se podía dar el lujo de ver sufrir a Heydrich.

—Muy bien —dijo finalmente extendiendo la carpeta por encima del escritorio—. Ya sé todo lo necesario. ¿Qué día se supone que el "San Luis" arribe a Cuba y cuándo debo partir?

—El barco debe arribar a Cuba entre el 26 y el 27 de este mes, y usted ya está sobrando en Alemania.

Fuch se puso de pie y se paró en posición de firmes.

—Con permiso, *herr* general.

—Una cosa más, Dieter. Usted ha trabajado intensamente y ha sido muy efectivo para nuestro servicio y para el Reich. Si la misión que le he encomendado no se complica, puede tomarse un par de semanas de vacaciones y pasarlas en aquel país como mejor las entienda. Y no se preocupe por los gastos. El Tercer Reich no se va a arruinar por eso.

—Muchas gracias, *herr* general, lo pensaré sobre el terreno.

El comandante Dieter Fuch arribó dos días más tarde a La Habana, bajo la personalidad de Friedrich von Veidt, un suizo comerciante en relojes. Su verdadero nombre era bastante conocido en occidente y no debía correr un riesgo por demás tonto, siendo él el mayor y mejor fabricante de pasaportes falsos en el mundo.

Eran las nueve de la mañana cuando pasó los trámites de aduana del aeropuerto y tomó un taxi hacia el hotel Plaza, enclavado enfrente de una esquina del Parque Central de La Habana, en la zona más antigua de la ciudad.

Al llegar a su habitación, ordenó que pusieran su maleta en una esquina, al lado de la puerta del baño, y le entregó al botones una modesta propina, no porque él fuera frugal con el dinero, sino porque no estaba familiarizado con su equivalencia. El traía todo su dinero en dólares norteamericanos.

Primero se dio un gran baño utilizando una gran cantidad de jabón y, luego de enjuagarse, se sentó en el fondo de la bañera y allí se estuvo casi media hora prácticamente inmóvil, solo dejando que el potente chorro de agua fría le cayese encima a su libre albedrío.

En los últimos dos días, había estado sujeto a la violenta presión de realizar un viaje lo más corto posible. Había ido de

Berlín hacia París por ferrocarril utilizando el expreso que enlazaba ambas capitales, y de allí emprendió el resto del camino en avión, haciendo cambios en Lisboa, Vancouver, New York, New Orleans, Miami, y finalmente, La Habana. Había rutas más rápidas y directas, pero por las esperas, se tardaría el doble. Por tal razón, decidió ir adelantando viaje tomando cualquier vuelo, siempre que su ruta significara un paso de avance hacia su destino.

Y allí estaba, ¡al fin!, muerto de cansancio, pero feliz de haber vencido su primer obstáculo.

El "San Luis" no debía llegar a La Habana hasta dentro de cuatro días y no había prisa por llamar a su contacto del Consulado.

Salió del baño y, completamente desnudo y mojado como estaba, se acostó, disfrutando de la suave y fresca brisa procedente del mar, de un azul y profundo mar que le recordó de pronto a su amada Kiel.

Se durmió inmediatamente.

Se despertó a las siete de la tarde. Se desperezó y miró hacia afuera a través de los visillos de una de las puertaventanas francesas de su habitación, y vio un cielo cobrizo haciendo una rara y hermosa mezcla con unas nubes plateadas tan bajas, que tuvo la impresión de poderlas alcanzar con muy poco esfuerzo.

Recordó de pronto que el motivo de su estancia allí no era el de llenarse los ojos con la exótica belleza de aquel extraño país.

Se sentó en la cama y tomó el teléfono. Comunicó con la operadora de la centralita del hotel y en su mejor inglés posible, le solicitó la comunicación con el número que deseaba.

Sonaron cuatro timbrazos espasmódicos y una voz, con un estrepitoso e inconfundible acento alemán, le dijo en español:

—Aquí la residencia del señor Wilhelm Wolf. Diga.

—Necesito hablar con el señor Wolf —contestó en alemán.

—Habla usted con él —fue la sencilla respuesta.

—Acabo de llegar de Suiza.

—¡Ah, estoy muy contento de que ya esté en Cuba! ¿Dónde se encuentra hospedado?

—En el hotel Plaza. Debe ser un lugar muy céntrico de la ciudad.

—Así es. Sé exactamente dónde se halla. ¿Le parece bien si paso por usted dentro de una hora?

—Me parece perfecto. ¿Dónde debo esperarlo?

—En la barra del lobby estará bien. Pida un Mohito.

Wolf llegó cuando Fuch estaba consumiendo su segundo Mojito. Su paladar había quedado fascinado por el extraño combinado. Fue algo inusual, porque él no era amante de las bebidas alcohólicas. No las rechazaba, pero podía pasarse sin ellas perfectamente el resto de su vida. Además, las consideraba altamente peligrosas y traicioneras, sobre todo para la lengua. Y aunque él era capaz de soportar tanto alcohol como un cosaco, muchas veces prefería ahorrarse el riesgo.

Se trasladaron hacia una mesa apartada.

Sorpresivamente para él, el diplomático era un hombre joven, aproximadamente de su misma edad, muy educado y culto, de carácter afable, aunque eso no estaba reñido para nada con su alto sentido de la eficiencia y la responsabilidad. Cuando llevaban cuatro o cinco minutos conversando, Fuch comenzó a relajarse y le comentó a su interlocutor que le daba la impresión de ser un hombre feliz.

—Quien tenga todo asegurado como nosotros los diplomáticos y no sea feliz en Cuba, debería ser privado del derecho de vivir —declaró Wolf con una sonrisa—. Independientemente de eso, este pueblo tiene una característica que sobresale por encima de las demás: sus pobladores son capaces de reírse de sus errores, de sus miserias, reveses, desgracias y hasta de la muerte. De todo. Podrían llegar a tener el gobernante más terrible de la historia y se reirían de él. Gobernar a los cubanos no es muy difícil, sino totalmente inútil.

—¡Entonces aquí reina una anarquía total! —opinó Fuch un tanto sorprendido.

—No, no es tan así —contestó Wolf riendo—. Hay de todo, como en todas partes, pero usualmente ellos se toman las cosas más serias por el lado divertido.

—Necesitarían un hombre como nuestro *Führer* —afirmó Fuch con un gesto torvo.

—Créame, *herr* von Veidt, no se lo tomarían en serio.

—¿Pone usted en duda la capacidad de nuestro *Führer* como gobernante? —preguntó Fuch en un tono casi belicoso.

—De ningún modo, *herr* von Veidt, lo que sí pongo en duda es la capacidad del pueblo cubano para ser gobernado. Si un gobernante les hiciera un discurso apasionado como lo son los de nuestro amado *Führer*, ellos lo oirían, si por algún motivo se ven precisados a hacerlo, y a lo mejor hasta se emocionan, pero luego a sus espaldas harán lo que mejor les parezca y les convenga.

—¿Entonces, el gobernante actual de Cuba no se tomará en serio la proposición que le haré?

—Dependerá de los beneficios que él obtenga de esa proposición, pero influirá bastante su nivel de convicción, el estado anímico en que él se encuentre en ese momento, y en que le resulte simpático. Si usted no le agrada, su misión correrá un grave peligro —hizo una breve pausa y observó el rostro preocupado y contrariado de Fuch—. Mire, *herr* von Veidt, cualquiera diría que estoy haciendo la labor del abogado del diablo, pero créame, no es así. No intento desalentarlo, sino situarlo en la posición más exacta posible, para que no cometa un error de apreciación por ignorancia. Faltaría a mi deber con usted y con nuestra Patria si le alentara al facilismo. Créame, estoy cumpliendo escrupulosamente con mi deber al decirle estas cosas.

—Entiendo su posición —murmuró Fuch sombríamente.

—Tal vez sea así. Me gustaría que usted realmente entendiera mi labor en este lugar y no la juzgara superficialmente. Otras personas se hacen la errónea idea de que estamos aquí disfrutando de las maravillas del trópico, en tanto ellos—ustedes se están sacrificando por la Patria metidos en el vórtice del huracán. No es mentira que disfrutamos y la pasamos bien la más de las veces, pero aquí nos situaron, aquí está nuestro puesto en la lucha, lo hacemos lo mejor posible y nos preocupamos por las noticias de allá. Y si no fuésemos nosotros, serían otros quienes ocuparían estos puestos y en sus ratos libres, disfrutarían lo mismo.

—¿Qué le ha hecho pensar que lo estoy atacando o deseo perjudicarlo, herr Wolf?

—Hasta ahora nada. Simplemente, no quiero malentendidos entre nosotros, ya que vamos a pasar algunos días juntos y nuestra colaboración deberá ser lo más estrecha posible, para favorecer su delicada misión y no resulte malograda por un infeliz equívoco.

—Herr Wolf, mi único objetivo es regresar a Alemania con mi tarea cumplida y un gran agradecimiento hacia usted por toda la ayuda que me pueda prestar. ¿Cuándo podría entrevistarme con el presidente Laredo?

—Amigo mío, no sé cuál fue la información que le dieron en Berlín, pero de momento, yo me abstendría de entrevistarme con él.

—¿Qué le hace opinar de ese modo?

—Laredo y Ramírez tienen en estos momentos una situación tan tensa, que el presidente, aunque solo sea para perjudicar a Ramírez, adoptará una actitud intransigente con respecto al asunto de los judíos, lo cual beneficia a nuestra causa, pero es un hombre demasiado susceptible de ser comprado y los judíos tienen mucho dinero. El general Batista es el verdadero gobernante de Cuba y fue quien puso a Laredo en el poder, pero Ramírez es uno de sus colaboradores favoritos, tal vez por lo corrupto que es. Batista puede voltear toda la situación si interviene en ella, pero quizás con el objetivo de no inmiscuirse en la batalla que se avecina entre sus dos colaboradores, ha decidido dar un recorrido por todo el país con el pretexto de atender e inspeccionar las instalaciones del Ejército. Tal vez su ausencia tiene como objetivo secundario analizar la situación para intervenir del lado que mejor le convenga políticamente.

—¿Y desde el punto de vista económico?

—También, porque Batista no ignora que tanto Laredo como Ramírez han estado ganando grandes cantidades de dinero a sus espaldas sin darle participación, y eso no le debe agradar en absoluto.

—¿El general Batista es un hombre difícil de abordar?

—No en ese sentido, pero sí es un hombre con un carácter un tanto voluble, es muy susceptible y muy peligroso.

—¿Entonces, en su opinión, debo mantenerme al tanto de los acontecimientos y tomar decisiones sobre la marcha?

—Yo lo haría así, pero, por supuesto, usted está en libertad de tomar sus propias decisiones.

—Usted se encuentra sobre el terreno, *herr* Wolf, y conoce mejor la situación y las especificidades de los acontecimientos. Si me encomendaron a usted, es debido a su confiabilidad en los más altos niveles y porque respetan su criterio. Estoy de acuerdo con esperar para golpear en el lugar y el momento preciso.

—Me halaga su confianza, herr von Veidt. ¿Ha terminado su Mohito?

Fuch se bebió con entusiasmo el último sorbo de su vaso y asintió enérgicamente.

—Entonces —concluyó Wolf poniéndose en pie—, le llevaré a cenar una comida tradicional cubana, y luego le haré conocer algo de la increíble Habana. ¿Le parece bien?

—Estoy en sus manos, herr Wolf.

El buque "San Luis" de la línea turística Hapag de Alemania, hendió las aguas territoriales de Cuba con su afilada proa a las dos y treinta de la madrugada del sábado 27 de mayo de 1939. Tenía una longitud de 175 metros y su casco era de un negro ominoso. Estaba coronado por dos chimeneas listadas en negro, rojo y blanco, y era servido por 231 tripulantes, entre los cuales había cinco miembros de la Gestapo, dirigidos por Otto Schiendick, un hombre de mala entraña que casi había convertido en un infierno la travesía de tripulantes y pasajeros, y traía la misión de recoger una información secreta de manos de Robert Hoffman, empleado de la Hapag en La Habana y miembro de la Abwehr.

El buque arribó al puerto con 936 pasajeros, porque durante la travesía, ya cerca de La Habana, había fallecido uno de ellos y el gobierno cubano se negó a que fuera sepultado en el territorio del país. Su cuerpo fue lanzado al mar furtivamente, debido sobre todo a una vieja superstición marinera según la cual, cuando alguien muere a bordo, esto atrae desgracias sobre la embarcación y sus tripulantes.

Los pasajeros eran hombres, mujeres y niños huyendo de la persecución nazi y otros provenían o esperaban ser internados en campos de concentración. Todos buscaban escapar de la muerte.

Unas horas después, llegarían los barcos "Orduna" con 154 pasajeros proveniente de Inglaterra y el "Flandre" de Francia, con 104 personas más, y ambos recibieron la orden de fondear en los muelles de la American Ward Line. Ellos habían salido hacia Cuba el mismo día que el "San Luis" y formaban parte del plan de Goebbels para crear rechazo y desagrado hacia los judíos.

A partir de estos hechos, comenzó una larga y cruenta lucha contra el tiempo. Al percatarse de que la situación era demasiado grande para sus capacidades y recursos, el Comité Judío de Beneficencia, cuyas oficinas estaban enclavadas en la calle Aguiar número 556, dirigido por Milton Goldsmith y Laura Margolis, decidieron acudir a sus homólogos de Estados Unidos.

De allí fue enviada una delegación encabezada por el mejor negociador del Comité norteamericano, Lawrence Berenson, un abogado judío muy famoso por ser un tenaz batallador.

El 31 de mayo, Laredo Bru se negó a recibir a Berenson y el capitán del "San Luis", Herman Schroeder, logró entrevistarse con Juan Estévez Maynier, representante especial de Laredo, quien le cerró toda esperanza de que su cargamento humano fuese desembarcado en el país.

Luego de muchas presiones, Laredo Bru recibió a Berenson al día siguiente, y a pesar de sus cáusticas respuestas y negativas, le dejó entrever que dejaría un camino abierto para la negociación, pero ésta nunca sería directamente con él.

A renglón seguido, ordenó a las fuerzas marítimas una conminación para que el "San Luis" abandonara las aguas territoriales cubanas, "como medida preliminar para iniciar cualquier tipo de negociación". El barco de los condenados se situó exactamente fuera del límite cubano.

El compás de espera resultó muy penoso para los fugitivos de la muerte. Los habían convertido en juguetes del destino.

Wolf estaba sentado en su despacho, en tanto Fuch iba y venía como si el suelo que pisaba estuviese al rojo vivo.

—Cálmese, *herr* von Veidt. Usted verá que todo saldrá bien. Otto Ott es un hombre de muchos recursos y antes de que pase media hora, habrá conseguido una avioneta para llevarnos a la Isla de los Pinos.

Otto Ott era un alemán de pequeñísima estatura, sembrado en La Habana desde 1934, bajo la fachada de gerente de un restaurante y tanto Hoffman como otros miembros de la Abwehr no solo lo respetaban, sino también le temían. Ott era tan malvado como pequeño y no alcanzaba los cinco pies de estatura. En una ocasión, Wolf le había dicho a Hoffman que muy posiblemente Hitler abjuraría del fascismo antes que Ott.

—Hay demasiadas cosas en juego como para sentirme tranquilo, mi querido amigo, y mi pellejo es una de ellas. Si fracaso, tendré que pegarme un tiro y la idea no me resulta particularmente fascinante.

—Siempre le quedaría el recurso de establecerse en Cuba. Los hombres inteligentes como usted siempre encuentran acomodo en cualquier parte del mundo.

—No estoy para bromas, Wolf.

—No estoy bromeando.

—¿A dónde se supone que irá a parar esta conversación sediciosa?

—A ninguna parte, si usted no es uno de esos extremistas a quienes aborrezco, y si le estoy hablando en este tono, es porque creo que usted tampoco lo es. Para mí, la vida es lo fundamental. Yo estoy dispuesto a dar mi vida por mi país y por mis ideales, pero no por haber cometido un error. Cuando se produce un revés, nadie se sienta a analizar si uno hizo todo lo posible por cumplir y las circunstancias no se lo permitieron. Es más fácil pedirle a uno que se suicide. Por el contrario, quien debería darse un balazo es la persona que me hizo el encargo. En definitiva, fue él quien cometió el error de escogerme a mí para algo que no podía, o no sabía o no era capaz de hacer o, como en su caso, no era posible hacer.

—Ese es un análisis un tanto cínico de la situación.

—Tal vez —contestó Wolf con ambigüedad, bebiendo otro sorbo de su limonada—, pero lo creo más lógico.

—¿Está seguro de que moriría por la Patria, Wolf?

—Si llegara el momento y tuviera la oportunidad, lo analizaría muy bien. Muerto, no le serviría para nada ni a la Patria ni a mí mismo. Por otra parte, la Patria puede buscar a otros hombres que la sirvan, pero yo no puedo buscar otra vida, porque solo tengo una. Si fuese un gato, no dudaría en dar dos o tres de mis vidas por los más bellos ideales.

El teléfono dejó a Fuch con los labios entreabiertos y nunca llegó a pronunciar la ácida respuesta que estaba a punto de dar a su interlocutor.

Wolf descolgó. Era Ott. Dentro de cinco minutos, serían recogidos por un hombre de su entera confianza para ser llevados al aeropuerto donde los esperaba una avioneta.

También les informó que, mediante una apreciable cantidad de dinero, un conocido suyo le había concertado a Fuch una entrevista con el general Batista y éste les esperaba dos horas más tarde.

Fuch había decidido entrevistarse con el general luego de enterarse de que Laredo Bru había dejado una puerta abierta para Berenson, o sea, estaba dispuesto a recibir un buen soborno. Y solo había una persona con poder suficiente para detenerlo: Batista.

El despacho donde se encontraba Batista era espacioso y confortable, no tan amplio como el de Heydrich, pero sí más acogedor y cómodo. Frente al escritorio de caoba finamente tallada, había cuatro enormes butacas de la misma madera y piel basta haciendo juego con él y eran increíblemente cómodas.

Detrás del jefe del Ejército, cada uno en posición lateral, había dos hombres vestidos de militar que, curiosamente, no lo parecían. Aún para un hombre que venía de tan lejos, resaltaba lo evidente.

El general Fulgencio Batista y Zaldívar, jefe del Ejército de Cuba por obra y gracia de un par de sorpresivos golpes de audacia, era un hombre de estatura mediana, más bien baja, y extremidades cortas, con tendencia a convertirse en un hombre gordo, de piel mestiza y pelo ondulado, pero casi lacio; un tipo de mulato de los que en Cuba son denominados "indios" y generalmente oriundos de la parte más oriental del país.

Aunque sus facciones tenían rasgos negroides, las líneas de su rostro eran más bien suaves, tenía unos ojos muy vivos y achinados y una sonrisa estrecha que le estiraba los labios de un extremo al otro, apenas enseñando una dentadura muy blanca y pareja como la de Müller, e indefectiblemente inducía al recelo.

Aquel hombre era más peligroso que cuanto le habían dicho, intuyó Fuch. No como Heydrich o Müller, abiertamente, sino de una forma más sinuosa pero menos sutil. Heydrich era un lobo y Batista una hiena. Su forma de hablar era brusca y su dicción parecía tosca e inculta, engolaba la voz y hacía que las palabras brotaran de sus labios a veces a trompicones, saltándose letras; pero quienes lo conocían no se llamaban a engaños: era un individuo muy hábil e inteligente, sobre todo para manejar y manipular hombres. Batista estaba muy erguido en su asiento y tenía sus cortos y cuidados dedos enlazados sobre el buró.

Fuch y Wolf saludaron cortésmente al improvisado general y fueron invitados a sentar con un magnánimo gesto.

—Bien, caballeros —inició Batista—, ¿qué puedo hacer por ustedes?

—Señor general —comenzó Fuch en tanto Wolf traducía con gran rapidez y sin titubear—, ante todo soy portador del mayor respeto y los mejores deseos del gobierno de mi país para su pueblo, en particular para usted y en especial de nuestro máximo líder, el canciller Adolf Hitler.

—Me alegra mucho que el señor Hitler haya sido tan amable de enviar sus respetos hacia un país sumamente insignificante como el nuestro —apuntó Batista con suavidad.

—¡Oh, señor general! —exclamó Fuch con una sonrisa tan encantadora que a su vez hizo sonreír a su interlocutor—. Su país es pequeño en extensión comparado con el mío y con otros del resto del mundo, eso es cierto, pero he quedado perdidamente enamorado de él. Quien llegue a este país y no lo ame, es porque no tiene corazón. Cuba no es en absoluto insignificante. La grandeza no se mide por kilómetros cuadrados.

—Tiene mucha razón —Batista entrecerró sus achinados ojos y una expresión muy irónica asomó a ellos—. Ahí tiene, por ejemplo, las semejanzas existentes entre el señor Hitler y yo. Ambos somos pequeños de estatura, él fue cabo y yo sargento en el Ejército —grados insignificantes en figuras insignificantes—, y ya ve hasta dónde hemos llegado.

Fuch encajó el golpe lo mejor posible. Sabía que Batista había mencionado aquellas semejanzas —insultantes para él— solo para hacerlo saltar. Y casi lo había conseguido.

Aquellas palabras tenían muchas implicaciones, pero lo que más desazonó a Fuch fue pensar que Batista lo hostigaba porque él le resultaba desagradable, y eso significaba peligro para su misión.

En ese momento, no le importaba mucho que aquel hombre de sangre corrompida hubiese menospreciado a su *Führer*, pero no podía, de ningún modo, entorpecer su misión. En ese desesperado instante, se sentía capaz de armarle un atentado; sin embargo, con la sonrisa con que había hecho claudicar tantos corazones, ripostó casi de inmediato:

—Yo también soy un hombre insignificante, señor general, y ya ve lo lejos que he llegado: de Alemania a Cuba, no se puede negar que la distancia es considerable.

Batista soltó una sonora carcajada cuando Wolf le tradujo sus palabras.

Los hombres que se encontraban a espaldas de Batista también rieron, en tanto Wolf y Fuch, al mismo tiempo, estaban soltando mentalmente todo el aire contenido en sus pulmones. Un gran alivio se hizo evidente en el rostro del enviado del Tercer Reich.

—Tiene razón, señor von Veidt —a Fuch le sonó bombey, pero lo soportó bastante bien—. Pero bueno, usted no ha recorrido toda esa distancia solo para traerme los amables saludos del señor Hitler.

—Así es, desdichadamente, señor general. Iré al grano. Sé que su tiempo es precioso y no debo abusar de su generosidad.

Había ensayado decenas de veces la forma de enfocar la cuestión y ahora era el momento de concretarlo todo. A esto le llamaban los toreros "el momento de la verdad". Habían pasado las primeras fintas, ahora había que enfrentar al toro.

—General Batista: hace seis días arribó a las costas cubanas un buque trayendo a bordo a un grupo de fugitivos de la justicia de mi país.

—¿Cuántas son esas personas?

—Novecientas treinta y siete.

—Eso suena como una fuga en masa —comentó Batista acariciándose una oreja—. ¿Y cuáles son los delitos que han cometido?

—Diversos. Si me lo permite, aquí traigo un listado con los nombres de esas personas y los delitos imputados. Como verá, me permití hacer este listado en su idioma, porque ignoraba si usted entendía el nuestro.

Le alcanzó un folder con un paquete de veinte páginas presilladas y prolijamente mecanografiadas.

Batista las leyó con detenimiento, volviendo atrás varias veces. Luego miró a Fuch con expresión adusta.

—No soy un experto en la materia, señor von Veidt, pero me parece que todos, o casi todos los nombres de estas personas, son judíos.

—No se equivoca usted, señor general.

—Por razones personales muy obvias, soy incondicionalmente contrario a toda persecución racial, señor von Veidt. Casualmente, mi país tiene en proceso una nueva Constitución en la cual, entre otras cosas, se proscribe totalmente la marginación racial.

—Los judíos no son una raza, señor general, sino una epidemia que debe ser curada de raíz.

Al ver el cambio de expresión en el rostro de Batista, Fuch se aterró y se maldijo mil veces por haberse dejado arrastrar por su espontaneidad.

—Señor von Veidt, usted deberá disculparme, pero no puedo permitir que en mi presencia se haga semejante declaración. Por este camino no vamos a ninguna parte— e hizo un gesto para levantarse.

—Señor general, le ruego encarecidamente que me perdone y me escuche. Lo que quise expresar no era contra los judíos en general, sino contra éstos en particular. Le brindo mis más sinceras excusas por mis impulsivas palabras motivadas por circunstancias totalmente ajenas a todo este asunto en su mayor parte. ¿Me permite explicarle? —al ver un ligero titubeo de Batista, insistió con mucha suavidad—: Por favor.

—Muy bien, le voy a dar esa oportunidad, ni yo mismo sé por qué; pero señor von Veidt, será mejor que su explicación me resulte convincente.

Fuch enrojeció hasta la raíz del cabello al recibir aquella clara amenaza. Él había enfrentado a uno de los hombres más peligrosos e implacables del mundo y casi lo mata por una amenaza, y ahora debía tragarse los insultos de este malnacido solo porque circunstancialmente tenía en sus manos las llaves del destino. ¡Y lo más inconcebible y ofensivo para él: se estaba deshaciendo en disculpas por causa de un grupo de asquerosos judíos!

"Si algún día logramos extender nuestro imperio hasta este país, señor Batista, me encargaré personalmente de que recuerdes este día como el más amargo de tu sucia existencia" —pensó, sin embargo, su voz fue humilde.

—Verá usted, señor general. Yo tengo un problema muy serio en mi familia en estos precisos momentos. Mi única hija, una bella muchacha de catorce años, sufrió un grave accidente automovilístico hace doce días y la he dejado muy grave, internada en un hospital de Berlín, sin saber todavía si se salvará o morirá o quedará impedida de alguna forma para el futuro —mintió descaradamente, con voz queda y el rostro compungido, pero con gran sobriedad, sin exagerar la nota. Sabía que el otro hombre estaba muy atento a sus palabras y a cada uno de sus gestos e inflexiones, buscando tal vez una nota falsa en su historia—. Veinticuatro horas después, fui designado directamente por el Führer para atender el caso de la fuga de estas personas perseguidas por nuestras autoridades debido a sus actos delictivos perpetrados contra el Estado alemán. Me gustaría que el señor general comprendiera por qué estoy predispuesto contra esas personas porque me han obligado, a causa de mi deber, a abandonar a mi amada hija en esa delicada situación y a recorrer medio mundo para impedirles escapar de su justo castigo —dejó transcurrir un breve intervalo para dar la imagen de que titubeaba para plantear su próximo argumento—. Señor general: yo debería estar ahora allí, no solo para cuidar de ella y darle apoyo moral, sino porque —aunque me apena decirlo— yo soy un funcionario de bastante importancia en mi país, y mi presencia es la mejor garantía de que se haga lo imposible para salvarla.

—O como decimos por acá: "el ojo del amo engorda al caballo", ¿no es así? —Batista se reclinó en su asiento y apoyó el codo derecho en el brazo de su butaca para descansar la mandíbula sobre su puño cerrado. Estaba pensativo. Su instinto le decía claramente que aquel hombre le estaba mintiendo impúdicamente. El hilo de su pensamiento fue interrumpido por la voz de Fuch:

—Es un buen símil, señor general.

—Sí, nosotros somos muy aficionados a los símiles —comentó con cierto aire de distracción—. Y dígame, señor von Veidt, ¿cómo puedo saber si lo que usted me ha dicho es la verdad?

—Solo cuento con mi sinceridad y su buena voluntad. Como comprobará por sí mismo, en esa lista no hay millonarios, ni científicos, ni grandes artistas, ni figuras políticas o religiosas del judaísmo internacional, sino delincuentes comunes. Por otra parte, yo he presentado mis credenciales como enviado especial de mi gobierno y estoy ante usted con la presencia de un alto funcionario de nuestro consulado, lo cual da un carácter oficial a mi persona, a mi petición y a mis palabras —hizo un breve paréntesis para hurgar en el bolsillo superior de su americana. De allí extrajo un papel de cinco centímetros de ancho y, doblado, tenía un largo de diez centímetros. Lo tomó entre el pulgar y el índice de su mano derecha e hizo un gesto en dirección al general—. ¿Me permite?

Batista asintió y Fuch le entregó el papel.

—También fui encargado de entregarle ésto —dijo.

Batista extendió la tira de papel y sus ojos se achinaron una vez más, al tiempo que interiormente daba un respingo al leer la cantidad de dinero escrita en el cheque. Cuando levantó su vista desde el cheque hasta Fuch, había un brillo extraño y muy peligroso en ellos.

—¿Usted está intentando sobornarme, señor von Veidt? —le preguntó con un tono avieso, casi belicoso.

A Fuch se le congeló la sangre y el rostro se le demudó. Sin embargo, su reacción fue instantánea.

—No, señor general, de ningún modo. ¡Que Dios me libre de hacerle semejante ofensa! —protestó apasionadamente—. Sería imperdonable. Además, mi gobierno nunca se haría culpable de tal falta de tacto ni yo me arriesgaría por nada del mundo a violar las más elementales normas de cortesía ni a fomentar un incidente perjudicial para las magníficas relaciones existentes entre nuestros dos pueblos.

—Entonces, ¿qué significa este cheque? —preguntó con lo que él usualmente llamaba, en forma jocosa, su voz de tenor y que mantenía en vilo a Fuch.

El oficial alemán tenía la frente perlada de sudor y sus manos estaban húmedas y pegajosas. En ese momento, sentía un odio irrefrenable hacia sí mismo, pero también hacia

Heydrich, hacia Batista y hacia los judíos con creciente intensidad.

—Es solo un gesto de buena voluntad, señor general. Mi país es rico, tiene mayores recursos económicos y mi gobierno conoce, a través de nuestra misión diplomática en La Habana, el empeño que usted se toma para mejorar el nivel de vida de su pueblo en la medida de su alcance. Sabemos de su extensa obra en la construcción de hospitales, carreteras, escuelas, etcétera. Solo significa eso: un aporte desinteresado para una de sus obras benéficas, el deseo de dar un paso de avance en nuestras relaciones y que éstas sean más fuertes, más estrechas, y, sobre todo, más beneficiosas para ambos.

—Es curioso —dijo Batista contemplando el cheque y bajando la voz un par de tonos—. Esta cifra es exactamente la mitad de lo que nos va a costar un hermoso hospital infantil pertrechado con el equipamiento científico y técnico más moderno de nuestros días. Tenemos ese hermoso proyecto hace mucho tiempo, pero no habíamos conseguido el presupuesto necesario para llevarlo adelante. Al menos, con esto podremos iniciarlo —Batista lo miró con la más falsa sonrisa que Fuch recordara—. Con esta obra, evitaríamos que algunas de nuestras jóvenes se encuentren un día en una situación tan comprometida como la de su hija, señor von Veidt.

A pesar del nuevo ataque por parte del jefe del Ejército cubano, Fuch se lanzó en una ofensiva hasta el fondo.

—Señor general, si me pongo en contacto con mi gobierno, de seguro ellos estarán muy felices de aportar la otra mitad, para que su proyecto no sufra ninguna interrupción.

—¿Para cuándo tendría noticias del resto de su aporte, señor von Veidt?

—Creo poder dejar ese asunto felizmente tramitado antes de abandonar este hermoso país.

—¿Y eso será...?

—Cuando las personas fugitivas del "San Luis" sean enviadas de vuelta hacia Alemania. De lo contrario, deberé quedarme para iniciar los trámites de su extradición.

—Comprendido —Batista se puso de pie y Fuch lo imitó instintivamente. Estuvo a un tris de lanzar allí mismo y por reflejo un enérgico "*Heil* Hitler", pero se contuvo justo a tiempo—. Estudiaré con mucho cuidado la petición de su gobierno y le haré conocer mi decisión, aunque le adelanto que para nosotros es una prioridad la construcción de ese hospital.

Se dieron un apretón de manos donde quedó sellado el trágico destino de los viajeros del "San Luis".

Cuando llegaron a la calle, Fuch se detuvo de pronto, se secó vigorosamente el sudoroso rostro y las manos, y le dijo a Wolf:

—¿Sabe una cosa? Acabo de aprender una gran lección: hay pocas profesiones en el mundo tan abominables como la de los diplomáticos. Ese hombre me ha hecho sudar de lo lindo en solo diez minutos.

—Pero al final usted logró su objetivo, señor von Veidt.

—¿Está usted seguro de que no fue él quien logró el suyo?

—Digamos que obtuvieron un honroso empate —condescendió Wolf.

—Una respuesta muy diplomática. De todos modos, no me sentiré a gusto hasta tanto no me haya dado un prolongado baño y me haya bebido como mínimo una decena de Mohitos bien cargados de ron.

Desde la ventana del despacho, Batista vio a los dos hombres salir a la calle y detenerse para conversar brevemente.

Sonrió.

—¡Mira que estos europeos complican las cosas por gusto! —murmuró.

Al día siguiente, 2 de junio, a las once de la mañana, el "San Luis" abandonaba las aguas territoriales cubanas con 907 pasajeros a bordo, pues debido a gestiones personales, se logró desembarcar a cinco personas, entre ellas, dos niñas que eran hermanas y poseían visas anteriores a la fecha de emisión del Decreto 937, uno había intentado suicidarse y estaba grave en el hospital "Calixto García" en El Vedado, y veintitrés se habían lanzado al agua cuando el buque estaba fondeado, desembarcaron por su cuenta, clandestinamente, y se quedaron.

Ese mismo día, Berenson recibió, entre otras, la visita del jefe de la Policía, el coronel Bernardo García, quien dijo ser portador de la propuesta de Laredo Bru para solucionar todo el asunto llevando a los pasajeros para la Isla de Pinos, abonando la suma de $ 443,000.00 por los permisos de entrada, más $ 150,000.00 para el presidente.

Berenson lo despidió con muy poca cortesía, pensando que era solo uno más intentando sacar provecho de la situación. Fue un lamentable error en aquellos decisivos momentos: el coronel García era en realidad el enviado extraoficial de Laredo Bru.

Cuando Fuch se enteró de la decisión presidencial de no negociar, supo que había alcanzado su objetivo y decidió acompañar a Robert Hoffman en el viaje que tenía planeado a los muelles de la American Ward Line. Hoffman trataría de llegar al barco antes de su salida para entregar a Otto Schiendick la información secreta que había obtenido sobre un novísimo sistema de detección de metales construido en Estados Unidos. Fuch quería ver por sí mismo cómo el "San Luis" se alejaba de las costas de Cuba.

Desde la cubierta del barco, junto con el puerto, los viajeros veían alejarse las esperanzas que habían abrigado durante su azaroso viaje. Sus sueños de libertad habían quedado rotos definitivamente.

En el puerto, un grupo de familiares y amigos de los fugitivos contemplaban impotentes cómo aquellos hombres, mujeres y niños eran enviados hacia la muerte.

Fuch se mantuvo durante algunas horas allí, en tanto Hoffman realizaba sus gestiones. Estuvo muy cerca de ellos, pero no demasiado, para no sentirse contaminado por el roce de aquella odiada y maldita raza, así como para no parecer excesivamente curioso y despertar sospechas acerca de su presencia en aquel lugar.

De vez en cuando se regodeaba paseando su mirada de uno a otro. El rostro más odiado fue el de un anciano muy barbudo que no cesaba de lamentarse y lloriquear en aquel idioma repulsivo. Además, él odiaba por naturaleza a las personas débiles de carácter. No soportaba la cobardía ni la pusilanimidad.

En cambio, lo impresionó muchísimo el de un hombre muy joven, de poco menos de veinte años, que se encontraba unos pasos hacia su izquierda de pie, inmóvil, con los brazos cruzados sobre el pecho y una mirada de profunda ira, observando cómo se alejaba el barco. Sus labios estaban apretados y sus mandíbulas contraídas, tenía el rostro enrojecido y las aletas de la nariz se le distendían con cada furiosa bocanada de aire que inhalaba. Su expresión era terrible. Las lágrimas que corrían por sus rosadas mejillas eran de odio e impotencia.

"He ahí un carácter que, bien dirigido, podría dar un excelente asesino para el futuro" —pensó el experimentado agente alemán.

El día 3, el gobierno de Estados Unidos hizo una declaración pública prohibiendo también su desembarco en ese país, porque si bien el norteamericano medio condenaba la política nazi, igualmente se oponía a ofrecerle un hogar a sus víctimas.

No se obtuvo el acuerdo con Laredo Bru, puesto que a partir del día 2 se mantuvo hermético en cuanto a las posibilidades de negociación.

El día 7, Klaus—Gottfried Holthusen, director de la Hapag, envió un cable al capitán Schroeder en el cual le ordenaba regresar de inmediato al puerto de Hamburgo.

Ese mismo día, el capitán recibió otro cable de Morris Troper y Joseph Kennedy (de los Kennedy de Boston), declarando que estaban haciendo gestiones para que diversos gobiernos europeos asumieran a los emigrantes. El atribulado Schroeder decidió dirigirse hacia Europa sin prisas, para facilitarle a los negociadores el tiempo necesario.

El día 13, un mes exacto después de su salida de Hamburgo, fueron autorizados a desembarcar 288 emigrantes en Inglaterra, 224 en Francia, 214 en Bélgica y 181 en Holanda.

Cuando en septiembre de ese mismo año la maquinaria bélica nazi invadió Europa, la mayoría de los emigrantes se vieron capturados de nuevo en la trampa.

El tío abuelo de Heydrich fue localizado en un campo de concentración en Holanda y conducido a Alemania para ser exterminado.

Al irrumpir la guerra, Wilhelm Wolf fue llamado a Berlín y destinado primero a Polonia y más tarde al frente del este, donde murió durante la cruenta batalla por Stalingrado. Nunca supo que su brusco cambio de suerte se debió a un informe de Fuch donde lo acusaba de no ser un funcionario leal al *Führer*. Sin embargo, en sus horas de ocio, cuando recordaba los tiempos felices pasados en Cuba, una involuntaria sonrisa se dibujaba en su rosado rostro al evocar los quince días de placer pasados en compañía de su gran amigo Friedrich von Veidt.

De los 937 pasajeros que partieron inicialmente de Hamburgo, solo 240 sobrevivirían a la guerra; en su mayoría, aquellos que desembarcaron en Inglaterra. El resto, de una forma u otra, fue víctima del más terrible crimen registrado en la historia de la humanidad.

CAPÍTULO II

Yaguajay, Las Villas, 1949.

La bala atravesó limpiamente el pecho del hombre y salió por la ventana situada a sus espaldas.

Cristina escuchó con toda claridad cómo el proyectil iba rompiendo las distintas capas de aire hasta restablecerse en su lugar el sonido de las ramas de los árboles, batidas esporádicamente por el escaso viento.

Había matado a un ser humano por primera vez, y lo más curioso era que no estaba asustada, ni siquiera se culpaba por haber cometido aquel supremo delito; al contrario, solo sintió una malsana alegría por haberse librado de aquel escollo que persistía en poner en peligro su seguridad, su bienestar y el de sus hijos.

Todo en la vida tenía sus límites, se dijo, y aquel asunto ya había traspuesto el suyo.

Su esposo era un hombre muy importante en el micromundo donde ambos vivían. Una especie de Dios todopoderoso a escala reducida; un individuo cuyo único objetivo era ascender en la vida, llegar a ser alguien. Desde mucho tiempo atrás, él había dejado de ser nadie. Sus propósitos se estaban cumpliendo uno a uno, pero para ello había sido necesario desatenderla casi por completo. Solo hacía el amor con ella esporádicamente, cuando otras camas no lo reclamaban.

En realidad, a Cristina ya no le importaba esto, y mucho menos cuando comprendió que su posesión por él era un acto salvaje, brutal, primitivo; como si la odiara, como si cada vez que arremetía hacia dentro de su cuerpo creyera estarla asesinando. Y lo hacía con un frenesí bestial.

En innumerables ocasiones llegaba a la casa más bebido de la cuenta y la emprendía contra ella. A veces se excedía y sus propios amigos lo reprendían. Le decían que su trato hacia ella era inconveniente para sus relaciones políticas. De momento se contenía, pero cuando todos se marchaban, le venía encima el vendaval.

Se pasaba la vida diciéndole puta y un día decidió tener un amante, para justificar de algún modo aquel epíteto que le había colgado como un sambenito. Desde entonces no le ofendía la palabrita. Y mientras él libraba sus batallas extramaritales, ella se dedicaba a sus pequeños combates lo más discretamente posible.

Su amante era bastante bueno en la cama, si bien no se distinguía por ser cariñoso, pero tenía dos cualidades más importantes para ella: conocía el valor del silencio y era capaz de enfrentar a su marido, por ser un hombre al cual no intimidaba la violencia.

Cristina escuchó un ruido a sus espaldas y se volvió rápidamente aprestando el revólver en su mano izquierda. Se quedó de una pieza. Detrás de ella estaba su hija mayor, la obesa y sonrosada Luisa, de siete años de edad, cuyos gruesos labios habían quedado entreabiertos   mirando con ojos asombrados a la víctima, con aquella mirada en la que todos creían ver a una niña tonta, retardada, algo que no era en absoluto. Ahora su mirada era como vidriosa, alelada; sin dudas, lo había presenciado todo y se encontraba bajo los efectos de un terrible shock, como si estuviese dormida de pie con los ojos muy abiertos, o no creyera lo que había visto y todo fuera producto de su fértil imaginación infantil.

Cristina colocó suavemente el revólver sobre el mueble del bar, avanzó hacia su hija y se puso de rodillas delante de ella.

La sacudió levemente por los hombros y la llamó por su nombre, pero Luisa no reaccionaba. Seguía con la mirada fija en el cadáver de Rolando. Le dio unas ligeras palmadas en las gruesas mejillas, pero éstas resultaron infructuosas. "¡Estúpida! —pensó—. ¿Cómo se me pudo olvidar que ella estaba ahí? He salido de un problema y me he metido en otros dos más graves. Si a Luisa le da por hablar, estoy hundida sin remedio. Todos mis planes se irán al infierno".

Condujo a la niña a su cuarto prácticamente a empujones. Ella continuaba con aquella mirada catatónica. La llevó hasta la cama y la acostó. Cerró la puerta tras de sí y comenzó a frotarse las manos nerviosamente.

"Piensa Cristina cómo vas a salir de este atolladero. Lo primero es desaparecer el cadáver, pero, ¿cómo? Ese maldito pesa casi doscientas libras. A rastras no llegaría muy lejos con él. Si le prendo fuego a la casa podrían reconocer después su cuerpo, eso lo he leído y no voy a cometer semejante idiotez. Si lo meto en el sótano, dentro de unos días se va a sentir la peste a varias leguas de distancia —miró hacia el cadáver con ira—. No sé cómo todavía, pero cuando yo termine contigo no volverás a aparecer hasta el juicio final".

Se dirigió hacia la puerta de entrada, salió al portal y se apoyó en la baranda de madera que rodeaba toda la casa. Comenzó a mirar atentamente a su alrededor buscando alguna idea salvadora. En los vastos terrenos de la finca no se movía ni una sola hoja. El calor era infernal. Se pasó la mano por la piel del pecho. Estaba toda sudada.

"Hasta los caballos están inquietos con este vapor que sale de la tierra —sus pensamientos se detuvieron en seco—. ¡Los caballos! ¡Ahí está la solución! ¡Yo no lo puedo arrastrar, pero uno de esos lindos caballitos lo hará por mí!"

Sintió deseos de darles besos a las bestias y, con una sonrisa de triunfo, se lanzó hacia el cobertizo en busca de una soga. La halló en un madero macizo colocado perpendicularmente a la pared, detrás de una montura mexicana que no se utilizaba nunca.

En esos momentos, oyó el ronroneo de un motor acercándose y reconoció el sonido de inmediato. Sintió como un puñetazo en la boca del estómago. Era el jeep de su esposo.

"¡Estoy perdida! —pensó presa del pánico—. ¿Qué hago ahora? ¿Cómo impido que entre a la casa y vea el cadáver? ¡Ese condenado se me ha atravesado hasta después de muerto! ¡Piensa, coño, piensa!"

Observó la columna cuadrada y ancha de madera dura que había ante sus ojos y tomó una resolución inmediata. Cerró los ojos con fuerza y le pegó un violento puñetazo al madero. Le saltaron lágrimas de dolor y un fuerte corrientazo le subió por todo el brazo hasta el hombro.

Salió del cobertizo cuando el vehículo se detenía frente a la imponente casona de madera. Joaquín haló con fuerza la palanca de la emergencia y descendió. Como de costumbre, traía puestas aquellas botas vaqueras que las costillas de Cristina conocían de memoria.

Joaquín Montalvo era un hombre corpulento, más bien bajo y de extremidades cortas. Su cabello era castaño y algo escaso a partir de la frente. Tenía el rostro rubicundo, y esto se acentuaba un poco debido a su creciente afición por el alcohol. Siempre iba completamente afeitado.

Él reparó en la presencia de su esposa y se detuvo con un gesto a la vez intrigado y torvo. Cuando ella se le aproximó a dos pasos, él le preguntó con excesiva brusquedad:

—¿Qué hacías en el cobertizo?

Ella alzó la cabeza con los ojos llenos de lágrimas y el hermoso rostro congestionado por el dolor.

—Intentaba calmarme.

El preguntó con sarcasmo:

—¿Y a qué se deben tus lagrimitas? —antes de que ella contestara, agregó—: ¿Dónde está Rolando? Me llamó para encontrarnos aquí a esta hora.

Cristina pensó mucho sus siguientes palabras. Un solo paso en falso la pondría en una situación muy delicada.

—Por eso estoy llorando —y comenzó a sollozar muy bajo, pero de una forma aparentemente incontenible. Después dijo hipando de manera intermitente—: Ha... pasado... algo... horrible.

A Joaquín comenzaron a subirle los colores a la cara. La agarró por la blusa violentamente con ambas manos.

—¿Dónde está Rolando? ¿Qué coño le ha pasado? —la sacudió varias veces cada vez con mayor fuerza. De pronto se detuvo—: ¿Qué le has hecho? ¡Contéstame, maldita seas, qué coño le has hecho?

—¡En la sala! —contestó ella con un sollozo, casi un grito— ¡En la sala!

Joaquín la soltó de una forma muy brusca, casi la derribó, y se lanzó a correr hacia la casa mientras la voz de Cristina lo perseguía repitiendo sin cesar:

—¡En la sala!, ¡En la sala!

Cuando él desapareció de su vista en el interior de la casona, en los ojos de la mujer apareció una mirada diabólica, en tanto continuaba apretando con fuerza su mano izquierda, ya ennegrecida por la inflamación. Volvió a gemir de dolor.

Joaquín se apoyó sobre una de sus rodillas y se inclinó sobre el cuerpo de Rolando. Su rostro se había convertido paulatinamente en una máscara casi violeta producto de la fuerza sobrehumana que hacía para contener sus terribles emociones. Palpó despacio con sus dedos en el cuello de Rolando, bajo la oreja izquierda, y de entre sus labios apretados salió un gemido de dolor. Él había estudiado medicina y sabía. El hombre que yacía sobre el suelo estaba irremisiblemente muerto.

Comenzó a acariciar muy suave el frío rostro y sus ojos se fueron llenando de lágrimas mientras sudaba copiosamente. Todo su cuerpo temblaba.

—¡Maldita! —murmuraba y repetía una y otra vez—. ¡Perra maldita!

Cristina había entrado muy silenciosa y estaba sentada sobre una butaca muy mullida situada en el centro de la sala de estar, a unos diez pasos de Joaquín. Metió su mano inflamada entre el costado de su cuerpo y el brazo lateral de la butaca oprimiéndola fuertemente.

"¡Dios mío! —pensó—. ¡Ojalá esto termine pronto o me quedaré sin mano! Este condenado dolor me está matando. Debo haberme fracturado varios huesos".

Joaquín se volvió hacia ella en tanto se incorporaba con un poco de esfuerzo, debido a los veinte kilos sobrantes en su cuerpo.

—¡Esta vez te pasaste, Cristina! ¡Esta vez fuiste demasiado lejos! —le gritó con furia.

Ella, con una seráfica expresión de dolor, lo miró de frente y dijo muy baja y entrecortadamente:

—No pude evitarlo. La culpa no fue mía, te lo juro por la vida de mis hijos. Yo sé que él y tú eran muy unidos desde niños, pero él intentó separarnos muchas veces y siempre intrigaba contigo contra mí —hizo un movimiento lateral y casi se sentó sobre su mano. Lanzó un nuevo gemido y sus párpados se crisparon de dolor. Sudaba frío—. Hoy no sé qué locura le entró. Estaba un poco bebido o algo, no sé. Se me abalanzó encima y trató... trató de... ¡Oh, Dios mío!

—¿Trató de qué? —preguntó él secamente adelantando varios pasos hacia ella con actitud amenazante.

—¡De forzarme, de forzarme! —hipó de nuevo—. Quería acostarse conmigo.

Joaquín se cubrió el rostro con ambas manos vigorosamente, intentando contenerse. Ella agregó:

—Me dijo sé buena conmigo, él nunca se enterará, porque no se imaginaría jamás que tú y yo lo hiciéramos, pero siempre me había deseado en silencio. Estiró una mano hacia mí y lo abofeteé —volvió a sollozar por un instante—. Me dijo muchas cosas desagradables. Me agarró por una mano y trató de que yo le tocara... allí. Forcejeando logré desasirme, aunque él era más fuerte.

Sollozó profundamente mientras miraba a Joaquín intentando calcular el efecto que su cuento producía en el hombre. No comprendía por qué él estaba asumiendo aquella actitud de sorda ferocidad y esto la atemorizaba un poco; solo un poco, porque ella no era una mujer fácil de asustar.

"Debo remendar un poco la historia para hacerla más creíble o la voy a pasar muy mal —analizó—. Sé lo que está pensando el muy maldito: cómo luché tanto con él y mis ropas no están rotas ni mi cuerpo magullado. ¡Dios mío, ayúdame a salir del atolladero o esta pobre pecadora va a pasar el resto de su juventud en una prisión!"

—Intenté disuadirlo y no pude. Le rogué que no me hiciera daño, que estaba embarazada y nos iba a matar a los dos, pero no me hizo caso y se me abalanzó otra vez encima. Me agarró por los hombros y en el forcejeo fuimos a parar al mostrador del bar, donde estaba mi cartera. Allí logré hacerme fuerte y lo empujé, y antes de que pudiera recuperarse, saqué el revólver de mi cartera y… ¡Oh, Dios mío!

Cristina tenía su hermoso rostro bañado en lágrimas.

—Yo no quería matarlo, te lo juro. Solo pretendía asustarlo, detenerlo, pero él creyó que no le tiraría, y se rio y avanzó hacia mí otra vez. Tuve miedo y le disparé. ¡No puedo más, Joaquín! —gritó apretándose la mano con mayor fuerza—. ¡Si no me ayudas me voy a volver loca!

Él llegó hasta el mueble del bar. Su rostro estaba muy alterado, como a punto de estallar. Miró la nuca de su esposa en tanto sacaba un pañuelo del bolsillo posterior de sus pantalones. Con el pedazo de tela cubrió el revólver, un pequeño Colt de calibre 32 y lo empuñó con firmeza.

—Eso no es cierto. Nada de eso es verdad y nadie lo sabe mejor que yo. Calculaste muy mal, me has dicho una mentira tras otra y tus errores te van a costar muy caro, Cristina.

Amartilló el revólver y avanzó un paso hacia el costado derecho de su esposa. Al oír el sonido del martillo, ella sintió un erizamiento en los vellos de la nuca.

Él avanzó otro paso y le puso el cañón del revólver en la sien.

—¿Qué vas a hacer? —preguntó ella refrenando su llanto.

—Voy a matarte, Cristina. Más bien —se detuvo por un momento mirándola con un odio calculado y frío—, voy a asesinarte, como tú has hecho con él.

—Tú no puedes hacer eso, porque te he contado la verdad.

—¡No me digas más que intentó violarte! —le gritó Joaquín en el rostro y la haló por los pelos con su mano libre.

—¡Sí, sí lo hizo! —gritó ella a su vez—. ¿Por qué siempre le has creído más a él? ¡Yo soy tu esposa!

—¡Eres tan estúpida y tan ciega que jamás te diste cuenta de que él era homosexual!

—¡Eso es mentira! —chilló.

—No, no es mentira, amor mío. Nosotros teníamos relaciones desde niños —y empezó a sollozar halándole más el pelo y oprimiendo más el cañón del pequeño revólver contra su cabeza—. ¡Él era la única persona que me amaba de verdad, solo él me lo daba todo sin pedirme nada a cambio!

Cristina sintió como si la sangre se helara en sus venas. Comenzó a comprender que todo aquello era cierto. Iba a morir por estúpida, pero no podría impedirlo.

—¡Varias veces me dijo que tenías un amante, pero no quería creerlo! —continuó él con el rostro enrojecido—. ¡Claro, ahora comprendo! Él te sorprendió con otro hombre o lo descubrió de alguna forma y vino a darse el gusto de decírtelo. ¡Por eso lo mataste!

Sin embargo, la mente de aquella mujer era tan retorcida, que comenzó a ver más allá de su muerte.

—Vas a cometer un grave error si me asesinas —le dijo con voz más serena—, porque tú no eres capaz de hacer nada bien.

—Estás equivocada. No soy tan tonto como tú piensas. Todo esto aparecerá como un suicidio, como si te hubieras matado después de disparar contra él. Algunos se burlarán un poco a mis espaldas y otros me compadecerán, pero a nadie se le ocurrirá pensar en un asesinato. Y el tiempo terminará por borrarlo todo.

—¿Estás seguro?

—Voy a llorar mucho en los próximos días y todos pensarán que es por ti. ¡Adiós, Cris...! —una suave y lenta expresión de inteligencia comenzó a dibujarse en su rostro, mezclada con su rabia sorda—. Tienes razón. Así parecerá un asesinato —caminó despacio por detrás de ella sin soltarle el pelo hasta situarse en el lado contrario—. Había olvidado que tú eres zurda, amor mío.

—Precisamente por eso —replicó ella con mordacidad—, cualquier tonto sabrá que me asesinaste, y el jefe de Policía de este municipio es cualquier cosa... menos tonto.

—Estás intentando ganar tiempo.

—Comprenderás tu equivocación demasiado tarde y estarás pagando mi muerte de alguna forma cuando te digan porqué. Te probaré hasta el final que solo eres un pobre idiota pueblerino.

Joaquín no pudo contenerse más e hizo el disparo a pocos centímetros de la sien, y la sangre, mezclada con hueso, piel y sesos, salpicó su camisa y su antebrazo derecho. Al ver la sangre en la boca y la nariz de Cristina y sobre su cuerpo, Joaquín se echó a temblar. Soltó el revólver como si le hubiese mordido una víbora y éste cayó con estrépito a sus pies. Con el pañuelo comenzó a frotarse la piel frenéticamente, pero aquel líquido espeso y pegajoso no se quitaba. Le parecía que nunca se le quitarían aquellas manchas.

Se llevó ambas manos a la cabeza y gritó como poseído por los demonios. Cayó de rodillas y continuó gritando a toda voz, con alaridos y aullidos sobrehumanos, hasta quedar totalmente exhausto, bañado en sudor, mirando fijamente al cadáver de su esposa, que había quedado con la cabeza ladeada y lo miraba con sus grandes ojos fijos y acusadores. No pudo seguir soportando los ojos de Cristina y miró hacia sus propias manos, incrédulo. Le resultaba imposible creer que hubiera sido capaz de matar, la idea no acababa de penetrar en su bloqueado cerebro.

Continuaron los temblores y aquellas malditas manos se negaban rotundamente a estarse quietas, a obedecerlo, como si de pronto hubiesen adquirido el Síndrome de Parkinson. Oprimía alternativamente una contra otra, las metía debajo de sus brazos contrarios, pero se negaban a obedecer sus deseos, como si tuviesen voluntad propia o como si aquel disparo las hubiese enloquecido.

Las lágrimas y la saliva se mezclaban y rodaban por su rostro, mojaban su camisa, en tanto él continuaba hipando intermitentemente.

Sus ojos estaban enrojecidos por el llanto y dilatados por el terror. Una sola idea, monótona e implacable, martilleaba su cerebro: "He cometido un asesinato, he cometido un asesinato".

De pronto comenzó a razonar, pero eso no lo hizo sentir mejor. Muy por el contrario, empezó a vislumbrar las posibles consecuencias negativas de su acto, y el terror irracional fue dando paso a un miedo profundo pero razonado.

"No puedo hacer desaparecer para siempre los dos cadáveres, porque nadie me creería y eso le haría un daño mayor a mi carrera, pero tengo otra opción: mi esposa, por alguna razón desconocida para mí, mató a mi mejor amigo y luego se suicidó, abrumada por la vergüenza o por el miedo. Por tanto, el paso lógico y obligado es poner todo este desastre al descubierto y tratar de salir de él lo mejor parado posible".

Miró a su alrededor minuciosamente.

"¿Cómo yo lo vería si fuese un investigador de la Policía?"

Inspeccionó todo una y otra vez y solo vio fuera de lugar el brazo izquierdo de Cristina dentro de la butaca. Lo haló apretándole el brazo con una mano y tirando fuertemente del antebrazo con la otra, pues la mano de su esposa estaba casi debajo de su cuerpo. Dejó caer el brazo todavía fláccido al costado del mueble y allí quedó colgando la mano tumefacta de Cristina, pero no la miró.

Examinó el resto: la cabeza de ella estaba tirada hacia el costado derecho y sus hermosos ojos aparecían abiertos e inmóviles para siempre.

La contempló apreciativamente por unos instantes. Había sido una mujer muy hermosa, la más atractiva de todos los contornos.

Pensó fugazmente en que ella no sabría ya nunca por qué la odiaba tanto. Jamás le hubiera revelado ese gran secreto, porque de seguro ella lo habría utilizado contra él como un bumerang. Cristina era aún más malvada que hermosa, si esto fuera posible. Poseía una belleza diabólica. Por eso la había odiado siempre, por ser la única mujer que realmente lo excitaba, porque solo ella lograba hacerlo actuar sexualmente en contra de su naturaleza.

"No tengo tiempo para seguir llorando mis pérdidas ahora. Debo salir lo más pronto posible de este condenado asunto y salvar todo lo posible del naufragio social en que me ha metido esta puta".

Se dirigió al extremo derecho del mueble bar y se detuvo ante el teléfono. Respiró profundamente varias veces hasta que se creyó lo bastante calmado como para enfrentar aquel primer paso.

Levantó el auricular y dio tres vueltas a la manivela con resolución. Los momentos de espera se le hicieron interminables.

"¿Qué estará haciendo esa estúpida chiquilla que no atiende a la centralita?"

—Operadora, dígame —escuchó por fin.

—Muchacha, te habla Joaquín Montalvo. Necesito comunicarme de inmediato con el sargento Benítez, en el cuartel de la Policía.

—Sí, señor alcalde. Enseguida se lo localizo. No cuelgue, por favor —dijo la muchacha con voz amable.

—Me quedaré aguardando.

Se sintió satisfecho de sí mismo, del control que había logrado ejercer sobre sus nervios, del tono autoritario que supo utilizar con la operadora. Ella lo conocía muy bien y ese era el tono más o menos exacto conque él exigía el servicio.

En eso residía el meollo del asunto, en no despertar sospechas de ningún tipo y que todo pareciera estar bajo control, solo con la pena natural que aquel misterioso y trágico asunto ejercía sobre él. Debería demostrar un gran dolor, pero contenido, sin exageraciones, aunque él tenía unos frenéticos deseos de gritar como un loco, como si estuviese poseído por todos los demonios del infierno. Así se sentía por dentro.

Toda la carne de su cuerpo le saltaba y el corazón parecía a punto de estallarle en pedazos. Tenía la garganta reseca.

Ante todo, se dijo, no debía pensar en la muerte de Rolando. Un exceso de dolor lo podría conducir a cometer alguna torpeza y no se podía permitir semejante lujo por nada del mundo.

En tanto reflexionaba, comenzó a jugar inconscientemente con su corbata gris plateada y de pronto se sintió consternado al ver una pequeña mancha de sangre en el mismo centro.

—Señor alcalde, ¿está usted ahí? —preguntó la operadora rompiendo el hilo de sus funestos pensamientos.

—Sí, sí, por supuesto, estoy esperando —contestó impaciente.

—Ya he localizado al sargento Benítez y se lo paso de inmediato. Hable, sargento.

—Aquí Benítez —sonó la voz fuerte y clara del sargento.

—Sargento, le habla el alcalde Montalvo. Estoy en la casona de mi finca y necesito que usted venga ahora mismo.

71

Hubo un instante de silencio a través del hilo.

—Muy bien —dijo la voz del policía con resolución—. Dentro de doce o quince minutos estaré ahí.

—Lo espero —y colgó el auricular.

"Al menos comprendió a las primeras de cambio que sucede algo inusual y no se puso a preguntar idioteces".

A continuación:

"Este hombre es muy inteligente, demasiado inteligente para mi gusto y para las circunstancias actuales, y si de alguien debo cuidarme como un gallo fino es de él".

Y después:

"Las manchas de sangre. Tengo que ocuparme de ellas ahora mismo".

Echó a andar hacia la habitación que ocupaba en aquella casa cuando hacía alguna estadía allí, lo cual sucedía muy pocas veces. Se dirigió en derechura hasta un closet situado frente a la puerta en la pared contraria, abrió el compartimento de la derecha y con gestos rápidos y nerviosos, extrajo de allí una camisa blanca, otra corbata gris y un traje negro muy parecido al que llevaba puesto.

Se despojó de toda la ropa lo más aprisa posible y la fue arrojando hacia su izquierda formando con ellas un montón informe.

Se vistió con la ropa que había escogido, la fue ajustando a su cuerpo y finalmente se anudó la nueva corbata. Las manos le temblaban perceptiblemente.

"¡Bah!, No te preocupes demasiado por eso, sino por lo que hables. Especialmente con ese policía de ciudad".

Cuando se miró en el espejo, se dio cuenta de que estaba vestido con demasiada corrección y eso no se correspondía con el estado anímico que debía tener una persona que acababa de perder a su esposa y a su mejor amigo. Se haló la corbata hasta dejar el nudo a la altura del segundo botón de la camisa y se abrió el del cuello. Tiró un poco de ambas puntas y se volvió a examinar. Sí, así estaba un poco mejor.

Se arrodilló en el suelo y recogió toda la ropa que se había quitado. Colgó juntos el pantalón y la chaqueta en una percha de madera y levantó la camisa extendida ante sus ojos. La examinó lo más cuidadosamente posible y descubrió otras pequeñas manchas de sangre. De cualquier modo, debía destruirla. No quería correr ni el más mínimo riesgo.

Pensó en quemar ambas prendas, pero desechó la idea de inmediato. El olor de la tela quemada era demasiado penetrante y permanecía en el ambiente durante horas. Las metió debajo del colchón con la intención de hacerlas desaparecer más tarde. A fin de cuentas, Benítez no se lanzaría a registrar la casa. Al menos, así lo esperaba, porque estaba convencido de que el traje tenía más manchas de sangre, y aunque él no las veía ni se verían por un simple examen visual, un análisis de la tela sería no solo muy revelador, sino sumamente embarazoso.

Miró con mucho cuidado a su alrededor intentando descubrir algo anormal o fuera de lugar y se dio por satisfecho.

Se observó una vez más en el espejo y éste le devolvió la imagen de un hombre de cuarenta años, algo pasado de peso y con una expresión que no supo definir si era de ansiedad, de amargura, o de ambas cosas.

Decidió revisar el resto de la casa por si había algo revelador, una pista o cualquier otra cosa que insinuara o señalara hacia la terrible verdad, el móvil de aquellos dos asesinatos. Nadie debía saber jamás el verdadero carácter de su relación con Rolando. Esa revelación haría de él un hombre perdido en todos los ámbitos de su vida.

Se encaminó hacia la puerta que separaba interiormente su aposento —con un baño intercalado— del que usualmente ocupaba Cristina.

Al abrir la puerta, se quedó paralizado, sintió como si la vista se le nublara de espanto, e instintivamente, se aferró con fuerza del marco, porque tuvo la impresión de que iba a caer. Ver a Luisa sobre la cama mirando fijamente hacia el techo, fue como si le hubiesen abofeteado con un guante de acero a mansalva.

Joaquín conocía muy bien aquella expresión catatónica en su hija, porque ya la había visto con anterioridad, un año atrás, para ser exactos, cuando él mismo casi la mata accidentalmente de un balazo en la cabeza.

No recordaba una situación más aciaga en toda su vida, ni siquiera la actual resistía para él esa comparación.

Ese día estaba borracho como una cuba y manipulaba su fusil de caza, cuando ella entró sorpresivamente en el garaje de la finca. Nunca entendió cómo se le había escapado aquella estúpida bala.

Cuando ella se llevó su manecita derecha a la cabeza y la apartó llena de sangre, los dos la miraron con incredulidad. En un mismo movimiento, él tiró su fusil contra el piso dominado por la rabia y ella se desplomó.

Entonces ocurrió algo extraordinario: cuando él cubrió prácticamente de un salto la corta distancia que los separaba, la levantó y la apretó contra su cuerpo con un grito de dolor y lágrimas en los ojos, se dio cuenta de que ya estaba completamente sobrio.

Salió disparado hacia el jeep y la puso acostada en el asiento posterior. La sangre le seguía brotando. No recordaba un viaje más angustioso en toda su vida. El acelerador iba tocando fondo, el vehículo casi volaba por el camino, y, sin embargo, él sentía como si no se moviera.

Luisa era la única hija que había recibido con alegría. Los otros dos eran considerados por él como hijos del pecado, una consecuencia de sus borracheras y de su debilidad ante el empuje voluptuoso de Cristina. No odiaba a sus otros hijos, si bien no los amaba, pero sí odiaba la forma insidiosa en que ella, sin amor, se aprovechó de las circunstancias.

A Luisa sí la amaba de verdad. Ella era el único fruto importante de aquella monstruosa unión.

Cuando logró ponerla sobre la camilla en el consultorio de Medina gritando que la había matado, aquel excelente médico amigo suyo y legendario en la región por su lengua presta y su vocabulario con frecuencia soez, la examinó superficialmente por un instante y le dijo en un tono muy ácido:

—¡No seas idiota! ¿Tú has visto alguna vez a un muerto que respire, tenga pulso y le lata el corazón?

—¡Pero mira eso! ¡Si a la pobrecita se le quiere salir el corazón del pecho!

Medina levantó la vista por un momento hacia él y le contestó a quemarropa, molesto e impaciente:

—¿Cómo cojones lo tendrías tú si tu propio padre te hubiese pegado un balazo en la cabeza? Mira, si no te puedes estar tranquilo aquí dentro, sal por esa puerta como bola por tronera y espera a que te llame; si te quieres quedar, puedes hacerlo, pero con una condición: ¡no me jodas!

Por fortuna, la herida fue superficial.

Cuando despertó, varias horas más tarde, tenía esa misma mirada de ahora. Medina le había explicado:

—Debes imaginar el tremendo shock que debió sufrir cuando se percató de que su propio padre le había disparado. Aunque ella es una niña muy inteligente también es muy sensitiva, y aparte de la fuerte impresión, pudo haber malinterpretado las cosas. En adelante, deberás convencerla de que la quieres mucho y todo esto solo fue un infortunado accidente.

—¡Pero así mismo fue! —exclamó él vehementemente a la defensiva.

—Yo te creo, pero a quien debes convencer es a ella, no a mí.

Transcurrieron casi cuatro meses para que se recuperara y volviera a la escuela.

Interrumpió sus recuerdos.

"¿Qué habrá visto para hacerla retroceder? A mí no pudo ser. Cuando hice... aquello, estaba de frente a esta puerta. Estoy seguro de que, a pesar de todo, la hubiese visto".

Después:

"Solo queda una explicación: vio el asesinato de Rolando".

Miró hacia el techo y apretó los puños con toda su fuerza hasta que los nudillos se le pusieron pálidos.

"¡Dios mío! Aunque Rolando fuese un desconocido, solo por esto la mataría otra vez".

Realizando un gran esfuerzo, se rehízo lo mejor posible y continuó revisando la casa. No halló absolutamente nada —al menos visible— que de algún modo se vinculara con el doble asesinato.

Al pensar en la palabra asesinato, la desechó para sí mismo. Su imagen personal era la de un ejecutor y no la de un asesino. En cierto modo se había tomado la atribución de impartir justicia a su libre albedrío, pero eso no lo convertía necesariamente en un asesino.

"¡Las personas son tan poco comprensivas...!" —reflexionó con amargura.

Se dirigió hacia el bar y se sirvió una pequeña dosis de ron, intentando aplacar de alguna forma su ansiedad. Debía estar muy bien preparado y con los sentidos muy alerta para cuando llegase Benítez.

Pensar en él le hacía sentir mal. No le gustaban los hombres que no podía comprender y lo mantenían a la defensiva, porque uno no sabía a qué atenerse con ellos. A él siempre le gustaba jugar sobre seguro. Lo imprevisible lo ponía nervioso y ahora debía evitar precisamente eso.

Cuando impulsaba el último sorbo hacia adentro de su garganta, sus ojos pasaron por encima del cadáver de Cristina y divisaron una pequeña columna de polvo en el camino de tierra que daba acceso a la casa.

Seguramente era Benítez dando tumbos en su motocicleta Norton con sus anteojos elásticos de carretera. Joaquín frunció el ceño con preocupación cuando logró divisar la figura a unos doscientos metros de distancia.

Venía de completo uniforme y armado, dos cosas muy poco usuales en él. Involuntariamente, ambas tensaron de nuevo los nervios del poderoso alcalde Montalvo.

Benítez detuvo su vehículo a unos quince metros de la casa y cuando Montalvo se encaminaba hacia la puerta para recibirlo, vio al oficial descabalgar desenfundando su pistola —una hermosa y siempre reluciente Colt calibre 38—, prácticamente en un solo y elegante movimiento, sin que por ello pareciera un gesto dramático o aparatoso.

Montalvo salió al portal y se quedó parado ante la puerta con las piernas entreabiertas.

Al ver a Montalvo con las manos vacías, Benítez bajó la pistola y la dejó colgando al final de su brazo derecho con aparente negligencia.

—Dígame, señor alcalde, ¿qué puedo hacer por usted?

Montalvo lo escrutó con detenimiento por un instante y vio a su interlocutor visiblemente calmado, pero con la calma de un tigre a punto de matar.

Benítez era un hombre más bien alto y casi delgado, pero físicamente sólido, de estampa elegante y rostro agradable. A veces resultaba curioso cómo sus facciones tan serenas, sus ojos risueños y apacibles y de labios que usualmente parecían dispuestos para regalar una frase amable, casi siempre parecían insolentes o burlones tras aquella indudable máscara; por consiguiente, la mayoría de las personas se sentían incómodos en su presencia y algunos intimidados, aunque estuviesen jerárquicamente por encima suyo o no tuviesen nada que temer de su presencia.

Era un hombre muy enigmático, que hacía relaciones fácilmente, pero no amigos. Nunca amigos.

—No eran necesarios la pistola y el uniforme —acotó el alcalde.

—Pero yo no soy adivino. Y si el hombre más importante de la región donde trabajo me dice que debo acudir a su presencia, lo tomo como algo profesional. De ahí el uniforme. Y si en las pocas frases que él me dirige noto nerviosismo… o inquietud, debo imaginar que ha sucedido algo muy malo. Y de ahí la pistola.

El político bajó la cabeza y dijo en voz baja:

—Tiene razón. Ha sucedido algo muy malo. Lo peor. Sargento, ahí dentro hay dos cadáveres. Una es mi esposa, y el otro mi mejor amigo.

—¿Cómo sucedieron los hechos? —preguntó Benítez sin que su voz se alterara un ápice.

Montalvo se encogió de hombros.

—No lo sé. Nunca me he visto en un trance como éste y lo he llamado para que me ayude. Estoy muy desorientado, se lo puedo asegurar. No tengo la menor idea de cómo voy a enfrentar esta situación como persona, como padre de tres niños que han quedado huérfanos repentinamente, y como político. Este golpe me ha dejado muy mal.

—¿Cuánto tiempo hace que usted llegó aquí?

—Ni idea. Quizás cinco minutos... o tal vez diez, antes de llamarlo. Esto me ha hecho perder hasta la noción del tiempo.

—Pues se ha recuperado usted bastante bien en tan corto plazo —apuntó el policía con un destello de malicia que no le fue ajeno a su interlocutor; no obstante, éste hizo caso omiso de la ironía.

—No me he recuperado para nada, sargento —declaró Montalvo con una nota de pesar en la voz—. Solo me estoy esforzando para no desmoronarme; intento portarme como un hombre, eso es todo.

—De modo que usted llegó y se encontró con los hechos consumados —dijo Benítez enfundando la pistola lentamente.

—Así es.

—Supongo que no habrá alterado de alguna forma el lugar.

—Creo que no. Todo cuanto hice fue comprobar la muerte de ambos.

—¿Cómo?, quiero decir, ¿de qué forma?

—Bueno —vaciló Montalvo por un breve momento—, me arrodillé a un costado de Rolando, al izquierdo, me parece, y toqué su aorta. Después fui hasta el lado... derecho de Cristina e hice lo mismo por encima de su cabeza, pues la tiene tirada hacia ese lado. ¡Ay Dios mío! —murmuró suavemente poniéndose ambas manos sobre el rostro durante unos segundos. Luego las retiró y respiró profundo—. Perdóneme, por favor.

Benítez lo miraba con desconfianza, estaba seguro, y, además, lo estaba tratando como si él fuera un sospechoso de asesinato cualquiera.

La voz del sargento lo descentró de sus temores y reflexiones.

—Vamos a entrar allí de una vez.

—Sí, sí, por aquí, por favor —lo invitó solícitamente.

El alcalde lo precedió a través de la puerta. Hacían un extraño contraste físico: uno era bajo y ancho y el otro alto y delgado.

Al penetrar en el recinto, Benítez miró por encima de Montalvo y vio todo el trágico cuadro. Era desolador.

Hacía ya más de un año desde que fuera condenado a vivir en este hoyo dejado de la mano de Dios —así definía él al pueblo en sus cavilaciones solitarias nocturnas—, y a partir de ese momento, se había desvinculado de todo hecho sangriento, en especial de la muerte súbita y brutal de un asesinato.

Él estaba considerado el investigador más eficiente de la Policía Criminal de La Habana, ostentaba el grado de teniente y era la gran promesa para cuando el jefe de la división pasara al retiro; pero un buen día fue sorprendido con la esposa del ministro, ambos desnudos, y en una posición tan comprometedora, que no dejaba lugar a dudas acerca de qué estaban haciendo sobre aquella cama.

El ministro primero quiso expulsarlo del cuerpo, luego encarcelarlo y por último enviarlo al paredón de fusilamiento por traición, tanta era su ira; pero ésta quedó momentáneamente aplacada cuando Benítez le mostró una foto de su esposa en plena felación y le dijo que tenía bien guardadas otras veinte en las cuales su rostro se veía menos deformado, aunque su expresión, en todos los casos, era de disfrute y plenitud sexual.

—¡Usted es el peor degenerado que yo haya conocido! —tronó el anciano ministro cuyo rostro estaba completamente púrpura—. ¡Usted es un maldito cínico, malnacido y degenerado chantajista!

—Es posible señor ministro —replicó Benítez poniéndose de pie y alzando la voz, no porque estuviese alterado, sino para demostrarle a su adversario que no le temía—, pero usted es un incompetente en todo, comenzando por el terreno sexual, y si quiere que todo el mundo se entere de esto y lo comenten hasta en los oasis del Sahara, atrévase a levantar un dedo contra mí. Y le advierto: no intente elaborar planes inteligentes, porque he dejado todo muy bien dispuesto y si muriera porque el Cometa Halley me ha caído en la cabeza fuera de estación, sufriera un desdichado accidente que me dejara cuadripléjico o enloqueciera de la noche a la mañana y me practicaran una lobotomía, esas fotos saldrían a la luz en un dos por tres. Yo soy lo bastante insensato como para acostarme con la mujer de un ministro, pero no lo suficientemente idiota como para hacerlo al descubierto.

Sin embargo, al final, y como una solución de compromiso para hacerlo desaparecer de la escena habanera, y no volviera a tentar al ministro de planear una venganza, accedió a ser degradado a sargento por el jefe de su división y enviado durante un tiempo a este pueblo hasta que todo se enfriara o hubiera un cambio de ministro.

—Recuerda que los policías permanecemos, los políticos pasan —le dijo el jefe—. Un buen día, ese hombre será historia y tú podrás volver. Hay algo demasiado torcido dentro de ti y estoy convencido de que no eres una buena persona, pero a pesar de eso te respeto. De cualquier modo, te agradezco que hayas aceptado marcharte por un tiempo en lugar de la expulsión, porque sería una pena para el departamento perder un investigador tan capaz como tú.

El jefe ignoraba que él no podía dimitir como era su deseo, porque no se había cuidado las espaldas económicamente, nunca pediría de favor aquello que le pertenecía, y, por otra parte, se había acostumbrado a vivir muellemente y a gastar sin mucho miramiento su más o menos digno salario, además de sus entradas extras irregulares.

Esto también le sirvió de lección. Se prometió que jamás volverían a pillarlo a descubierto monetario.

—Permítame una pregunta, señor alcalde: ¿en qué orden buscó usted la certeza de la muerte de ambos?

—Me acerqué primero a Rolando —respondió Joaquín instintivamente.

—Es curioso.

—¿Qué considera usted curioso?

—Rolando está más lejos de la puerta que su esposa.

—¿Y eso qué tiene que ver? —preguntó el alcalde en guardia.

—Nada —dijo con un tono aparentemente frívolo—, pero me sigue pareciendo curioso.

Benítez realmente conocía la respuesta, pero el único objetivo que perseguía era ponerlo nervioso —más nervioso.

Y lo consiguió.

Joaquín Montalvo estaba como sobre ascuas. Benítez lo seguía tratando como a un vulgar sospechoso, como a un delincuente, y él no estaba muy seguro de poder soportar la presión si el sargento se lanzaba a fondo.

Estaba aterrado.

Aquel hombre lo trataba sin ningún temor y sin absolutamente ningún respeto y eso era algo a lo que nadie se había atrevido nunca en su pequeño mundo. En ese mundo él era el rey, pero en ese momento, no se sentía capaz de hacer valer su hegemonía.

Se detuvieron a dos pasos del cadáver de Cristina. Un hilo de sangre se había secado en su mejilla derecha procedente de la nariz y se cruzaba con otro más corto salido de su boca. Tenía los ojos abiertos y una dolorosa y contrastante expresión de sosiego, como si la muerte hubiese arrancado el tormento de aquel duro corazón y solo le hubiera dejado aquella placidez, aquella sensación de eternidad.

—Hágame un favor, señor alcalde. Necesito que usted se retire de esta habitación hacia uno de los dormitorios, al portal, no sé… hacia algún lugar donde no lo vea y pueda ocuparme de este asunto en paz. Cuando haya terminado lo llamaré y conversaremos con respecto a todo… esto —e hizo un gesto con la mano derecha intentando abarcar la macabra escena.

—Como usted prefiera, sargento.

Cuando Joaquín salió hacia el exterior, el sargento se pasó la mano derecha por el rostro con un gesto de preocupación.

Sí, estaba seriamente preocupado porque aquel asunto iba a ocasionar un escándalo de grandes proporciones, en este preciso instante él estaba en el mismo vórtice del huracán y no le convenía para nada ser arrastrado por él. Esto podría ir a parar al despacho del ministro y, aunque en su momento le había pegado un susto de muerte, aquel era un hombre de naturaleza vengativa, lleno de ira e impotencia y habría imaginado ya muchas formas para hacerlo desaparecer del mapa.

Debía maniobrar con mucho tacto para que todo aquello saliera bien para él y el saldo final obrara en su favor y no en su contra.

Se dirigió lentamente hacia el cadáver de Rolando, se puso de rodillas y miró minuciosamente a su alrededor, volteó el cuerpo para comprobar que la bala le había salido por la espalda y por qué zona. Lo reintegró a la misma posición y se puso de pie. Se encaminó hacia la pared del fondo y estuvo buscando durante algunos minutos con mucha atención. No encontró ningún agujero. Parecía obvio que la bala había salido por la ventana. Una bala perdida.

No había forma de comprobar si la bala asesina salió del mismo revólver que mató a Cristina, aunque para él resultaba evidente que ella era la responsable del asesinato de Rolando. La trayectoria permitía especular acerca de esto. El proyectil le penetró por el centro del pecho y salió casi por debajo del hombro izquierdo. A todas luces, aquel disparo lo había realizado una persona zurda. De lo contrario —aunque posible—, debió ser efectuado ocupando ambos una posición un tanto inverosímil entre un asesino y su víctima.

Miró de nuevo hacia la ventana aparentemente abstraído, pero concluyó que la víctima estaba de pie cuando lo alcanzó el proyectil. El borde inferior de la ventana debía tener una altura superior a la cintura de Rolando.

¿Qué había sucedido allí? ¿Por qué llegar al asesinato, la solución más drástica de cualquier problema interpersonal?

De acuerdo con la situación, ambos interlocutores no lograron alcanzar un entendimiento y la situación llegó al límite, a provocar el sadismo en uno de ellos, y el miedo, la ira o la desesperación en el otro. Una suficiente acumulación de odio entre ambos, un revólver cargado en la mano inadecuada y la resultante de todos esos factores: un asesinato.

El motivo era la piedra de toque. Benítez esbozó una breve sonrisa. Solo una persona irracional, un psicópata, podía cometer un asesinato sin motivo. Allí no existía un móvil aparente, pero el sargento sabía que ninguno de los dos muertos, ni el alcalde, encajaban en dichas categorías.

En su opinión, la segunda condición indispensable para una investigación eficaz, era un buen interrogatorio. Y si se lograba alterar la seguridad que tuviera en sí mismo el interrogado, tanto mejor. Y para tensar los nervios, no había nada como la técnica del congelador, o sea, apartar a esa persona y hacerle aguardar, impacientarlo.

Por otra parte, él nunca compartió una opinión generalizada entre sus colegas: los demás decían que a un testigo no se le podía dar tiempo para pensar en qué debía declarar y qué había de ocultar, pero él sustentaba que, por el contrario, cuando un testigo quería deformar la verdad, intentaba elaborar mentiras plausibles para sí mismo. Y las mentiras, mientras mejor elaboradas estuvieran, resultaban ser más vulnerables.

El alcalde estaba bastante nervioso cuando él lo hizo abandonar aquel recinto mortuorio, e imaginaba que en estos momentos debía estarse destrozando las uñas mentalmente.

Dio dos irreverentes palmadas en el rostro de Rolando. El gesto pudo ser cariñoso, si la expresión hubiera sido de bondad o pesar y no de burla, y en su pensamiento hubiese tenido al menos un rasgo de piedad.

"Bueno amiguito, te obligaron a recoger la ropa antes de tiempo, y lo que han dejado de ti ya no tiene nada más de interés para mí. Es una pena, porque no eras una mala persona; quizás tenías algún más que otro mal hábito, pero, en fin, nadie es perfecto".

Se levantó y caminó algunos pasos hasta la butaca donde descansaba el cadáver de Cristina. Se detuvo ante ella tomándose las manos por delante del cuerpo.

"La muerte ha congelado tu belleza. Nunca llegarás a ser una anciana irascible, arrugada y fea, pero tampoco alcanzarás a ser tan malvada como la madrastra de Cenicienta".

Se agachó frente a la esposa del alcalde y examinó muy despacio toda la zona visible. No encontró nada interesante.

Se movió hacia el costado derecho e hizo lo mismo, pero se estuvo varios minutos mirando atentamente el agujero de salida de la bala. Hurgó en uno de los bolsillos de su pantalón y extrajo de allí una lienza en miniatura que solo alcanzaba una extensión de diez pulgadas y doscientos cincuenta milímetros. Con ella midió escrupulosamente varias veces el desplazamiento del orificio, tomando como referencia el borde del ojo, el lóbulo de la oreja, el centro de la nariz y el de la barbilla. Fue anotando cada medida en una libretita de teléfonos utilizando una suerte de clave particular. Luego midió el tamaño de la cabeza de la frente al occipucio y por debajo de la barbilla hasta el centro del cráneo.

Benítez trabajaba en completo silencio. Se trasladó hacia la parte posterior del cuerpo y tampoco encontró allí nada de interés.

Se incorporó y desde atrás del cadáver comenzó a escrutar el lateral izquierdo. Ese era el ángulo prominente y por esa razón lo dejó para el final.

Con sumo cuidado fue observando el piso de linóleo gris. Cercano a él y en diferentes posiciones, aunque de cierta forma agrupadas a lo largo, encontró tres pequeñas manchas de sangre; en el centro del costado del cadáver no encontró ninguna, sin embargo, a lo largo también, descubrió otras cuatro pequeñas manchas en una tercera franja.

Sonrió.

Entrecerró los ojos y sonrió esta vez con malicia.

"Mi padre tenía una frase para momentos como éste: "Nunca enseñes a tu padre a ser hijo". —pensó.

Se movió muy cuidadosamente para no pisar los indicios descubiertos y aquellos que pudieran existir y él aún no hubiera visto. Se paró en el centro de las dos hileras de manchas, se inclinó, y con ambas manos fue halando la cabeza de Cristina hasta llevarla a pocos centímetros de sus ojos.

"¡Qué inusuales son estas pequeñas quemaduras de pólvora alrededor del orificio de entrada de la bala! ¡Y estos pequeños pedazos de piel levantados!"

Con la diminuta lienza hizo las mediciones para localizar el agujero de entrada y las anotó.

Volvió la cabeza a su lugar con mucho cuidado y comenzó a examinarla hacia abajo. Al llegar a la mano izquierda, inflamada y tumefacta, lanzó un silbido admirativo por lo bajo.

"¡Vaya! ¿Qué te parece? ¡Qué inesperada sorpresa! ¡No todos los días te ponen un tesoro así delante de los ojos!"

Luego calculó visualmente, de acuerdo con la trayectoria que debió seguir el proyectil, y retrocediendo varios pasos, dio un rodeo al cadáver y de rodillas buscó en el maderamen de la barra hasta hallar el agujero hecho por la bala unos centímetros más allá del lugar calculado por él.

Satisfecho de su examen, se incorporó de nuevo y marchó hacia afuera con pasos marciales y elásticos, erguido, como cuando era un cadete en la Academia Militar del Caribe. Caminaba involuntariamente de esa forma cuando se sentía sobreexcitado y solo había una cosa capaz de producirle ese estado de ánimo: un asesinato.

Se dirigió en derechura hacia su moto y no hizo caso de Montalvo, que se iba acercando a él con pasos apresurados. Estaba ansioso. Tenía los nervios de punta.

"Listo para cocinar". —pensó Benítez.

—¿Ya terminó, sargento?

—No —contestó secamente—. Todavía no.

—¿Le falta mucho?

—No, no mucho.

Levantó el asiento y de adentro de una caja de metal protectora, sacó una cámara fotográfica marca Zeiss pequeña, pero muy potente, de alta calidad. Aquella cámara había sido el regalo de su padre cuando arribó a los ocho años y era el único recuerdo material que conservaba de él.

Su padre le había dicho que hiciera un buen uso de ella y así lo cumplió. Más de un criminal había sido víctima de aquella cámara, legendaria entre sus compañeros de la Policía. Nunca se separaba de ella y jamás la prestaba.

Rodeó su cuello con la fina cinta de piel marrón y, sin hacer más caso del alcalde, echó a andar de nuevo hacia la casa, en tanto abría la cubierta de la cámara y la dejaba lista para funcionar. Ni se molestó en comprobar si estaba cargada. Apenas dos días atrás le había colocado un rollo nuevo y desde entonces no había vuelto a tocarla.

De cada objetivo hizo dos tomas, con el fin de buscar la perfección y evitar o reducir la posibilidad de que alguna se echase a perder por cualquier causa.

Utilizó dos rollos e hizo veinticinco tomas dobles. Cuando estuvo seguro de haber cubierto todos los ángulos, cerró el estuche de la cámara.

"Bueno, mi querido señor alcalde, gran regidor y casi dueño de este inmundo pueblo, vamos a ver cómo nos sale esta conversación capital para los dos. Ojalá no te quieras cruzar en mi camino".

Se asomó a la puerta y le hizo señas para que se acercara.

El alcalde entró y se sentó mansamente en una alta banqueta de la barra indicada por Benítez, situada a unos cinco metros a la derecha del cadáver de Cristina. El sargento se quedó de pie, ligeramente alejado de Montalvo. La cámara aún colgaba de su cuello y la funda de la pistola estaba desabrochada, lo cual podía ser un gesto de descuido o de amenaza.

—Señor alcalde —comenzó Benítez—, analizando este caso, recordé unas palabras que leí hace ya muchos años, ni recuerdo dónde: "Cualquier tonto puede cometer un asesinato, pero hay que ser un verdadero artista para "cometer" un suicidio". Fin de la cita.

—¿Qué me quiere decir con eso, sargento? —preguntó Montalvo estirándose en el asiento, con todo el cuerpo tenso, aunque intentaba fingir fatiga.

—Con eso quiero decir que su amigo Rolando fue asesinado, muy probablemente por su esposa; pero a su vez, ella también fue asesinada.

—¡Usted está loco! —Se violentó el gran hombre—. ¡Cristina lo mató y luego se pegó un tiro por el temor de enfrentar la acción de la justicia!

—Usted sí está loco si piensa que me puede hacer tragar semejante historia —ripostó Benítez con voz pausada pero firme—. Yo conocí muy poco a su esposa, pero si algo saqué en limpio de eso, fue que esa mujer tenía las entrañas suficientes no solo para asesinar, sino además para enfrentar las consecuencias. Ella era una persona muy decidida, incluso despiadada, y habría sido capaz de asesinar a una docena más para encubrir su primer crimen, pero jamás se suicidaría.

—Esas son las consecuencias de enseñarles psicología en las escuelas de la Policía. Después tratan de sicologizarlo todo.

—No es un problema de sicología, señor alcalde, y no siga por ese camino de intentar el menosprecio de mis conocimientos. Me permito recordarle que a mí me echaron de La Habana porque tengo la mala costumbre de meterme en las camas equivocadas, no por idiota. Si usted se hubiese informado convenientemente sobre mi competencia como policía, no me habría llamado esta tarde.

—¿Qué está insinuando, insensato? —inquirió Montalvo bajándose de la butaca con una mirada y una actitud de agresividad homicida.

—¡Deténgase donde está! —le conminó Benítez con un tono tan fuerte y autoritario que detuvo en seco al alcalde—. ¡Trépese en esa puñetera banqueta y no se mueva de ahí o lo dejo tieso de un balazo! Yo no soy uno de los bufones de su séquito a quien puede intimidar a su antojo. ¡A mí me tiene que respetar!

—Pero, ¿quién coño se ha creído usted que es para darme órdenes?

Benítez puso la mano derecha sobre la funda de su pistola y Montalvo dio un paso atrás instintivamente.

—Soy alguien capaz de meterle un balazo, acabar con su vida y presentar su cadáver como otro crimen inexplicable. Tengo el prestigio suficiente como policía para que me lo crean y ningún otro policía entrará en averiguaciones. Y si no me cree capaz de hacerlo, está cometiendo el error más espantoso de toda su cabrona vida.

—¿Usted me está amenazando?

—¡Lo estoy poniendo en su lugar! ¡Le repito por última vez que se suba en esa banqueta!

—Muy bien, ya estoy encima de la puñetera banqueta. Ahora, espero oír una buena explicación para justificar esa actitud conmigo. Sobra decirle que está disfrutando de sus últimos momentos en la Policía.

—Estoy plenamente de acuerdo con su criterio, si bien hemos arribado a la misma conclusión por caminos diferentes. Todo depende de que usted esté o no disfrutando sus últimos momentos como político, como hombre libre o como hombre vivo.

—¿Qué quiere usted decir con eso? —inquirió Montalvo aviesamente.

—Que no me importa matarlo, pero también estoy en situación de probar que usted asesinó a su esposa.

Montalvo rio a carcajadas y Benítez aguardó pacientemente.

—¡Ay, mi pobre policía de ciudad! Usted es más digno de risa que de enojo. Pobre tonto, enséñeme esas pruebas.

—No tiente su buena suerte alcalde. Es posible que yo sea un pobre tonto, pero usted es un estúpido campesino y un asesino incompetente. No me obligue a ser implacable con usted.

—¡Las pruebas! —exigió el alcalde.

—Muy bien. Ahí le van. La primera, la trayectoria trazada por la bala asesina en sentido horizontal, formó un ángulo de aproximadamente treinta grados hacia atrás. Ninguna persona puede dispararse un balazo así para suicidarse, porque la misma posición le restaría fuerzas para tirar del gatillo y, además, lo último que haría un suicida es ponerse incómodo para matarse. Usted no tomó en cuenta ese elemental detalle técnico, tan rudimentario. El más incapaz de los forenses concluiría de una sola mirada que esa mujer no se suicidó. Y también, el insignificante detalle psicológico de la incomodidad.

"En segundo lugar —y para agravar aún más su tremenda burrada—, la bala, en sentido vertical, siguió una trayectoria de arriba hacia abajo. Por eso el agujero que hizo al salir de la cabeza está a un pie del piso, lo cual indica muy claramente que ella estaba sentada y su chapucero asesino de pie a su lado. Pruebe a pegarse un balazo en esa posición y usted mismo irá voluntariamente a meterse en la prisión.

"La tercera prueba es que hay manchas de sangre a derecha e izquierda del lateral izquierdo del cadáver, dejando en el centro un espacio completamente limpio que, bien medido, de seguro se corresponde con las dimensiones de su cuerpo, señor alcalde.

"La cuarta prueba es muy comprometedora para usted. Alrededor del orificio de entrada hay quemaduras de pólvora, lo cual indica muy claramente que el revólver estaba separado no menos de diez centímetros de la piel. ¡Qué error tan increíble! En toda la historia de la criminalística, no existe un solo caso en que el suicida no se haya pegado la boca del arma a la piel y, además, una posición como esa, en los ángulos de marras, es sencillamente impracticable, ni un contorsionista podría adoptarla.

"Ahí tiene usted cuatro pruebas concluyentes de que fue un asesinato; sin embargo, todas juntas no alcanzan la fuerza de la última. Usted es tan incapaz y tan infantil, que ni siquiera se preocupó de examinar a su esposa antes o después de matarla, y no se percató de la tremenda inflamación de su mano izquierda. Con esa mano tumefacta, casi negra por la inflamación, no hay forense, policía o tribunal capaz de aceptar, ni por un instante, que pudo sostener un arma y acopiar fuerzas suficientes como para dispararla. Si hubiese visto ese detalle, y le hubiera hecho el disparo por el lado derecho, ligeramente inclinado en los dos sentidos contrarios y pegado la boca del revólver a su sien, tal vez hubiera obtenido un hermoso suicidio. Y todas esas pruebas se encuentran dentro de esta cámara.

—Todo eso suena muy lindo en teoría.

—Imagínelo en una sala de lo Criminal en La Habana con usted en el banquillo de los acusados.

—Supongamos —solo supongamos— que toda esa palabrería suya es cierta. Solo sirve para probar el asesinato de mi esposa, muy bien, pero pudo matarla otra persona que se marchó antes de mi arribo a este lugar.

—Las pruebas tangibles más definitivas son tres: la primera, sus ropas, que usted ha escondido y no deben estar muy lejos de aquí; la segunda, sus manos, donde —aunque se las haya lavado en su opinión muy concienzudamente— todavía conservan metidas en los poros restos de pólvora y partículas de sangre. Con un poco de parafina saldrían a la luz y le pondrían la soga al cuello; y la tercera, fue tan tonto que se cambió todas sus ropas y se dejó las mismas botas donde tiene una mancha de sangre.

El alcalde miró hacia abajo rápidamente y en el momento se dio cuenta de que había caído en una trampa, pero ya era tarde. Benítez lo miraba con una abierta sonrisa de burla.

—Mi pobre señor Montalvo, será mejor que continúe dedicándose a la política; como asesino es francamente patético. Además, los policías —y sobre todo los fiscales— estamos llenos de trucos propios del oficio y un estúpido profano como usted no es capaz de descubrirlos. Hombres más listos han intentado engañar a un verdadero policía y no lo han logrado, señor Montalvo, y créame, usted no clasifica en esa carrera.

—Muy bien, supongamos que sea cierto lo de las ropas y las manos, ¿cómo piensa llevarme a un laboratorio?

—Esposado, por supuesto.

—¿Piensa que le voy a permitir que me ponga un par de esposas y me pasee por el pueblo?

—Si usted no me lo permite de buen grado, no me quedará otro remedio que utilizar la fuerza. Me obligará a pegarle unos cuantos golpes que le van a doler horriblemente o a darle un balazo que lo dejará baldado para el resto de su miserable vida. Usted decide, a mí me da lo mismo —concluyó encogiéndose de hombros con indiferencia.

Hubo un momento de silencio entre ambos hombres. Se miraron fijamente a los ojos y lo que Montalvo creyó ver en los de Benítez, logró hacerlo estremecer.

Con un movimiento más bien lento pero seguro, el sargento extrajo su arma de la funda y apuntó hacia el pecho de Montalvo, apoyando el antebrazo sobre la cadera y, de inmediato, sacó las esposas de su estuche con la mano izquierda y las extendió.

Joaquín Montalvo bajó de la banqueta y se dio la vuelta con los brazos a la espalda.

Era la admisión de su derrota.

Benítez le esposó la muñeca derecha y la otra mitad la cerró en el tubo que bordeaba toda la barra por debajo de la moldura.

—¿Qué va usted a hacer? —preguntó Montalvo con voz queda.

—Registrar la casa.

—No es necesario. En mi habitación, en el closet y debajo del colchón, están las pruebas que busca.

—Muy amable de su parte, señor alcalde.

Pocos minutos después, Benítez salía de la habitación de Montalvo con las ropas envueltas en un paquete de papel basto atadas con hilo de pita.

—¿No podríamos llegar a un acuerdo sobre todo esto, sargento? —preguntó Joaquín con marcada ansiedad.

—¿Qué tipo de acuerdo sugiere usted?

—Dinero y silencio.

—¿En qué cantidad de dinero está usted pensando?

—No sé… —dudó por un instante—. Digamos… ¿veinticinco mil?

—Aprecia usted muy poco su propia piel, señor alcalde.

—¿Treinta?

—Estamos hablando prácticamente del resto de su vida y me ofrece una bagatela. Olvídelo, con usted no se puede negociar.

—¿Cuánto dinero piensa que tengo, sargento? —preguntó picado.

—En su cuenta bancaria particular, unos doce mil pesos —Benítez se tocó los labios con el índice haciendo un gesto apreciativo—, pero debajo de su colchón hay alrededor de cien mil.

Montalvo dio un respingo y palideció mortalmente.

—¿Cómo coño sabe eso?

—La función principal de un policía es tratar de saberlo todo.

—¡Pero ese dinero es del Partido, para la campaña electoral! —protestó Montalvo.

—Preso no puede hacer ninguna campaña.

—En fin, ¿cuánto propone? —preguntó impaciente.

—La mitad.

—¿Cincuenta? ¡Usted tiene que estar loco! —chilló el alcalde fuera de sí, tirando de las esposas.

—Recuerde que el problema es suyo, no mío. Y no hablo de cincuenta, sino de cincuenta y seis, la mitad.

Montalvo se revolvió inquieto. Lo impacientaba la atadura. De buena gana la habría arrancado de aquel tubo, en el caso de contar con la fuerza suficiente. Y luego le aplastaría la cabeza a aquel hijo de la gran puta. Pensó mucho, pero no encontró una puerta de escape. Estaba atrapado y lo sabía. No valía la pena luchar contra lo imposible.

—Está bien. Sea. Cincuenta y seis mil.

—Ahora.

—¿Cómo ahora?

—De inmediato. Usted me da la llave de su casa, yo voy y tomo el dinero y luego regreso para hacerme cargo de que todo el asunto quede bien cubierto.

—¿Qué garantía tengo de que usted no me traicionará?

—Ninguna. O confía en mí o está hundido. Simplemente así. Pero si yo me marchara con el dinero y lo dejara empantanado, usted no tendría ya nada que perder, me denunciaría, yo quedaría en evidencia y no podría utilizar el dinero al menos en los próximos cinco años y esa solución no es de mi agrado. Por tanto, debo jugar limpio para que el acuerdo sea válido para los dos.

—¿Qué hará con las pruebas?

—Toda esta ropa me estorba y no la voy a estar guardando eternamente. Cuando yo regrese de mi incursión a su casa, redactaré una confesión, usted la firmará, y yo me cuidaré de ponerla en un lugar bien seguro junto con las fotos, para que pasado un tiempo no se le ocurra la infeliz idea de quererme asesinar.

Joaquín le entregó la llave de su casa.

—Y a su vez redactará otro documento y usted lo firmará como constancia de haber recibido de mí esa cantidad de dinero por encubrir la muerte de mi esposa. No le voy a entregar una confesión sin cuidarme las espaldas, sin tener una garantía de que pasado un tiempo no se le ocurrirá la infeliz idea de darme otro sablazo de cincuenta y seis mil pesos. Si me traiciona, los dos nos iremos al fondo del tanque.

—Da gusto negociar con un caballero como usted —comentó Benítez burlón—. Bueno, ahora me marcho —miró su reloj—. Dentro de una hora, más o menos, estaré de regreso.

—Un momento, sargento.

—¿Sí? —se volvió un paso antes de la puerta.

—Me gustaría saber algo: ¿por qué usted no me ha preguntado la razón por la que asesiné a Cristina? Después de todo, el móvil debe ser la piedra de toque de un crimen. Sin móvil no hay nada.

—Yo no pierdo el tiempo preguntando lo que sé.

—¿Qué cree usted saber?

—¿Realmente desea saberlo? Muy bien, lo voy a complacer, y así comprobará si me he ganado o no mi dinero. Su esposa tenía un amante. Usted ignoraba ese hecho, pero su amigo Rolando no. Solo que él no había logrado descubrir la identidad de ese hombre. Cuando lo supo, cometió el estúpido error de venir aquí para echárselo en cara en lugar de contárselo a usted. Ese acto vengativo le costó la vida. Usted llegó unos pocos minutos después y a ella no le dio tiempo para darle un giro favorable al asunto. La razón más importante de su crimen, señor alcalde, fue el amor, pero no el que podía sentir hacia Cristina, sino el que lo unía a usted con Rolando.

—¿Usted sabía eso? —balbució Montalvo.

—Y hasta tengo fotos de una de sus citas junto al río. Unas tomas conmovedoras, se lo aseguro.

El alcalde dio un violento tirón de la esposa. Una furia terrible se reflejaba en su rostro sonrosado.

—Cálmese, amigo mío. No tengo una cultura mojigata, soy un hombre de mente amplia y considero que cada cual debe vivir como mejor le parezca. ¡Se enoja conmigo después de lo condescendiente que he sido!

—Mi dinero me está costando —ripostó amargamente.

—¡Vamos! —exclamó Benítez conciliatorio—. ¡Si es un regalo cobrar tan poco por encubrir un triple asesinato!

—¿Cómo triple?

—Eso dije: un triple asesinato.

—No entiendo qué quiere usted decir.

—Aquí han muerto asesinadas tres personas, señor Montalvo: Rolando, Cristina y la criatura que ella traía en su vientre.

—¿Entonces era cierto que ella...? —se detuvo de pronto y lo miró con el asombro con que se mira a un mago por primera vez en la vida—. ¿Cómo coño sabía que ella estaba embarazada?

Ya cerca de la puerta, Benítez se volvió y lo miró con una sonrisa divertida.

—¡Qué tipo tan bruto es usted, mi querido alcalde!

Y se marchó, dejando a Joaquín Montalvo sumido en un mar de confusiones.

Ese mismo día Dieter Fuch, ahora de nuevo bajo el nombre de Friedrich von Veidt, ciudadano suizo, estaba sentado en una tumbona en la terraza de su apartamento en la calle tercera esquina a J, en El Vedado. Había buscado exprofeso una vivienda con una ubicación así, frente al mar, para recordar todos los días a su amada Kiel y a pocos metros de la embajada de Suiza.

Tenía todos sus documentos en regla, expedidos por la cancillería de ese país a petición del almirantazgo británico, porque les había resultado de una utilidad inapreciable en materia de información. No obstante, debió permanecer casi cinco años en prisión sin haber sido procesado judicialmente. Él nunca protestó por esto, porque haber logrado salir ileso de la guerra con todos los delitos internacionales acumulados en su expediente —más los muchos que no constaban allí—, estar en prisión y con la promesa de ser liberado después, cuando ya no les resultara de ninguna utilidad, era como un regalo de la vida.

Había hecho un gran viaje y en él necesitó mucho valor y astucia para escapar de los soviéticos. Si caía en sus manos, nada ni nadie lo salvaría de su venganza o de su justicia. En su trabajo para la Gestapo, había cometido tantos asesinatos que no recordaba la cantidad. El final de la guerra lo había encontrado precisamente en territorio soviético, enviado allí por el sustituto de Heydrich. No confiaba en él, pero era un hombre útil y fiel al Reich. Y el lugar más seguro para desembarazarse de él era enviarlo a combatir al este, donde tenía muchas posibilidades de encontrar la muerte, gloriosamente en combate, como correspondía a un hombre de su talla y de su historia y donde no podía abrir la boca. Fuch conocía demasiados secretos. Todavía era temido por eso y porque como su ídolo Fouché, muchos altos oficiales sospechaban que debía tener toda una gran cantidad de secretos comprometedores ocultos en alguna parte a la que nadie tenía libre acceso y podían resultar mortales si salían a la luz. Contra todos los pronósticos, nunca resultó herido.

El sol estaba apareciendo en esos momentos, pero él no sentía sueño a pesar de haber pasado la noche en vela. Sonrió. De una mesita auxiliar tomó un vaso con mojito, la bebida a la que se había hecho adicto en Cuba, lo levantó y brindó por sí mismo, porque todas las cosas en el futuro le salieran tan bien como en el pasado. Se bebió un largo sorbo y se reclinó de nuevo en la tumbona. Le gustaba regodearse de vez en cuando en los recuerdos del pasado, en aquella parte de su pasado que consideraba gloriosa. Nadie le podía quitar los recuerdos ni la gloria.

En los últimos tiempos, tanto en la prisión inglesa como a su arribo a Cuba, se había ido aficionando al cine, sobre todo, a aquellas películas que se desarrollaban en la Segunda Guerra Mundial. Se las tomaba con un poco de nostalgia, pero también muchas veces lo hacían reír las ridiculeces que aparecían en la pantalla. Los nazis del cine norteamericano y de otras nacionalidades, le parecían caricaturas de la realidad que él mismo había vivido y ayudado a construir. Si estos seudoartistas hubieran conocido por unas pocas horas a Heydrich, Müller, Goebbels, Borman, y especialmente a Hitler, se tragarían sus propias obras por estúpidas. Incluso algunos directores eran alemanes, pero habían huido de la *vaterland* al arribo del Tercer Reich y, por lo tanto, su visión del país durante todo ese período estaba bastante deformada, sobre todo por la propaganda. Napoleón había dicho, muy sabiamente, que la historia la escriben los vencedores. Pero a pesar de la momentánea derrota, se estaría hablando, escribiendo y realizando obras sobre ese período durante más de cien años. Él había comenzado la guerra en solitario en la Radioemisora de Gleiwitz once años atrás, nadie más, y de acuerdo con esas historias que se contaban ahora, todo el mundo había sido el verdadero héroe, con un hecho clave: la derrota.

CAPÍTULO III

La Habana, septiembre de 1953

Ha llegado el momento de presentarme y narrarles el camino que me llevó a formar parte de esta sangrienta historia. Mi nombre es Susana Cortés Valdivieso y soy fruto de una de las familias más linajudas, rancias, decadentes y encopetadas de la alta sociedad habanera. Según cuentan, mis antepasados vinieron a Cuba a bordo de "La Pinta" uno de los tres "Mayflower" del Caribe.

Soy bastante alta, de piel color crema y casi todos los que me conocen, asocian mi rostro con el de Loretta Young. Nunca he logrado esclarecer si todas esas bien intencionadas personas intentan ofender a Miss Young o a mí, porque no he de negar que, aunque ella es una mujer célebre, no me gusta su rostro, demasiado largo en mi humilde opinión, y mucho menos esa mirada de vaca neurótica que constituye su marca de fábrica.

También les diré que no soy una de esas trigueñas despampananantes que suelen aparecer en las novelas de Mickey Spillane, pero tengo una figura aceptable, una forma de caminar lo más erguida posible y muy sensual, lo cual logra arrancar con frecuencia requiebros y silbidos en las calles y me ha buscado más de un problema. Mis piernas son bastante largas y lindas, sin embargo, lo que más suele enloquecer de mi cuerpo a los hombres son mis muslos, cubiertos de una capa de vellos negros, cortos y muy finos y sedosos. Por tal razón, evito andar en shorts, porque en lugar de hacerme sentir cómoda —como debe ser el objetivo de los shorts—, siempre consigo un efecto contrario. ¡Y jamás se me ocurriría ponerme un bikini! Si vieran la sinuosa y delgada hilera de vellos negros que me corre por el centro del vientre hasta el pubis, provocaría un motín. ¡Y me niego por completo a hablar de mi pubis!

Solo me resta decir que tengo veintidós años y soy pasablemente inteligente, tengo un cierto aire filomático, pero no me considero una muchacha culta; a pesar de eso, acumulo algunos títulos, si bien no me sirven para otra cosa como no sea demostrar que puedo ser una agradable esposa. A saber: toco intrépidamente el piano, y en mis interpretaciones se puede reconocer, al menos, un lejano parecido con las cosas más sencillas de Chopin y de Beethoven, sé realizar cualquier tipo de tejido por complicado que éste sea, e hice un curso de dos años de secretariado comercial y contabilidad por mi propia cuenta.

Por otra parte, sé vestirme adecuadamente de acuerdo con la actividad que deba enfrentar, sé comer de forma correcta con toda la inmensa gama de cubiertos inventados para su propia infelicidad por el hombre, y puedo hacerlo frugalmente, aunque luego me atrinchere en la cocina a tragar como una cavernícola, porque siempre tengo el apetito de un estibador. Para mi suerte, soy delgada por naturaleza y no engordo una libra, aunque me atiborre de dulces todos los días, algo que, por supuesto, no hago.

En fin, soy una muchacha generalmente convencional, aunque me agrada regodearme pensando lo contrario.

Como todo ser humano, estoy repleta de defectos — grandes y pequeños—, pero hay uno muy destacado por encima de todos los demás: soy la terquedad hecha mujer; cuando nacieron los tercos, ya yo estaba preparando el desayuno. Este defecto, como es lógico imaginar, es el que me ha causado los mayores y más frecuentes problemas a lo largo de mi vida. ¡Y lo peor es que no escarmiento! ¡Soy una verdadera nulidad a la hora de hacer mis cálculos de pérdidas y ganancias!

Como es fácil imaginar, casi siempre me corresponden las pérdidas. Y como soy caprichosa y mujer, se puede afirmar que he
ligado el parlé.

Fue precisamente ese el motivo: por mantenerme en mis
trece, me vi involucrada en todo este enredo que intento
narrarles de la mejor manera posible.

En realidad, las cosas adversas comenzaron para mí cuando
tenía diecisiete años y quise estudiar algo que me resultara útil.
Deseaba trabajar porque, aunque mucha gente no lo crea, la
vida cotidiana de una muchacha rica es mortalmente aburrida.
Si alguien llegase a leer estas humildes líneas, probablemente
opinaría —con toda razón—, que la de una muchacha pobre
es peor; pero eso no evita que nosotras —las que tenemos un
poco de sangre viva en las venas— nos sintamos aburridas,
sosas, inútiles, vanas y hasta estúpidas en algunas ocasiones.

Nos engendran un miedo terrible a la pobreza —también
con toda razón— y nos lo machacan tanto que se nos mete
como una especie de virus en el cuerpo y no queremos ni saber
que los pobres existen.

No se imaginen que todo son ventajas en la vida de una
muchacha rica.

Generalmente una muchacha pobre se puede casar con
quien quiera, porque de su condición económica hacia atrás,
no hay más tierra; a nosotras nos inculcan desde pequeñas que
debemos hacer un matrimonio conveniente, lo cual quiere
decir en buen español que ya te puedes ir olvidando de cosas
tan tontas como el gusto, el amor, las afinidades y los ideales,
o por lo menos, de dos o tres de ellas.

A veces alguna liga la papeleta y logra casarse con el hombre
adecuado en todos los sentidos, pero esto ocurre muy de
cuando en vez. Lo mayoritario es cargar con un individuo que

afronta tu misma situación, por ello te odia tanto como tú a él y la vida de ambos se convierte en una sucursal del infierno.

Otra de esas desventajas de nuestra vida es que nos obligan a asistir a un grupo de fiestas, reuniones sociales, tómbolas y cenas y nuestros padres nos presentan como si fuéramos vaquitas de raza en una feria. En esas actividades, hemos de hacer gala de toda nuestra hipocresía y saludar, besar o conversar animadamente —enarbolando la más encantadora sonrisa de que sean capaces tus labios— con personas a las cuales aborreces con toda el alma.

No todo es fácil en la vida de una muchacha rica. Y si tienen un padre como el mío, son más dignas de compasión que de envidia.

Mi padre, como cualquier buen tirano, no soporta ser contrariado y mucho menos desafiado. Como está tan orgulloso de sí mismo, no concibe que a alguien se le ocurra la peregrina idea de enfrentarlo. Para él, esa persona debe ser desestimada por loca o destruida por peligrosa. Solo él puede tener ideas, solo él está autorizado y cualificado para pensar, su contacto con el mundo es el de yo hablo y tú escuchas, yo mando y tú acatas, y si no te conviene, es mejor que te marches, porque yo tengo todo el poder y no me lo dejo soliviantar ni con los pies por delante.

Los hombres que le rodean dependen de él y viven aterrados por la posibilidad de caer un día en su desagrado, lo cual significaría el fin de su pequeño e idílicamente falso mundo. Ya no serían los funcionarios de confianza del gran hombre y les resultaría muy difícil emprender una nueva vida lejos de su esfera de influencia.

Mi padre es un hombre terrible.

Mi pobre madre había fallecido dos años antes, dejándonos a mi hermano menor y a mí a merced del gran hombre, aunque la diferencia no fue notable, pues en el fondo ninguno de los dos se ocupaba de nosotros. Mi hermano vivía de un internado en otro, siendo preparado para sustituir a nuestro padre en el futuro. Teóricamente, pues los hombres como él se creen inmortales e insustituibles, lo cual es una soberana estupidez. En realidad, mi padre se ocupaba y preocupaba solo de sus negocios, de sus relaciones con otros individuos de su mismo ropaje, y de hacerse temer por aquellos que lo conocían y adorar por quienes no lo conocían.

A su vez, mi madre dedicaba la mayoría de su tiempo a obras de caridad y beneficencia, a acariciar cabezas de negritos pobres ante las cámaras de los fotógrafos de los periódicos y la televisión, para luego lavarse las manos tres o cuatro veces y terminar de purificárselas con alcohol de noventa y cinco grados, lo más escrupuloso que se podía conseguir en el mercado.

Pues un buen día se me ocurrió interrumpir su sacrosanta lectura del Diario de la Marina para decirle que deseaba continuar mis estudios en la Universidad.

—¿Qué clase de tontería es esa? —preguntó alzando sus ojos y mirándome por encima de sus quevedos, con ese tono con que hacía temblar a casi todo el mundo—. ¿Cómo te atreves a molestarme con semejante idiotez?

—No es ninguna idiotez, padre —dije en voz baja, con los ojos clavados en el piso, porque él no soportaba que le sostuvieran la mirada. Lo tomaba como un desafío.

—¡Si yo digo que es una idiotez, es porque es una idiotez y ahí queda zanjada la cuestión! —me contestó, extendiendo el diario violentamente, como para darme a entender que no continuara perturbándolo con mis tontas aspiraciones.

—¿No me darás la oportunidad de decirte mis argumentos? —pregunté tímidamente.

—¡Aquí no hay más argumentos que los míos, Susana! ¡Y no te atrevas a desobedecerme!

—¿Pero, por qué te molesta que estudie? —insistí. Cometí el pecado mortal de insistir.

Se quitó los quevedos, dejándome ver que el verde de sus ojos había alcanzado el más alto grado de intensidad.

—En esta familia, el destinado a estudiar es tu hermano, tú estás destinada solo a ser la buena esposa de alguien conveniente para nuestros negocios y para nuestra posición social, y yo estoy destinado a ser quien mande mientras viva y a ser obedecido sin rechistar. Y no quiero volver a oír hablar una sola palabra sobre el asunto. Si intentas ingresar a la Universidad a mis espaldas, sin mi consentimiento, me enteraré, lo impediré y te pesará, te lo aseguro.

Hube de retirarme de inmediato a llorar mi rabia impotente, pero no me conformé con eso. Por esa razón decidí estudiar el secretariado comercial a escondidas y además hacer verdaderos prodigios de estrategia para no ser descubierta durante aquellos dos años.

En ese tiempo, conocí a un muchacho muy bueno y me enamoré cálidamente de él. Compartimos un lindo romance sin llegar a tener relaciones íntimas, y confieso que no fui yo quien lo impidió. Él era un joven muy caballeroso y correcto, me quería de verdad y no me hubiera "perjudicado" por nada de este mundo.

Le puse fin cuando nos graduamos, al hacer las cuentas que no había querido hacer hasta ahí: Rogelio era tan pobre como el mendigo de Mark Twain y no sabía que yo era, al menos teóricamente, tan rica como Creso, algo sin mucha importancia para mí; pero nunca sería un rival de consideración para mi padre. Este lo hubiera destrozado en todos los campos.

Un día los imaginé enfrentados y supe que todo había terminado. Por supuesto, nunca le dije la verdad. Rogelio fue muy bueno conmigo, me dio algunos de los días más bellos de mi adolescencia y no quería ofenderlo y mucho menos desgraciar su futuro.

Me dediqué a buscar trabajo en negocios pequeños, donde no hubiese la posibilidad de encontrarme con mi padre o con alguno de sus incondicionales y logré hacerme emplear en unos modestos almacenes de telas en La Habana Vieja. Era un próspero negocio y no tenía ninguna relación con las esferas de mi padre.

Por aquellos tiempos, me consideraba como una versión femenina de El Zorro. Linda Stirling en La Habana. Salía detrás de mi padre por las mañanas y regresaba antes por las tardes. De tal forma, logré burlarlo un año más y eso me permitió adquirir una buena experiencia como secretaria ejecutiva a las órdenes del señor Horacio Sánchez, un hombre de unos sesenta años que me enseñó sobre la práctica casi todos los secretos del mundo de los negocios en pequeña escala.

Como en este mundo no existe nada perfecto, un buen día fui descubierta, mi padre fue informado por el o la infame que me vio, él envió al señor Pastrana, su más cercano colaborador, para convencer "por las buenas" al señor Sánchez de la conveniencia de liberarme del trabajo, al señor Sánchez no le quedó otra salida que acceder a la petición bajo una demoledora amenaza y, con mucho pesar por parte de los dos, abandoné ese trabajo.

Por primera vez tuve la osadía de enfrentarme con mi padre. Moderadamente, por supuesto.

Me dijo muy clara y terminantemente que jamás tendría un empleo ni me permitiría llevar otra vida como no fuera la impuesta por él. Y que sería capaz de matarme antes de ceder un solo milímetro a mis malcriadeces.

En el término de un año tuve tres nuevos empleos, de los cuales fui despedida de la misma forma por causa de mi querido padre.

Aquello se convirtió en una verdadera guerra.

La última vez, le dije que ya era mayor de edad y no podía obligarme a cumplir sus deseos.

—¡Tú solo serás mayor de edad cuando yo lo decida! —me gritó.

—¡Tú no estás por encima de la ley! —chillé.

—¡No seas idiota! ¿De qué carajo de ley tú hablas? Las leyes las hacemos y las quitamos los que tenemos el poder, y si persistes te casaré con el primer besaculos que me convenga o me parezca.

—¡Intenta hacerlo y verás el escándalo más grande que recuerde la sociedad cubana desde la llegada de Colón!

Su rostro se puso de color violeta, parecía a punto de estallar. La tonalidad del mío no debía estar muy por debajo.

—¿Me estás amenazando? —farfulló atragantándose con las palabras—. ¡Maldita seas! ¿Te atreves a amenazarme a mí, a tu padre?

—¡No! —chillé más fuerte—. ¡Te estoy advirtiendo! ¡No podrás hacer conmigo lo que te dé la gana!

—¡Vete de mi casa! ¡Márchate inmediatamente de mi casa!

—Ese es el favor más grande que me harás en toda tu vida. No me voy a acobardar. Lo único bueno que he aprendido de ti es a no ser cobarde.

Cuando intenté subir a mi habitación, me cerró el paso.

—De esta casa no te llevarás nada. Ni ropa, ni dinero, ni el auto. ¡Nada! ¿Tú no quieres vivir tu vida? ¡Pues vívela por tus propios medios y con tus propios medios! ¡No te daré un solo minuto de descanso y te haré volver con la cabeza baja!

—¡Nunca! —le grité histérica y ferozmente con todo el cuerpo contraído y me pareció que la voz me había salido de las mismas entrañas.

Me abofeteó como si fuera un hombre y me hizo tambalear. Era la primera vez que alguien me abofeteaba y les confieso de todo corazón que no me gustó. Me quedé mirándolo con una ira a duras penas contenida, con odio salvaje y, ¡Dios me perdone!, con furia homicida.

—¡No volveré ni muerta! —le dije rechinando toda mi dentadura—. ¡Si tengo que mendigar, si tengo que prostituirme, si tengo que irme a trabajar lejos o convertirme en monja o matarme, lo haré, pero no volveré jamás! ¡El día que tú mueras yo no estaré allí, y si me toca primero, no hagas que me revuelque en la tumba!

Di media vuelta y me marché dando un formidable portazo que hizo estremecer las poderosas paredes de lo que fuera mi casa.

Salí hacia la noche y estuve caminando durante casi una hora, haciendo en mi mente miles de imágenes, cada una más absurda que la anterior, donde mi padre venía a rogarme que volviera, otra donde lo veía convertido en un ancianito desamparado tocando a mi puerta pidiendo limosnas y en una versión le tiraba la puerta en la cara; en la segunda, le entregaba una generosa limosna; y en la tercera, me las daba de magnánima y le abría las puertas de mi casa, le brindaba cobijo y les decía a mis hijos que ese era su abuelo y debían amarlo. En otra lo veía en su lecho de muerte clamando por mi presencia y en una versión les volvía la espalda a sus emisarios y en la otra acudía a su lado para perdonarlo. O veía la escena al revés: él, llorando a lágrima viva, carcomido por los remordimientos, venía a pedirme perdón en mi lecho de muerte, y en una versión lo perdonaba y en la otra, lo mandaba al infierno un instante antes de cerrar mis lindos ojos verdes para siempre.

De pronto, todo aquello me pareció un melodrama mejicano y me eché a reír sola, como una loca, en la acera de Potín, en Línea y Paseo, una de las zonas más céntricas de La Habana. La risa terminó en llanto y la idea del melodrama en un desgarrado anhelo de encontrarme con Arturo de Córdoba para que me protegiera de aquella ciudad. Dos horas antes estaba a mis pies y ahora la sentía amenazadora, peligrosa y mortal sobre mi cabeza. Tuve la impresión de que La Habana era como una gigantesca tarántula, las calles sus inexorables tentáculos, y sus luces, millones de ojos acechando para exterminarme.

Fue mi segundo acceso de locura aquella noche: por supuesto, el primero fue marcharme de mi casa.

Mi padre siempre había sido un tirano brillante, pues durante años nos hizo creer que bajo su manto estábamos bien protegidos, porque él cuidaba de nosotros y su protección significaba libertad y dignidad por ser de su clan. Nos insistía en que fuera de él todo estaba corrompido y sucio. Nos había inoculado día a día el miedo al cambio y al mundo exterior. Sin embargo, poco a poco había ido descubriendo que él era quien estaba sucio y corrupto; él era quien llevaba una vida disoluta secreta para que nada manchase su imagen pública. Para el mundo exterior, era una especie de patriarca, defensor incansable y cruzado invencible de las mejores causas y costumbres; y hacia adentro, hacia nosotros, era un hombre lleno de crueldad y soberbia, decidido a convertirnos en sus marionetas, educados para hacer su sola voluntad, privados de nuestros más elementales derechos.

Por eso tuve de pronto la impresión de haber arribado a una extraña ciudad y aquella ciudad de aquel extraño país me trituraría sin poder hacer nada para evitarlo. Era una terrible sensación de soledad y pánico y su efecto era el de un derechazo de Rocky Marciano en la boca del estómago que te hubiese tomado por sorpresa.

¿A dónde iría? A partir de aquel momento, me serían cerradas todas las puertas de aquellos que solo un par de horas atrás se hubieran roto el alma por servirme. Ahora había caído en desgracia y todos me volverían la espalda. Ya no era la hija del cacique, sino su enemiga.

Por otra parte, acudir a cualquiera de aquellas gentes o a alguna de mis amistades, no solo le daría la oportunidad de cerrarme el cerco, sino la de mantenerme localizada. Tenía que evitar precisamente eso.

El primer gesto cuerdo que hice fue registrar los bolsillos de mi saya y ¡Oh, Dios prodigioso!, allí estaban mis llaves en el derecho y mi monedero en el izquierdo.

Me pregunté si estaba dispuesta a seguir adelante y me contesté que sí, que iría a trabajar a Tombuctú o a Siberia si fuese necesario, y haría cualquier cosa, hasta limpiar el trasero de ancianos incontinentes, pero no volvería, no me doblegaría, no cedería un solo paso.

¿Qué haría con mis llaves y mi monedero? Probablemente muy poco esa noche, pensé de momento, pues solo tenía en efectivo nueve pesos con cincuenta centavos y dudaba mucho que me sirvieran para pasar la noche. ¡Ignorante de mí! Un poco más adelante, aprendí que un respetable hotel de segunda podía costarme entre cinco y siete pesos y con los dos cincuenta restantes, podía comer durante dos días si iba a alguna fonda decente donde fuera un trabajador no muy remunerado.

Como estaba muerta de hambre, decidí entrar en Potín y me dirigí a la cafetería y no al restaurante. A partir de ese momento, tenía que aprender el verdadero valor del dinero, pues en adelante, éste saldría de mis pulmones. Entre otras tantas cosas, había quedado atrás para siempre la despreocupación por el dinero, el llegar a cualquier lugar y solo mirar por un instante el número escrito en la cuenta y poner sobre ella un billete cualquiera por encima de esa cantidad, sin fijar en mi mente el precio de las cosas. ¡Cuántas veces debí ser estafada sin darme cuenta!

Con las llaves podría penetrar en la casa y sacar mis cosas más necesarias. Allí habían quedado mis ropas y mis dos libretas de banco, de las cuales una sola me resultaría útil, aquella donde provisoriamente había guardado una parte del dinero ganado en mis azarosos empleos, depositado en el Chase Manhattan Bank, y donde mi padre no tenía ninguna influencia debido a una querella bastante ácida que tuvo unos años antes con la gerencia de aquella firma. Fue precisamente la razón que me impulsó a guardarlo allí. Y esa libreta estaba muy bien escondida en mi habitación. Lo que hube de urdir para burlar su vigilancia, a la larga me sería útil para tratar de emprender una nueva vida. Si lo lograba.

La otra libreta de banco contenía la cuarta parte del dinero de mi madre, pues otra cuarta estaba a nombre de mi hermano menor y el resto fue a las manos de mi padre. Esa cuenta tenía la friolera de ciento treinta mil pesos entre efectivos y bonos, pero mi padre me impediría tocar un solo centavo de aquel dinero porque estaba en sus manos, depositados en su banco. Yo no podría tocarlo, pero él tampoco mientras yo tuviese la libreta en mi poder. En cuanto intentara cambiar el dinero de banco, mi padre sería informado, solo conseguiría mi localización, y aunque era ilegal, él ordenaría congelar la cuenta. Y quedaría como un iglú.

Si lo conocía bien, él esperaría hasta el día siguiente para tomar toda suerte de medidas contra mí. Esta noche no. Para él, esta noche estaba destinada a que yo aprendiera mi lección. No daría la señal de alarma hasta quedar convencido de que no regresaría, pero para entonces sería demasiado tarde para mí. Era esta noche o nunca.

Me mantuve vagando por las calles con los nervios a flor de piel hasta las dos de la madrugada, fraguando lo mejor posible mi primer delito. Estaba muerta de miedo, pero decidida a llevar a término mis designios. Además, debía demostrarme a mí misma que era capaz de defender mis derechos como fuera y convencer a mi padre de que estaba dispuesta a presentarle batalla hasta el final.

Me paré en la esquina de donde estaba situada aquella casa y estuve atisbando durante unos minutos. Todo aparecía en calma, las luces estaban apagadas y en el resto de la cuadra no había ninguna actividad aparente; solo yo, dispuesta a iniciar mi carrera delictiva.

Abrí sin ninguna dificultad la puerta del muro, pues tenía cerradura, pero no seguro ni pestillo. Avancé hasta la puerta de entrada a la casa. Ésta sí tenía el cerrojo echado. Me sentí desesperada y decepcionada al mismo tiempo, sin embargo, no me di por vencida y comencé a dar la vuelta a la casa intentando encontrar por donde penetrar y no puedo describir la alegría que sentí al percatarme de que la puerta del fondo, solo utilizada por la servidumbre, estaba sin cerrojo.

Tal como había calculado, mi padre no registró mi habitación esa noche, y pude llevarme sin dificultad todo aquello que necesitaría para el futuro: algunas ropas deportivas y prácticas, mis dos libretas de banco y un dossier donde guardaba todos mis documentos importantes como inscripción de nacimiento, diplomas escolares y propiedades, entre las cuales estaba mi automóvil; en el último instante, decidí llevarme mi joyero. Éste contenía pocas piezas, porque no soy aficionada a los adornos, pero eran regalos de mi madre y no tenía por qué dejárselos a míster Murdstone. Además, en un momento de crisis podían sacarme de un apuro.

Tomando las precauciones más extremas, logré salir de mi casa sin ser notada y solo quien se ha visto en una situación semejante, podría comprender la salvaje alegría y a la vez la profunda tristeza que sentí en esos momentos.

Mi padre era un desalmado, pero era mi padre, y aunque lo odiara, siempre quedaría un hilo invisible entre los dos; aquella era la casa donde había nacido y cuyo interior no volvería a pisar nunca más. Era libre —bueno, relativamente—, pero sentía toda la tristeza de mi conquista.

Todas las cosas en el mundo tienen un precio, pero nada se paga tan caro como la libertad.

Aquella noche la pasé en la funeraria Rivero abrazada a mi maletín, llorando y sin poder pegar un ojo por el temor de ser robada, aunque esa era la funeraria más moderna y cara de La Habana.

Para no llamar mucho la atención sobre mi llanto, compartí mis lágrimas entre los tres cadáveres que estaban tendidos esa noche y cuyos nombres nunca supe.

A primera hora me dirigí al Chase, saqué ciento sesenta y cinco pesos —la mitad de mi capital— y me dediqué a buscar una pensión que fuese barata, limpia, decente, céntrica y lo bastante discreta como para servirme de guarida. La encontré a las dos de la tarde en San Rafael cerca de Belascoaín y estaba regentada por una señora de unos cincuenta años cuyo rostro era un litro de vinagre, pero me inspiró confianza precisamente por su seriedad. Me costaría dos pesos diarios sin las comidas. Tenía un respiro de dos meses para conseguir un trabajo administrándome con mano de hierro, algo desconocido para mí.

En los dos meses siguientes, conseguí un solo trabajo como dependiente en una tienda de ropas, pero me duró quince días, ya que fue abortado por los hombres de mi padre.

Intentó que me echasen de la pensión, pero la señora vinagre los mandó a paseo y les mostró una licencia para portar armas y un revólver que siempre tenía a mano para defenderse de los delincuentes y le había sido obsequiado por su hermano, un comandante de la Policía que la adoraba y era legendario por su mal genio y su carácter violento.

Supongo que mi padre decidió sacarme de allí rindiéndome por hambre antes de intentar una medida drástica contra la valiente dama.

Cuando solo faltaban dos días para abandonar mi pensión por falta de pago y me quedaba la ridícula suma de cinco pesos con sesenta y dos centavos, la mano del destino me condujo a las puertas de un próspero negociante, importador y productor de joyería y bisutería fina. Según me dijeron, se había quedado sin secretaria porque sus hijos decidieron que ya se había sacrificado bastante por ellos y en adelante asumirían su turno de recompensarla.

Realmente me llevó allí la venta de mis joyas. Dos días antes había oído decir que este señor pagaba las joyas bastante bien. Como ya estaba en una situación crítica, escuché con atención el nombre y la dirección de su negocio.

Dos días atrás me encontraba en una situación crítica, pero la de ese día era absolutamente desesperada. Cuando saliera de allí, tendría que tomar una decisión tal vez dramática sobre mi

vida, y todo parecía indicar —por mi mala suerte hasta ahí—
que apuntaba hacia lo peor.

Nunca volvería con mi cabeza baja, estaba a punto de quedarme sin dinero y sin techo, no tenía empleo y no rechazaba la prostitución por puritanismo, sino porque no tenía vocación para esa carrera, no duraría mucho en ella, y solo conseguiría que hicieran trizas todos mis agujeros.

Eso era más o menos exactamente lo que pensaba cuando traspuse la puerta del señor Daniel Benítez.

CAPÍTULO IV

Mi primera impresión del señor Benítez fue un tanto inusual. El rostro de aquel hombre de treinta y pocos años no me gustó mucho; sin embargo, me pareció que tenía un cierto atractivo diabólico. Quizás la perspectiva de mi futura hambre ya me estaba haciendo estragos.

—Con su permiso, señor.

El extendió su mano derecha invitándome a sentar sin hacer el menor gesto de galantería. La chaqueta de su traje azul de Prusia estaba extendida detrás de él encima de su butaca giratoria y la camisa de listas verticales negras y blancas tenía las mangas recogidas casi hasta los codos. Sus brazos no eran muy velludos, iba completamente afeitado y estaba pelado y peinado con cierto aparente descuido, lo que daba a su presencia un tono informal.

Cuando me hube sentado con las rodillas muy juntas, casi en el borde de la butaca, con mi pequeña cartera asida con fuerza con ambas manos y supongo que una expresión de aterrada ansiedad, él sonrió.

Fue una sonrisa leve, pero sonrisa al cabo —como opinaría Hilarión Cabrisas—, y logró serenarme un poco.

—Usted dirá en qué puedo servirla, señorita…

—Cortés… Susana Cortés —contesté con presteza.

—Muy bien, adelante, señorita Cortés —me invitó a hablar con una nueva sonrisa muy comercial.

—Verá, señor Benítez, he sabido que usted necesita una secretaria y yo… —comencé a balbucir casi desmoronada— pretendía… quería saber… si es posible… si aún no tiene compromisos… en fin…

—En fin, señorita Cortés, me parece que usted se encuentra un poco alterada. Cálmese y hablemos. Vamos a ver, ¿por qué quiere trabajar para mí? —preguntó suavemente, aunque no perdía una sola reacción mía.

—¡Yo quiero trabajar para cualquiera! —solté imprudentemente—. Es decir... yo tengo una gran necesidad de trabajar...

—Usted parece una muchacha muy bien cuidada, no da la impresión —con esas mejillas sonrosadas— de estar pasando hambre.

—Todavía no, señor, pero mañana estaré en medio de la calle, sin un centavo y sin tener a dónde volver los ojos —confesé con toda franqueza.

—¿Qué sabe usted acerca de mí?

—Que es dueño de este establecimiento, que paga bastante bien las joyas y no tiene secretaria.

—¿Nada más?

—Solo eso. Hace dos días oí su nombre por primera vez.

—¿Trae alguna recomendación?

—Ninguna, señor.

—¿Tiene experiencia como secretaria?

—Oh, sí, señor. Ya he trabajado antes más de un año.

—¿Y no pidió una carta de referencia?

—No, señor.

Ya nos aproximábamos al punto neurálgico del asunto y comencé a sentirme muy infeliz.

—¿Puedo saber por qué?

—Porque no me la darían.

—¿Cuál es el motivo de la negativa?

Me puse de pie casi de un salto y las lágrimas comenzaron a rodar incontenibles por mis mejillas.

—Olvídese de todo el asunto, señor Benítez. Fue una gran tontería de mi parte decir que tenía experiencia.

—Haga el favor de sentarse, señorita Cortés. Yo le he concedido esta entrevista y debo ser yo quien la dé por terminada —aunque su voz era suave, logró que me sentara otra vez sin chistar—. Supongamos que yo le digo ahora, ya, que no le voy a dar ese empleo. Usted no perderá nada contándome por qué no le darían esas cartas. Nadie emplea sin saber lo mejor posible a quién mete en su casa.

—Sí, señor. Precisamente ahí radica la cuestión, en quién soy yo. Por favor, olvide todo el asunto. De todos modos, el primer motivo que me trajo aquí no fue ese, sino vender unas joyas de mi propiedad. ¿Me permite mostrárselas?

—¿Por qué no? —acordó rascándose la barba visiblemente intrigado.

Puse con gran torpeza todas mis joyas sobre su buró y a continuación saqué un pañuelo y me dediqué a secar mis ojos, que se habían enrojecido, y a vaciar mi nariz lo más discretamente posible.

Él sacó de la gaveta superior de la torre derecha un lente y lo colocó en su ojo derecho como un monóculo. Observó atentamente cada una de mis joyas y fue haciendo anotaciones en un block a su derecha.

—Hay dos o tres piezas interesantes, señorita Cortés —declaró quitándose el adminículo y poniéndolo sobre el buró—. Usted sabe que no obtendrá por ellas su verdadero valor. Podría darle dos mil pesos si tiene la propiedad de ellas; de lo contrario, le ofrezco mil.

Bajé la cabeza y me miré las manos. De haber tenido una pistola en esos momentos, me habría matado allí mismo. Sabía que el valor de aquellas joyas estaba por encima de los diez mil pesos, pero estaba atrapada como una ratita y frente a mí no había un gato, sino un tigre con unas garras muy afiladas.

Mil pesos significaban para mí seis meses más de vida y con ellos tal vez podría irme a otra provincia o a otro país donde pudiera comenzar una nueva vida lejos de mi padre.

—Muy bien, acepto —dije al fin con un suspiro de resignación.

De la gaveta central extrajo un fajo de billetes y contó hasta completar mil sobre la mesa. Guardó los restantes y volvió a contar para mí los mil pesos. Los tomó entre sus manos y se reclinó en su asiento, ladeando un tanto su cabeza hacia la derecha, sin entregármelos.

—Señorita Cortés, debido a mi formación aborrezco los misterios y usted ha llegado a mi oficina, me ha llenado de intriga hasta el cuello y cuando se marche, me dejará convertido en un hombre infeliz por el resto del día. Usted sabe muy bien que la estoy estafando descaradamente, ¿no es así?

Bajé la cabeza y eso equivalía a un asentimiento.

—Y a pesar de todo, está dispuesta a dejarse estafar. Usted debe necesitar de verdad ese dinero, o ha robado estas joyas y precisa salir de ellas lo más rápido posible.

Me ericé cuando dijo aquellas últimas palabras.

—Las joyas son mías, señor Benítez. Fueron un regalo de mi difunta madre.

—Eso creo. No me parece usted una ladrona, aunque las apariencias a veces le juegan a uno muy malas pasadas.

Hubo un breve, pero ominoso silencio entre ambos. Él deseaba retenerme para satisfacer su curiosidad, y yo solo quería desaparecer de allí con cualquier cantidad de dinero.

—Le propongo un trato —dijo finalmente—: si me cuenta toda la historia —toda la verdad, por supuesto— y en ella no hay un acto delictivo de por medio, consideraré la posibilidad de darle el empleo luego de una prueba de aptitud, porque me parece que estas joyas son para usted el recurso final. Si hay un acto delictivo o por algún motivo no me conviene emplearla, le daré los dos mil pesos. ¿Qué me contesta?

—De acuerdo —dije después de considerar las posibilidades por unos momentos—. ¿Sabe quién es Felipe Cortés? —pregunté decidida. En fin, no tenía nada que perder y en ambos casos ganaría algo.

—¿El banquero?

—El mismo. Él es el causante de todos mis problemas.

—¿Cuál es el parentesco entre ustedes?

—Es mi padre.

—¿Y la historia?

Le conté todo con lujo de detalles.

—¿No era mejor mantenerse tranquila y hacer lo que su padre le pedía? Ahora estaría protegida, sin ningún peligro amenazándola, con dinero, autos, casa... en fin, todo.

—¿Usted aceptaría casarse con una mujer que no le interese para nada?

Benítez sonrió.

—Depende de la cantidad que haya en juego.

—¿Aceptaría ser convertido en un ignorante sabiendo que tiene inteligencia para continuar sus estudios?

—Depende de las alternativas.

—¿Aceptaría que otra persona rigiera sus destinos para toda la vida, para la única y miserable vida que usted va a vivir?

—No lo creo —contestó resueltamente.

—¿Aceptaría que cortaran cada una de sus iniciativas y lo persiguieran sin darle tregua con el único fin de doblegarlo?

—Absolutamente, no —y esta vez fue categórico.

—Usted tiene razón. Tendría todo, menos libertad. Para tener libertad, necesito un empleo. Y no puedo tener un empleo, porque en cuanto se entera, él manda a uno de sus lacayos. Por tanto, me quedan muy pocos caminos: me voy de

La Habana, me voy de Cuba, o me mato. Lo que no voy a hacer es regresar derrotada. Nunca le daré ese gusto.

—¿Se siente dispuesta a todo para conseguir su libertad?

—Sí.

—¿A todo absolutamente? —recalcó.

—¿Qué quiere decir con eso de todo absolutamente? —pregunté con desconfianza.

—Exactamente eso: todo. Toda la carne puesta en el asador. Mire, señorita Cortés, para emprender esa pelea contra su padre, usted deberá olvidar para siempre las cosas positivas que aprendió en aquella vida: la nobleza, la ética, la honradez, la decencia, la gentileza, el orgullo y, sobre todo, la piedad. Para salir adelante en la vida, debe perder la piedad. ¿Cree que su padre la ha tratado con piedad?

—No.

—Por eso ha triunfado en la vida y por eso ha triunfado contra usted, porque para él usted no es su hija, sino un nuevo enemigo que pretende resquebrajar su autoridad. Eso no lo puede permitir y solo hay una forma de resolverlo: sin piedad, ahogándola por todas partes donde meta la cabeza. Hay un viejo refrán que dice "La mejor pelea es aquella que se evita", pero si no puede o no quiere evitarla, debe estar dispuesta a ir hasta el final, sin piedad.

—¿Eso incluye matarlo?

—Por supuesto que no —contestó con gravedad—. Por mi mente no pasó esa idea en ningún momento, aunque imagino que por la suya sí debió cruzar ya varias veces.

—Sí, es cierto, pero solo en momentos de extremo furor —confesé con una tímida sonrisa.

—Eso quiere decir que usted tiene temple para luchar por sus derechos.

—¿Y qué debo hacer para conseguir mi libertad? Porque aparte de matarlo no se me ocurre ninguna otra idea.

Él sonrió con aquella sonrisa encantadoramente diabólica que la más de las veces sobrecoge a sus interlocutores y los desestabiliza, porque les provoca la sensación de no saber dónde están sentados.

—En primer lugar, aceptar el trabajo de secretaria que le ofreceré en un par de días, cuando compruebe si es verdad toda su historia.

Me quedé desconcertada cuando me lo dijo.

—¿Usted se ha vuelto loco?

—¿Lo parezco? —preguntó divertido.

—Mi padre lo destrozará —le reiteré incrédula.

—Lo intentará —replicó con calma—, pero ese será mi problema.

—¿Y cuál será el mío?

—Ser una buena secretaria, resistir la presión pase lo que pase, y ayudarme si fuera necesario.

Me quedé pensativa.

—¿Usted conoce a mi padre?

—No, nunca lo he visto, ni he tenido pugnas o tratos con él. Si es por eso que pregunta, no hay nada personal en mi decisión.

—No me irá a decir que es porque se compadeció de una pobre doncella en dificultades —dije con sorna.

—Definitivamente no. Nunca me he considerado un caballero.

—¿Es usted un comunista o algo por el estilo?

—De nuevo equivocada —dijo riendo.

—¿Entonces por qué motivo me quiere ayudar?

—Por aburrimiento —contestó con simpleza encogiéndose de hombros—. Hace demasiado tiempo que no me ocurre algo emocionante y me aburro muchísimo dedicado a estas tareas administrativas que producen dinero, pero no emociones. Eso es todo.

—¿Vengo pasado mañana?

—A las ocho de la mañana. Sea puntual —empujó las joyas en mi dirección—. Si le parece bien, puede recoger sus prendas y le adelantaré cincuenta pesos de su primer salario, si al fin decido emplearla.

—¿Y si no?

—Se los regalaré por haberme hecho un buen cuento.

Yo era joven, despierta pero inexperta, y la perspectiva de una aventura me sedujo. Confieso no haber pensado siquiera en todos los peligros que el asunto entrañaba, ni en la posibilidad de que aquel hombre tuviese alguna intención oculta y criminal o fuese amigo de mi padre y se dispusieran a darme el golpe de gracia. No pensé en las consecuencias de mi acto, pero sí esa legendaria intuición de nosotras me repetía, una y otra vez, que estaba haciendo un pacto con el diablo.

Al regresar dos días más tarde por su respuesta, solo se limitó a decirme que mi oficina se encontraba al lado de la suya, me entregó unas llaves y un cartapacio de papeles por mecanografiar. Era obvio que había investigado mi historia y comprobado su veracidad.

Los días comenzaron a transcurrir vertiginosamente. El señor Benítez tenía cinco establecimientos en distintos puntos de La Habana, pero el principal, donde él radicaba, era este donde yo lo conocí, situado en la calle Prado casi contiguo al cine Payret.

En los bajos de nuestras oficinas había un taller donde se hacían monturas en oro, plata y platino, y se engastaban todo tipo de piedras preciosas; al frente estaba la tienda, donde se comercializaban joyas, relojes, bisutería de primera calidad, etcétera. En los altos se encontraba el almacén, situado hacia atrás, sobre el taller, con una puerta blindada y una combinación bastante compleja. Dentro estaban los tesoros del negocio. Era una impresionante caja fuerte y solo era manipulada por el señor Benítez. Nadie más conocía las combinaciones ni podía entrar allí. Era un lugar lleno del más tentador misterio. Uno de los tantos misterios del misterioso señor Benítez.

Las oficinas se componían de dos piezas revestidas en madera del mejor cedro, barnizadas y cubiertas de terciopelo rojo, alfombradas y con aire acondicionado. Eran lujosas y confortables. En mis dominios, frente a la escalera y por supuesto, antes de los suyos, había un mullido sofá tapizado en piel negra hacia la derecha, y hacia la izquierda, estaba mi buró de caoba, más bien pequeño, pero muy cómodo y práctico, mi silla giratoria y mi máquina de escribir, Underwood, por supuesto. A mi costado izquierdo había dos archivadores de metal con documentación corriente; la importante estaba dentro del almacén y solo Benítez la manipulaba.

Entre mi buró y el sofá, estaba la puerta de acceso a su oficina con un sofá y su buró, iguales a los míos, situados en idéntica posición, solo que ante su escritorio había otras dos butacas, haciendo juego con los sofás, pero ésta era el doble de tamaño y sin embargo se veía más amplia.

Con bastante rapidez iba captando la mecánica del negocio, así como aprendiendo los rudimentos del fascinante mundo de las joyas que cada día me mostraba uno de sus muchos maravillosos secretos.

A veces, fugazmente, miraba trabajar a alguno de los tres engastadores del taller y me preguntaba qué diría una de esas tantas señoronas que padecían de artrosis, lumbagos y bursitis por andar cargando sus pesadas joyas durante todo el día, si viesen el trabajo que pasaban aquellos hombres para tallarlas y montarlas.

Benítez era un comerciante hábil y se movía mucho y muy rápido. Nunca tenía horas fijas para entrar y salir. Su trato hacia mí no era duro, pero sí más seco que un Martini, quizás un poco condescendiente al principio. No soportaba explicar una misma cosa dos veces, pero no concluía hasta quedar convencido de que lo había entendido bien. Y claro, poco a poco, comenzó a soltarme las riendas. Parecía estar satisfecho con mi trabajo.

En la zona personal, continuaba en mi pensión, a la cual me iba acostumbrando cada día más, pero no me confiaba con los gastos: ahorraba como una anciana inglesa victoriana. No sabía en qué momento podía terminar aquella idílica situación.

A los treinta y cinco días apareció el señor Pastrana. Era un hombre alto y corpulento, de nariz bulbosa y labios gruesos, elegante y atractivo, de unos sesenta años de edad y cuarenta de ellos al servicio de mi padre.

—Buenas tardes, señorita Cortés —me saludó con deferencia, aunque había una abierta ironía en el tono de su voz y en la media genuflexión que hizo ante mí.

De más está decir que mi corazón dio un salto bien grande y estuve a punto de escupirlo sobre el buró.

—¿Qué desea? —pregunté recomponiéndome lo mejor posible.

—Ver a su jefe, por supuesto. Ya hemos vivido esto antes.

—Un momento, por favor —dije lo más profesionalmente que me salió—. Le preguntaré si puede atenderlo.

—Estoy seguro de que así será —afirmó muy seguro de sí mismo, como todo hombre consciente de su poder y su respaldo.

Me dirigí a la puerta con tal inseguridad que ignoro cómo no quebré los altos tacones de mis zapatos. Abrí y logré llegar hasta una de las butacas. Allí me derrumbé con el rostro demudado, sudores fríos y temblando como una última porción de gelatina.

—¿Qué le sucede, señorita Cortés? Cualquiera diría que ha visto a un muerto —fue el recibimiento de Benítez.

—¡Peor! Pastrana, el brazo derecho de mi padre, está ahí afuera esperando para hablar con usted. Se lo dije, que no se metiera en este problema. Ahora va a pasar un tremendo mal rato por mi causa.

—¡Eh, eh, eh! ¡Cálmese! ¡Tranquila, vamos, tranquila! —se levantó y se inclinó delante de mí. Me dio varias palmaditas en una mano y me hizo levantar el rostro que ya se empezaba a congestionar por el llanto. Su voz en esos momentos me pareció de un terciopelo tan puro como el de las paredes—. Así no me puede ayudar ni se puede ayudar a sí misma. Usted me lo prometió. Es su parte del trato. Desde el primer día esperábamos este momento, ¿no es así? —asentí como un niño al que le dicen por quinta vez que dos y dos son cuatro—. Pues sencillamente llegó la hora de enfrentarlo. Escúcheme: hasta ahora ellos la han corrido de sus trabajos y no ha tenido la posibilidad de luchar sino la de irse. Ahora deberá luchar o regresar a su casa o pegarse un tiro. Usted escoge.

—¿Pero no comprende la situación? Ellos no me harán ningún daño físico, pero temo que le hagan algo a usted. Y será mi culpa.

—Está equivocada, Susana. Usted no tiene ninguna responsabilidad en cuanto a mí. Fui yo quien decidió tomar parte. Usted no me lo pidió de ninguna forma. Recuérdelo. Yo estoy en esto por mi gusto —se incorporó y con un tono de voz totalmente diferente, me dijo—: ¡Déjese de moquear y decida de una puñetera vez qué va a hacer con su vida! No tenemos todo el día para llorar.

Fue una voz autoritaria, como si un látigo me hubiera cruzado el rostro. Me hizo reaccionar.

Respiré profundamente y lo miré. Su expresión me sorprendió. ¡Dios mío! Yo me estaba muriendo de miedo por él y por mí y él parecía que estaba sentado en la cueva de Alí Babá contemplando los tesoros.

Me extendió su pañuelo.

—Ahora compóngase lo mejor posible y vaya a decirle a ese señor Pastrana que puede pasar. Cuando él esté adentro, usted se sentará en ese mismo lugar y no se moverá de ahí si yo no se lo ordeno. ¿Está bien claro?

—Sí, señor.

—Bien. Adelante. Hágalo pasar.

Fui hasta la puerta y lo invité a entrar lo más dignamente posible. Los presenté y me senté en mi lugar.

—Eeh, perdón, señor Benítez. Si no tiene nada en contra, preferiría hablar con usted en privado.

—Oh, cuánto lo lamento, señor Pastrana, pero tengo por costumbre que mi secretaria participe de todas mis reuniones —contestó Benítez blandamente.

—Permítame insistir, porque presumo que la conversación resultará muy desagradable para ella.

—Tal vez debería dejarla en libertad de asumir sus agrados y desagrados. ¿Desea usted marcharse, señorita Cortés?

—No, señor Benítez, mi deber es estar presente. Para eso me paga.

—Sea como quieran, pero luego no digan que no les advertí —dijo Pastrana con voz paciente.

—¿Puedo saber qué asunto le ha traído hasta mi humilde negocio, señor Pastrana?

—Sé que su negocio no es tan humilde, conforme sé bastantes más cosas sobre usted. Hechos, rumores... ¡cosas así! —dijo como al descuido, pero abriendo fuego rápidamente sobre Benítez.

Mi jefe se reclinó hacia atrás en su silla giratoria con una sonrisa como para un concurso y metió los pulgares en las sisas de su chaleco.

—Yo también sé algunas cosas sobre usted —ripostó con el mismo tono casual—. Amantes caras, prostitutas de cierta categoría, orgías en cierto apartamento del negocio de su jefe situado en... deje ver... sí, en el *penthouse* de cierto discreto edificio en la calle D entre 21 y 23, una vida licenciosa bastante por encima de sus posibilidades, una familia con una formación casi monástica y que se sorprendería mucho de conocer hechos como éstos, ¡cosas así!

El rostro de Pastrana había ido subiendo de tonalidad y su sonrosado habitual ya andaba cerca del violeta profundo. Se movió incómodo en su asiento. Sin embargo, habló con voz calmada.

—Supongo que usted podrá probar esas afirmaciones, señor Benítez.

—Y gráficamente, señor Pastrana —la voz de mi jefe tenía la suavidad de un buche de vitriolo.

—Me gustaría comprobarlo por mí mismo.

—¡Cómo no! ¡Será un placer!

Abrió la gaveta central, tomó un sobre de Manila de nueve por doce y se lo extendió.

Pastrana extrajo a medias el contenido del sobre y su rostro se transfiguró en retroceso: se puso lívido, como si toda la sangre se le hubiese retirado del rostro.

—¿Dónde obtuvo usted esto? —inquirió con voz trémula.

Ya no parecía para nada el hombre seguro de sí mismo que

había entrado en aquel recinto cinco minutos antes. Yo lo conocía de toda mi vida y aquel rostro —al mismo tiempo— era nuevo para mí. Era un rostro lleno de terror.

Aquellas facciones que como una máscara compuesta se llegó a convertir en mi pesadilla recurrente, y su expresión prepotente, se estaban desintegrando ante mis asombrados ojos.

—¡Oh, señor Pastrana! ¿Usted no esperará realmente que le diga dónde y cómo las obtuve? Fue un poco aquí, otro poco allá, algo de dinero, un fotógrafo de primera, como podrá comprobar por sí mismo. No se altere. Simplemente sabía que usted vendría tarde o temprano y me tomé la libertad de prepararle un pequeño regalo de bienvenida. Espero haberlo sorprendido. Un regalo no tiene sentido si no va acompañado por la conveniente sorpresa.

—¿Qué quiere usted? —preguntó el hombre fuerte de mi padre con soberbia.

—¿Yo? —la expresión de aparente ingenuidad de Benítez hizo enrojecer de ira a Pastrana quien lo miraba con las mandíbulas apretadas. De más está decir que yo estaba de una pieza—. Según tenía entendido, usted había venido a mi modesto negocio a requerirme algo.

—¿Qué quiere usted? —repitió Pastrana.

—De momento solo dos cosas, señor Pastrana: en primer lugar, dígale a su amo que si desea conversar algo conmigo deberá venir personalmente. Yo no trato ningún asunto con los criados porque son demasiado vulnerables, como habrá podido comprobar —los puños de Pastrana estaban crispados apretando la manija de su portafolios—. La segunda, márchese lo más pronto posible de mi despacho. Desde que usted penetró en este lugar, se ha enrarecido el ambiente.

Pastrana se levantó de su asiento.

—Al negarse a tratar conmigo, ha cometido usted un grave error, señor Benítez. Si el señor Cortés decide venir hasta aquí, será para hacerlo trizas. No le resultará tan fácil librarse de él.

—No esté tan seguro de eso. No obstante, a su querido jefe pienso recibirlo con todo el respeto que se merece.

—Oiga, está usted desperdiciando un buen negocio.

—¿Hasta qué cantidad le autorizó su jefe a ofrecerme?

—Hasta diez mil pesos.

—Usted y su jefe subestiman a mi secretaria. Para mí la señorita Cortés vale mucho más. Buenas tardes, señor Pastrana.

—¿Y las fotos? —preguntó sin disimular su ansiedad.

—De momento las mantendré en mi poder. Si a su jefe se le ocurriera atacar mis negocios de algún modo, se las venderé por la cantidad de mis pérdidas, ¿le parece bien?

—Usted está comprando su propia muerte, Benítez.

—Eso es una locura que los llevaría a ustedes dos directo a la ruina moral y material. Por segunda y última vez, buenas tardes, Pastrana. ¿Puede bajar solo las escaleras o necesita que lo acompañe?

—Yo puedo bajar solo, señor Benítez. Veremos si en los próximos días le quedan escaleras para bajar.

Benítez sonrió plácidamente.

—En tal caso, usted deberá averiguar desde ahora cuánto valen unas escaleras nuevas. Abur, señor Pastrana.

El soberbio adjunto de mi padre salió dando un portazo con el rostro transfigurado de furia y yo miré a Benítez. Continuaba sonriendo como un niño travieso que acabara de robarse una fritura de carita de un puesto de chinos, en tanto mi mandíbula inferior amenazaba con golpear la alfombra.

—¿No está contenta, Susana? Acabamos de saltar el primer escollo con calificación de sobresaliente.

—¡Usted tiene que estar loco de atar! —logré articular—. Acaba de   comprarse un boleto para el cementerio.

—¿Tan malvado cree a su padre?

—Yo no sé hasta dónde sería capaz de llegar por salirse con la suya, pero un desafío como éste podría sacar a flote sus peores instintos y le sobra poder para desaparecerlo del mapa.

—Eso lo sabremos en las próximas veinticuatro horas.

La despreocupación con que lo dijo logró hacerme salir de mi habitual compostura hacia él y le dije con un tono bastante hiriente e irritado.

—No puedo creer que usted esté disfrutando toda esta locura.

—¿Se me nota mucho?

En ese momento sentía tanta ira que salí de su oficina casi a la misma velocidad que Pastrana. Y no solo estaba muy irritada, sino además terriblemente asustada.

CAPÍTULO V

La respuesta no se hizo esperar. Esa noche, entre las dos y las tres de la madrugada, un automóvil Ford verde oscuro sin matrículas lanzó un paquete de cuatro granadas atadas entre sí por un alambre contra las puertas de acero de cada una de las joyerías. Por fortuna no hubo ningún herido, pero todas las puertas quedaron retorcidas de la mitad hacia abajo, completamente estropeadas, y los cristales de las vidrieras saltaron en pedazos. La mayoría de las mercancías expuestas fueron inutilizadas.

Cuando vi aquellos destrozos que parecían sacados de una película sobre la Segunda Guerra Mundial, sentí muchas cosas al mismo tiempo, pero sobre todo rabia contra mi padre, porque una cosa es hacerte una idea de hasta cuánto es capaz en su terquedad y soberbia, y otra era comprobarlo por ti misma, ver que no hubo daño humano, pero pudo haberlo y eso era algo criminal. Aquello era un claro acto de terrorismo.

Sentí remordimientos porque en cierto modo yo había provocado aquella situación, dijera Benítez lo que dijese. Y miedo. Estaba sobrecogida por aquella escena de destrucción.

Los trabajadores de la joyería se encontraban todos reunidos en la acera sin saber qué partido tomar, comentando entre sí distintas versiones sobre los hechos, sin aproximarse ninguno a la verdad que solo yo sabía y no podía decir.

Benítez llegó a las ocho en punto, como de costumbre, y aunque parezca, y sea, increíble, estaba de muy buen humor. Esto no solo desconcertó a todos, sino logró cambiar las expresiones de preocupación por otras de optimismo.

—Buenos días a todos —saludó con los pulgares metidos en las sisas de su chaleco dorado de fantasía que parecía salido de un oeste de lujo—. Según parece hemos tenido un terremoto por aquí, pero le vamos a poner remedio de inmediato. Necesito que dos de ustedes me ayuden a levantar la puerta hasta donde sea posible y limpiar la entrada de escombros.

—Señor Benítez… —comencé a decirle, pero me cortó con un enérgico gesto.

—Ahora no, Susana. La necesito en su puesto y tan eficiente como de costumbre. Cuando hayamos limpiado los accesos, usted irá a su oficina y llamará a los señores Donato Montes y Aurelio Domínguez, les dirá que los necesito aquí en media hora y no me importa lo que cobren por dejar lo que estén haciendo. Luego de estas dos llamadas, le dará el mismo recado al señor Dionisio Sampedro. Todos estos teléfonos los hallará en su directorio. Si alguno se negara por alguna razón, me llama de inmediato para hablar con quien sea —se volvió de nuevo hacia los demás trabajadores—. En cuanto a ustedes, no teman por sus empleos. Se mantendrán trabajando. Cuando entremos, los engastadores irán a lo suyo y los dependientes limpiarán el interior y tendrán todo a punto para comenzar las ventas en cuanto sea posible. Aquí no ha pasado nada, solo ha sido un malentendido y esto no volverá a ocurrir. De cualquier modo, si alguno no confía en mi palabra y tiene miedo de quedarse, no lo tomaré a mal ni intentaré retenerlo. Está en libertad de marcharse.

Les habló con tanta energía y seguridad que nadie hizo el intento de retirarse y en cambio, todos se dispusieron a ayudar en las labores de escombreo. Me dijo que las demás joyerías estaban al tanto.

Hice las llamadas y a los treinta minutos exactos ya estaban reunidos los tres hombres en el despacho de mi jefe. Ninguno había puesto el menor pretexto para no venir.

Montes era dueño de la agencia que importaba, vendía y colocaba las verjas de seguridad; Domínguez era el gerente principal de una cristalería bastante grande situada al fondo del cine "Astral" y Sampedro tenía una agencia de investigaciones privadas de la cual era el único empleado. Yo estaba sentada a un costado de Benítez tomando notas.

—Montes, el encargo más difícil es el tuyo, pero hoy, a las seis de la tarde, cuando se vayan a cerrar mis tiendas, deberán estar protegidas con las nuevas rejas.

—Benítez, tú no sabes lo que estás hablando...

—Montes —lo interrumpió con impaciencia—, no me importa lo que cueste. Hoy a las seis de la tarde quiero esas cinco rejas en su lugar.

—El seguro no pagará esa cantidad —ripostó Montes.

—No es el seguro quien pagará tu trabajo —le respondió ambiguamente—. Tú solo preocúpate de hacerlo.

—Haré todo lo posible por complacerte.

—Así lo espero —se volvió hacia Domínguez—. A la menor brevedad posible, dentro de esta jornada, quiero restaurada toda la cristalería, comenzando por esta tienda.

—Y asumirás cualquier cantidad que se me ocurra poner en la cuenta —declaró el interpelado con una sonrisa festiva.

—Supones bien.

—Y antes de las seis de la tarde debo traerte la cabeza del que ordenó este desastre —dijo Sampedro y yo me estremecí.

—Pues no. Sé perfectamente quién ordenó los atentados y no quiero su cabeza. Necesito diez hombres de confianza y sin miedo para cuidar mis cinco tiendas desde las seis de la tarde hasta las ocho de la mañana. Bien armados y dispuestos para repeler cualquier agresión de cualquier forma. Sin restricciones para el gatillo, si se presentara el caso. Las mismas condiciones: no me importa lo que cuesten, quiero a los mejores en esto.

—De acuerdo —convino Sampedro y se levantó junto con los demás para marcharse, pero finalmente se acercó dos pasos a Benítez—. Oye, tú debes haber cambiado mucho desde que nos vimos por última vez.

—¿Por qué, Dionisio?

—¿Estás seguro de que no quieres su cabeza?

—Eso dije —declaró Benítez con toda calma.

—Pues si no quieres su cabeza y estás tan tranquilo… si yo estuviera en el lugar de esa persona, me estaría cagando del miedo.

—Ya ves, no quiero su cabeza, estoy muy tranquilo y tú no estás en su lugar. Ahora necesito que se pongan a trabajar. Los veré más tarde.

Cuando salieron los tres hombres, le pregunté:

—¿Podemos hablar ahora?

—Si aún lo desea…

—Quiero pedirle perdón por haberlo metido en este lío y además he decidido irme. No quiero esperar a que las próximas granadas las lancen contra usted. Mi padre está dispuesto a todo, incluso a recurrir a actos criminales por salirse con la suya. Y si él llegase a ordenar su muerte, yo no podría vivir en paz conmigo misma nunca más. Compréndalo y acepte mi decisión. ¡Sea razonable, por favor!

El me escuchó con suma atención, sin dejar de mirar a mis ojos que poco a poco se fueron llenando de lágrimas de angustia. Había sentido una gran ilusión con este nuevo trabajo, los otros trabajadores eran muy amables conmigo y paulatinamente estaba asumiendo las rarezas del carácter y los misterios de la vida de Benítez, y renunciar a todo eso me causaba un profundo dolor.

—¿Terminó? —yo asentí—. No me parece necesario recordarle que usted y yo tenemos un trato. La he considerado como una persona seria desde que puso sus pies en este despacho y una persona seria respeta sus tratos, como algo de honor, inviolable, aunque no estén avalados por una firma. Yo he cumplido mi parte de ese trato y asumo las consecuencias de mis actos y usted está en el deber de cumplir con su parte. Me molesta recordarle cómo llegó a este despacho casi suplicando ayuda, boqueando desesperada y yo la he ayudado. Usted no está durmiendo en un parque, en una funeraria o en la Terminal de Ferrocarriles porque yo lo impedí. ¿Y ahora se quiere marchar? ¿Ahora piensa ir de rodillas adonde su papito para pedirle perdón y cobijo? ¿Cree que porque usted se vaya su padre no me va a pagar los daños de mis tiendas? Se vaya usted o no, voy a sentar a su papito en este despacho y muy arrepentido de haber alzado sus manos contra mí.

Por primera vez lo vi furioso y comprendí lo dicho por Sampedro, pero lo que llamó mi atención fue que él lo había tomado todo con calma menos mi partida. Y comprendí su furia. Se sentía traicionado y aquel no era un hombre capaz de aceptar una traición impasiblemente.

También me di cuenta de que ese pequeño defecto de dicción que ya había notado antes en él, solo se acentuaba cuando estaba excitado, porque hablaba de prisa. Él hablaba despacio para ocultar aquel defecto y sacarlo a flote lo ponía aún más furioso, casi frenético.

—No voy a ir donde mi padre porque después de esto no podría vivir de nuevo a su lado. Simplemente, voy a quitarme del medio para que él lo deje en paz.

—Antes de cuarenta y ocho horas, él me habrá dejado en paz.

—¿Piensa matarlo?

Alzó la cabeza y los brazos en un gesto de desesperación y exclamó:

—¡Dios bendito! ¡Qué fijación tiene usted con el asesinato de su padre! ¿Acaso tengo cara de asesino? ¿No le dije desde el primer día, en este mismo despacho, que no tocaría un solo cabello de su canosa cabeza?

—Sí, pero…

—Sí, pero nada —cortó rápidamente mi objeción—. Si dentro de las próximas cuarenta y ocho horas no he parado los pies de su padre para siempre sin que él sufra el más mínimo daño físico, usted estará en libertad de marcharse. ¿De acuerdo?

Bajé la cabeza pensativa.

—De acuerdo —dije al fin—. Cuarenta y ocho horas.

—Cuarenta y ocho horas —reafirmó con su más subyugadora sonrisa.

No tenía la menor idea de qué se traía entre manos este insólito hombre, pero si mi padre no sufriría ningún daño físico, estaba de acuerdo con que alguien le diera una lección, aunque solo fuera para variar.

CAPÍTULO VI

Al día siguiente llegué a mi oficina a las siete cuarenta y cinco y cuál no sería mi sorpresa al comprobar que Benítez ya estaba instalado en la suya conversando muy animadamente con Sampedro y con el doctor Roberto Godínez, el abogado encargado de los asuntos legales de la firma. No sé por qué, aquello me olió a chamusquina.

La intuición de una mujer casi nunca se equivoca. Cinco minutos más tarde, entró mi padre hecho un basilisco seguido por Pastrana que intentaba contenerlo.

Ni me saludó. Solo me dirigió una mirada furibunda. Sus verdes ojos parecían a punto de salirse de sus cuencas, su rostro estaba descompuesto de ira y todo él parecía a punto de estallar.

—¡Todo esto es culpa tuya! —rugió en mi rostro—. ¡Te maldigo mil veces!

—Señor Cortés, por favor, debe calmarse —le pedía Pastrana con ansiedad.

—¡Solo me calmaré cuando haya acabado con estos dos engendros del infierno! —gritó amenazándome con su puño derecho.

En ese momento se abrió la puerta del despacho contiguo y apareció Benítez enmarcado en ella.

—¿Qué escándalo es éste, Susana?

—Él... él es mi padre, señor Benítez —logré articular.

—¡Él sabe muy bien quién soy yo! —exclamó mi padre.

—Lo supuse por la mala compañía y por sus groserías.

—¿Cómo se atreve a decirme grosero? —gritó mi padre.

—¿Cómo se atreve a gritar en mi casa? —preguntó Benítez con voz mucho más fuerte pero despacio. Por eso me di cuenta de que estaba perfectamente bajo control y eso me tranquilizó un poco.

—Por favor, señor Cortés, debe controlarse. Así no va a poder hablar con Benítez.

—Con el señor Benítez, Pastrana, ¡no lo olvide! —le advirtió poniéndole el índice casi en el rostro.

—Creo que todos deben calmarse —intervino el abogado colocándose entre los contendientes con voz apaciguadora—. En esas condiciones no podrán hablar, si es que van a hablar.

—Papá, ¿qué ha pasado? —pregunté.

—¡No seas hipócrita! —casi me escupió en el rostro—. ¡Como si no lo supieras!

—Señor Pastrana, por favor, ¿me puede decir qué ha pasado?

—Según parece, su jefe incendió anoche los libros de la biblioteca de su padre.

—¿Los lib…? ¿Los de la casa? ¿Incendiaron la casa? —pregunté incrédula y consternada, con la cuarta parte de mi voz.

—No, la casa no sufrió daño alguno. Sacaron los libros de la biblioteca y les prendieron fuego en el patio de la casa.

—¿Todos?

—No se salvó ni uno. Fueron reducidos a cenizas.

—¿Alguien vio al señor Benítez cometiendo ese acto de barbarie? —preguntó Godínez.

Mi padre le echó una mirada asesina.

—¿Quién coño es usted?

—El abogado de esta firma.

—Muy providencial su presencia ahora en este lugar. ¿Y este otro quién es? ¿Otro abogado?

—No, no soy abogado —fue la lacónica respuesta de Sampedro.

—¿Por qué no entramos al despacho y conversamos todo este asunto con calma? —propuso Godínez.

—No vine a conversar nada con ninguno de ustedes. Vine solo para decirle a este hombre que su vida no vale dos centavos.

—Usted me está amenazando de muerte delante de cuatro testigos y eso es un delito muy grave —dijo Benítez suavemente.

—No lo estoy amenazando, le estoy diciendo lo que voy a hacer Dios mediante, y la palabra de ninguna de estas personas puede nada contra la mía en ningún tribunal de Cuba.

Benítez sonrió.

—Quizás eso sea cierto, señor Cortés, pero usted no podrá nada contra su propia voz.

—¿Qué quiere decir? —preguntó con suspicacia.

—Todo cuanto usted ha dicho aquí, está grabado en mi despacho.

—Eso es una bravuconada suya.

—¡Oh, no! Lo invito a que me acompañe.

Benítez penetró en su despacho, se situó entre su buró y su silla giratoria y haló la primera gaveta de la torre derecha. De ella extrajo una pistola Colt calibre treinta y ocho y la puso sobre el buró.

—¿Qué significa esa pistola? —preguntó mi padre picado.

Me quedé helada cuando vi el arma, pero sabía, o al menos esperaba, que él no la fuese a utilizar.

—¿Ha oído hablar de la medicina preventiva? Esto es solo para indicarle que no se debe acercar a mi grabadora.

Benítez abrió la segunda gaveta y rebobinó la cinta durante unos segundos. Oprimió el *play* y se oyó con gran claridad la última frase dicha por mi padre.

Todos nos quedamos en silencio.

—Tome asiento en esa butaca, señor Cortés, porque usted y yo vamos a tener una conversación productiva, que será clara, terminante y final.

Mi padre se sentó despacio en la butaca donde Benítez le indicó y le dijo con profundo odio en la voz:

—Su grabación no me asusta para nada; grabación o no, lo voy a destruir, Benítez. Usted se ha buscado la pelea equivocada. Sé perfectamente quién es usted y de cuánto es capaz. A pesar de todo eso, tengo demasiado poder y soy demasiado hombre para temerle. Usted ha destruido una biblioteca donde había muchas primeras ediciones de libros famosos, ejemplares únicos y otros muy antiguos, una biblioteca que constituía el gran orgullo de mi vida y cuyo valor debía andar alrededor de los quinientos mil dólares. Usted ha destruido todo eso y solo quiero, antes de terminar con su vida, comprender por qué lo ha hecho. ¿Es usted el amante de mi hija?

Benítez sonrió de aquella forma que inquietaba e irritaba a sus interlocutores. Era una sonrisa cínica, llena de burla, diabólica.

Se dirigió a mí:

—Susana, ¿usted era virgen cuando vino a pedirme empleo?

Me ruboricé hasta donde soy capaz.

—Sí, señor Benítez —contesté con un susurro, bajando la cabeza como si estuviese confesando un delito mayúsculo o un pecado mortal.

—Pues… en lo que a mí concierne, señor Cortés, su hija continúa conservando el mal gusto y el desperdicio inútil de su virginidad.

—¿Está interesado en su dinero?

—¿De qué dinero habla usted? —dijo riendo—. Cuando su hija entró en mi despacho solicitando empleo, estaba prácticamente sin un centavo y a punto de pedir limosnas. Usted le ha congelado arbitrariamente su cuenta bancaria —cosa que no puede hacer y lo sabe muy bien— y ella no tiene ahora, en la situación actual de sus relaciones personales, ninguna posibilidad de heredarlo, aunque el demonio tuviese la feliz idea de brindarle hospedaje.

—¿Cuánto pretendía sacarme para cesantear a Susana?

—¡Qué pena que un hombre tan inteligente como usted haya convertido el dinero en el centro de su vida! Desde que puso los pies en este despacho solo ha hablado de dinero y de muerte. ¡Qué hombre tan sórdido! —exclamó finalmente con un gesto de asco en su rostro.

—Usted es bastante célebre dentro de los círculos que frecuenta por su amor al dinero y la historia de su vida no lo desmiente. Usted ha protagonizado unas cuantas inmoralidades por dinero.

—De acuerdo con el monto de nuestras respectivas cuentas bancarias, yo soy un aprendiz muy poco aventajado comparado con su maestría. Si usted ha sido capaz de robarle a su propia hija, no me parece la persona más apropiada para hablar de moral. ¡Cuánta historia tenebrosa habrá detrás de toda su fortuna! Sería interesante investigar un poco...

Mi padre se revolvió incómodo en su asiento y dijo con un gesto de impaciencia:

—No he venido para tener con usted un intercambio retórico, sino para exigir respuestas.

—Usted no está en situación de exigir nada, señor Cortés.

—¿Me dirá de una buena vez qué pretende con toda esta bravata?

—Divertirme —declaró Benítez con tanta candidez que dejó perplejos a todos los presentes. Mi padre casi se cae del asiento.

—¿Cómo? —preguntó incrédulo—. ¿Qué ha dicho?

—Usted me oyó muy bien. Divertirme. ¿Para qué sirve la vida sin un poco de diversión?

—¿Una diversión que le va a costar la vida?

—Si de verdad sabe, como dijo hace un rato, quién soy, qué soy y de cuánto soy capaz, debería darse cuenta de que yo no me dedico a divertirme a tontas y a locas y no estaría tan tranquilo si no tuviera cubiertos de antemano todos los ángulos posibles de este asunto, si previamente no hubiese minado todo su campo.

—¿De qué mierda está hablando?

—Cálmese y escúcheme. Usted ha venido a buscar respuestas y no se va a marchar sin haber obtenido hasta la última. ¿No es cierto que me envió a su mandadero Pastrana, porque recibió un anónimo en el cual le informaban dónde estaba trabajando su hija, cosa que usted ignoraba?

Mi padre se le quedó mirando fijamente y entrecerró sus ojos como si no quisiera creer lo que se estaba abriendo paso en su mente. Miré a los demás y estaban tan alelados como yo. Aquel hombre estaba más lleno de sorpresas que Houdini y tenía una mente tan retorcida como la de Rasputín. Haciendo un gesto dramático, extrajo un papel de la gaveta central de su buró y lo puso ante sus ojos.

—Esta es la copia del anónimo que usted recibió. ¿La reconoce, señor Cortés?

Mi padre la miró por un momento.

—¿Qué significa esto?

—Significa que solo después de estar bien seguro de poder aniquilarlo y de dejar todo el terreno preparado para hacerlo, le envié este anónimo. Mi plan estaba completo y no quise dilatar un encuentro inevitable.

—¿Y cuál es ese brillante plan tan estratégicamente bien concebido para aniquilarme, señor Benítez?

—Constaba originalmente de cuatro pasos. Ahora solo quedan tres, después del trágico destino de su amada biblioteca — se reclinó en su asiento y entrelazó ambas manos ante su pecho como si fuera a rezar, lo cual en su caso habría sido un sacrilegio descomunal—. El segundo paso será hacerle perder credibilidad como persona de honor, a través de una comunicación preparada por mí cuidadosamente, también anónima, donde se relata cómo usted echó a su propia hija a la calle sin un centavo y le bloqueó la cuenta con el fin de apropiarse de su dinero y donde se insinúa un poco aquí y otro tanto allá que usted determinó hacer eso porque anda algo corto de fondos. Esta carta les será enviada por una persona a quien se las he confiado, a un grupo de sus compinches de negocios, a sus principales rivales y enemigos y a algunos inescrupulosos periodistas nacionales y extranjeros. Su hija solo deberá dirigirse al Chase Manhattan Bank donde tiene su cuenta corriente y no lo pueden ver a usted ni en pintura, a pedirles que tramiten el traslado de su dinero hacia dicho banco, y eso lo hará caer en la trampa de cualquier modo. Si se niega, estará confirmando lo que todo el mundo sabe a través del anónimo; de lo contrario, deberá transferirle para allí hasta el último centavo, intereses incluidos. Como le dije, las cartas no están en mi poder. Las tiene otra persona y las echará al correo en cuanto yo se lo ordene o en cuanto me ataque un inesperado sarpullido —abrió de nuevo el cajón de su gaveta central y extrajo de allí dos nuevos papeles—. Aquí tiene una copia del anónimo y una copia de la lista de las personas y entidades que deberán recibirlo.

Mi padre leyó rápidamente la lista y de inmediato pasó al anónimo. Parecía anonadado.

—¡Esto es una infamia que nadie creerá! —exclamó haciendo una bola con ambos papeles y lanzándolos airadamente contra un rincón.

—Por supuesto que es una infamia —convino Benítez con una plácida sonrisa—, pero esa es la única forma efectiva de actuar contra un hombre infame. En cuanto a que lo crean o no, no importa en absoluto. Con sembrar un grado de duda razonable, para mí será suficiente.

—Esa sucia maniobra es muy propia de un individuo de su baja catadura moral y podría hacerme un poco de daño temporal, pero nada que el tiempo no supere, y no me va a asustar con eso, señor Benítez.

—Entonces es menester que pasemos a la tercera fase de mi plan. En cierto modo se encadena con las dos fases anteriores, porque supongo que ya mucha gente andará comentando la misteriosa quemadura de sus libros. Claro, yo he ayudado a propalar la noticia. Fui yo quien envió a los periodistas a su casa en la madrugada.

—¿Cuál es su terrible tercera fase? ¡Termine, que no dispongo de toda la mañana para escuchar sus tonterías! —declaró mi padre impaciente.

—Imaginé que su acción más lógica siguiente será intentar destruir por completo mis joyerías.

—Imagina usted bastante bien. Pienso dejarlo tan desnudo como cuando vino al mundo antes de hacerlo matar, porque si bien sus establecimientos están asegurados, usted ignora que yo soy el accionista principal de la casa de seguros donde hizo sus pólizas, no le será abonado un solo centavo y probablemente resulte procesado por intentar estafarnos al sabotear exprofeso sus tiendas. ¿Qué le parece? —concluyó mi padre con aquella odiosa sonrisa de triunfo conque aplastaba a todo aquel que lo enfrentaba.

Sin embargo, la risa abierta de Benítez, casi una carcajada, lo desestabilizó y nos llenó a todos de confusión.

—Perdone que me haya reído. Mi intención no fue burlarme, pero usted me resulta tan transparente, tan deliciosamente previsible.

—¿Qué quiere usted decir?

—Le voy a decir algo interesante, señor Cortés. Lo primero que hice antes de echar a rodar todo este asunto, fue plantearme lo siguiente: para enfrentar a un hombre tan poderoso y despiadado como usted, uno debe estar dispuesto a ir hasta el final y a ser más astuto, más despiadado y más inescrupuloso que usted, y yo estoy muy bien calificado para eso. Esa reacción suya la asumí desde el primer momento, pero en mi favor obra estar preparado para enfrentarlo; en cambio no está preparado para enfrentarme a mí y por eso tengo la posibilidad real de ganarle por la mano. Su próximo movimiento es destruir todas mis posesiones y bloquear el seguro —sonrió burlón, con evidente deleite—, antes de hacerme matar. Dejarme arruinado, arrasar con aquellas cosas que he construido a lo largo de cuatro años. Mi contragolpe está obligado a ser mucho más demoledor, por lo tanto, yo debo destruir la obra de toda su vida, la obra de su familia a lo largo de casi un siglo. Mi tercer paso es volar todos sus negocios, comenzando por los bancos.

—¡Usted es un iluso! —exclamó mi padre con desprecio—. Mis bancos son inexpugnables.

El rostro de Pastrana estaba lívido, pero miré a Sampedro y vi juguteando en sus labios una sonrisa que intentaba disimular, en tanto el doctor Godínez miraba atentamente la punta de sus zapatos.

—Desde que usted penetró en este despacho, me convencí de que vino directamente de su casa. ¿Sabe por qué? Porque usted estaba —y está— muy furioso conmigo, pero no en actitud homicida. Sus compañías de seguros están en la obligación de respaldar sus pérdidas, pero dudo que puedan asumir una destrucción de tantos millones. Tendría que traspasar todas sus cuentas a otros bancos, lo cual le ocasionaría otra pérdida millonaria debido a la escasa probabilidad de que pueda recuperar a sus clientes luego de unos cuantos meses reconstruyendo las edificaciones. Pero el mayor daño sería la pérdida de su credibilidad. Para un banquero, lo fundamental, es el grado de seguridad que les brinde a sus clientes. Si usted pierde todo eso, quedará destruido para siempre. Nadie se recupera de un golpe como ese. Yo he vivido la mayoría de mi vida sin estas posesiones, puedo prescindir de todas ellas y comenzar de nuevo a partir de cero. Dudo que usted sepa o se resigne a vivir de otro modo.

—¿Ya terminó de fanfarronear?

—No, en absoluto. Daré fin a esta divertida conversación de la siguiente manera: he hecho colocar en mi teléfono una extensión para su auricular que está aquí —y puso una especie de caja de cigarrillos plástica con cuatro o cinco ranuras transversales. Acto seguido, sacó un micrófono de una de sus gavetas y lo colocó suavemente encima de la caja—. Ahora bien, esto tiene como único objetivo que todos disfrutemos de la conversación que tendrá con el gerente de su casa matriz, el señor Artímez. Con esa sola llamada, señor Cortés, se habrá burlado de mí y de mis fanfarronadas definitivamente y podrá dedicarse a planear con infinita paciencia cómo destruir mis establecimientos y acabar de una vez por todas con mi larga cadena de pecados.

Benítez extendió su mano izquierda hasta casi tocar el teléfono, invitando a mi padre a tomarlo.

—¿Qué nuevo truco es éste? —preguntó mi padre, pero se le notaba preocupado por primera vez, ya no había tanta seguridad en su voz como de costumbre. Yo estaba en vilo y los otros tres ocupantes del despacho no parecían respirar.

—No hay ningún truco. Cerciórese bien de que está al habla con Artímez.

—Muy bien, lo voy a complacer; pero en cuanto se haya terminado esta farsa hablaré yo y usted me va a escuchar hasta el final.

—De acuerdo, señor Cortés. Adelante, por favor.

Mi padre tomó el auricular y lo levantó de la horquilla. Marcó cinco dígitos en el disco y comenzó a dar timbre. Al tercer timbrazo fue atendido del otro lado de la línea.

—Presidencia del banco, dígame —contestó una ansiosa voz femenina que yo identifiqué inmediatamente como la de Mercedes Salazar, la secretaria particular de mi padre desde hacía más de diez años. Su voz se oía con un poco de resonancia en el despacho, pero era clara e identificable. No obstante, mi padre le dijo.

—Mercedes, póngame al habla con Artímez de inmediato.

—Sí, señor. Gracias a Dios que usted ha llamado.

Durante la espera, se oyó cuando Mercedes llamó al señor Artímez y le dijo que mi padre estaba al teléfono.

—¡Patrón, ha ocurrido algo terrible! —fueron las primeras palabras de Artímez y a mí se me erizó hasta el último pelo.

—¿Me puede decir qué es eso tan terrible que ha pasado? —dijo mi padre con muestras de impaciencia y nerviosismo.

—Señor, hemos hecho de todo para localizarlo. Algún loco le ha puesto bombas electrónicas a cada uno de nuestros tres bancos.

—¿Qué está usted diciendo, insensato?

—Señor, en cada uno de ellos hay una nota donde se especifica que si alguien intenta desactivarlas antes de que usted se comunique con una persona a quien conoce muy bien, las harán estallar.

—¿Y qué han hecho ustedes, partida de inútiles? —gritó mi padre al teléfono. Era como si no se hubiera percatado de que tenía al responsable frente a sí, como si estuviera bloqueado.

—Llamamos a la Policía y enviaron aquí a sus mejores técnicos en explosivos, pero esas bombas no pueden ser desactivadas porque son detonadas por control remoto. Si solo se intenta tocarlas, estallarán por contacto, porque están preparadas para eso. Son unos artefactos infernales, señor. Dicen los policías que cada una contiene explosivos suficientes como para volar hasta la última piedra de cada edificio. Hemos cerrado nuestras puertas a los clientes y casi todos los empleados están en la calle. Ellos están muy nerviosos y nosotros estamos consternados, señor. ¿Puede usted hacer algo al respecto?

—Lo intentaré —dijo con un resoplido de resignación y ya en su voz no había soberbia ni seguridad, sino temor. Estaba sobrecogido. Nunca lo había visto así. Por primera vez me pareció un ser humano—. Espere mi llamada y no se angustie. Tranquilice a los demás y dígales que en unos minutos todo estará resuelto.

Colgó y se volvió hacia mí.

—Muy bien Susana, acabas de obtener tu libertad. No intervendré más en tu vida, pero tú te abstendrás de acercarte a mí por el resto de la mía. De aquí en adelante no tienes padre y yo solo tengo un hijo. Eso era lo que querías, ¿no es así? Pues ya lo tienes y será mejor que no te arrepientas nunca —aunque sus palabras eran duras como un pedernal, su voz era sosegada y casi tranquila. Eso era lo peor, que no había emoción en su voz, sino solo una meditada y fría decisión.

—Yo no quería nada de esto, papá. Solo aspiraba a vivir mi vida.

—Las cosas son como tienen que ser o no son. Yo soy el jefe de mi familia y como tal hay que aceptarme y obedecerme ciegamente. De lo contrario salen de mi familia. Así de sencillo. Tú has decidido irte para siempre, porque esta vil canallada no te la voy a perdonar jamás, Veamos si este terrorista puede brindarte una vida mejor.

Se puso de pie e instintivamente todos lo imitamos. Se encaminó a la puerta seguido de Pastrana y allí se detuvo y se volteó.

—Dígame una cosa, señor Benítez: ¿usted habría sido capaz de volar todos mis negocios?

—¿Por qué no? Usted estaba dispuesto a volar los míos —ripostó.

—Supongo que no me dirá cómo logró penetrar en mi casa y en mis negocios.

—Quizás algún día se lo cuente. La vida da muchas vueltas. Por ahora, ese es mi seguro de vida y la garantía de libertad de su hija.

—Una última pregunta: ¿cuál era la cuarta fase?

Benítez lo miró a los ojos, esta vez con suma seriedad, sin el menor atisbo de burla, y tomando la pistola de encima del buró se la mostró. Me quedé helada.

—Debí suponerlo. Era de esperar de un hijo de puta como usted. Tiene una forma muy curiosa de divertirse. Buenos días.

—Buenos días, señor Cortés. Cuando llegue a su oficina, puede decirle a la Policía que recoja las bombas, porque ya estarán desactivadas.

Mi padre asintió y echó a andar con su paso orgulloso y envarado. Había sido derrotado por primera vez y no le gustaba, pero era un hombre de prioridades y no arriesgaría su fortuna por un capricho. En eso y en muchas otras cosas, no se parecía a Benítez.

—Pastrana —dijo mi patrón y el aludido se detuvo en seco—, mañana a esta hora puede venir a recoger la factura.

—Así lo haré, señor Benítez.

Me pareció que en su voz había respeto.

Cuando se marcharon todos, me quedé pensativa, sentada en el sofá, con la cabeza baja. Estaba pensando que luego de esta inusual y borrascosa entrevista, en mi vida se había producido una ruptura definitiva. Me sentía como una isla.

Hasta ese momento, mi padre era prácticamente un enemigo para mi vida, mi hermano un completo extraño, mi madre no existía y conocía bien a mis vanas supuestas amistades, así como lo efímero y condicional de su adhesión; pero de algún modo, yo era parte de una familia y de un mundo y ahora me sentía como una molécula en fuga.

Mi padre no había venido para tratar de convencerme de que estaba equivocada, ni para decirme que me amaba y me extrañaba y necesitaba mi presencia en su casa, o que nuestras diferencias de criterio no debían cambiar nuestra relación familiar. No, solo había reafirmado su soberbia, su posición de fuerza y su prepotencia. Me había maldecido una vez más, me calificó de engendro infernal y me echó para siempre de su vida de una manera clara y terminante, sin ninguna posibilidad de regreso.

Era libre, pero estaba muy triste.

Benítez regresó de despedir a los señores Sampedro y Godínez, cerró la puerta del despacho y se sentó en su silla giratoria.

—¿Arrepentida del paso que ha dado?

Levanté la cabeza y lo miré con los ojos llorosos.

—No, estoy muy triste, pero no arrepentida —dije resueltamente.

—Supongo que a partir de ahora comenzará a disfrutar su deliciosa vida de muchacha pobre —dijo insidiosamente.

—¿Por qué no le pidió el desbloqueo de mi cuenta?

Se encogió de hombros.

—Podría decirle hipócritamente que para no despojarlo completamente de su dignidad, lo cual además podría resultar muy peligroso. Cuando haya transcurrido un tiempo prudencial y a él se le haya cicatrizado un poco su orgullo herido, accederá a su petición, pero lo cierto es que si lo obligaba a hacer eso me hubiera quedado otra vez sin secretaria y es de lo más aburrido enseñar todos los meses a una persona distinta. De todos modos, si quiere su dinero le podemos pegar un nuevo susto.

—¡No! —me apresuré a decir—. Prefiero quedarme sin dinero antes de   volver a pasar por todo esto o sentirme responsable el resto de mi vida por haber causado su muerte. Hoy pensé que le iba a dar un colapso. Él no está acostumbrado a ser tratado de la misma forma que utiliza con los demás y el golpe debió ser muy duro para su amor propio. ¿Usted no sintió ningún miedo de su reacción si él hubiese decidido continuar luchando?

—Todavía estoy aterrado, se lo aseguro —dijo con muy poca credibilidad— pero por suerte no fue así y todo ha terminado ya. Al menos, el ojo del huracán ya pasó para todos y usted y yo podemos dedicarnos a seguir trabajando, porque supongo que continuará trabajando para mí.

—Es lo menos que puedo hacer en reciprocidad por la tranquilidad que me ha proporcionado.

—Venga acá, Susana —me llamó indicándome con un gesto de la mano que le diera la vuelta a su buró. Él a su vez giró su silla hacia la izquierda. Me detuve delante de él. Me miró fijamente a los ojos y tuve la sensación de que entre los dos se establecía un nexo muy peculiar. Esa debe ser la forma en que la boa mira hipnóticamente a la víctima que está a punto de engullir. En realidad, él no intentaba hipnotizarme, pero no podía apartar mis ojos de los suyos y me sentía muy nerviosa y extremadamente vulnerable.

Las rodillas me flaqueaban y las manos me temblaban.

Abrió sus piernas lo suficiente como para darme cabida entre ellas, me tomó por ambas manos y sentí que las suyas estaban tibias. Primero me haló suavemente hasta que estuve parada entre sus piernas y luego tiró de mí hacia abajo con la misma levedad hasta que estuve de rodillas sobre la alfombra.

Sin dejar de mirarme a los ojos, me dijo:

—Cuando usted llegó a este despacho, me dijo que estaba dispuesta a todo por tal de ser libre. Quiero comprobar si usted era sincera, si realmente estaba dispuesta a llegar hasta el final.

Si se toman la molestia de retroceder algunas páginas, comprobarán que antes dije "nada se paga tan caro como la libertad".

Allí de rodillas, me sentí como una perrita agradecida que debe lamer la mano de su libertador.

Al redactar estas líneas, tengo la impresión de que las palabras anteriores no son las más adecuadas, porque no me considero una perrita, pero sí soy una mujer agradecida y lo que comencé a lamer no fue precisamente la mano de Benítez.

Confieso que lo hice sin ninguna experiencia, pero sí con muy buena voluntad. Después de todo, aquello le había costado diez mil pesos a mi jefe.

Esa mañana aprendí que cuando una se libra de una mano que la oprime, nunca puede estar segura de no caer en unas manos peores. La libertad, como los designios del Señor, a veces toma por unos vericuetos muy extraños.

SEGUNDA PARTE

CAPÍTULO VII

Marzo a noviembre de 1954

Los meses comenzaron a transcurrir con mucha rapidez. Cuando logré organizar los sistemas de tramitación, archivo y despacho, comencé a tener horas libres en mi pequeña oficina y me dediqué a hacerla un poco más acogedora, a darle un toque más personal, y finalmente, me sobraba toda la tarde con la cual no sabía qué hacer y cuando podía, la dedicaba a meterme en el taller o la tienda para aprender cosas nuevas.

A partir de esta realidad, Benítez me propuso mantenerme en mi puesto de secretaria ejecutiva por las mañanas, ya facultada para tomar algunas decisiones y realizar y firmar alguna documentación sin alterar mi salario, y por la tarde, debido a mis relaciones entre lo mejorcito de la sociedad habanera, dedicarme a vender joyas en las residencias particulares con una comisión de un veinte por ciento sobre la utilidad. Era una proposición muy ventajosa y paulatinamente comenzó a rendirme ganancias apreciables. Benítez despertó en mí un ambicioso vendedor que llevaba dormido dentro. Después de todo, quizás él había vislumbrado en mí el germen de mi padre para ganar dinero.

Al principio, algunas amistades y conocidos no me permitieron pasar de la verja o de la puerta de sus casas; a pesar de eso, les dejaba una tarjeta con la dirección y el teléfono de mi oficina y el horario matutino en que podía ser localizada. Sin embargo, otras sí me recibieron con ese azorado entusiasmo de lo prohibido, persiguiendo el único fin de conocer los detalles más sabrosos de mis diferencias con mi padre, porque no les quepa la menor duda: no hay mujer tan chismosa como la de alto linaje. Unas me consideraban una heroína y otras una tonta y todas tenían razón. A ellas también les dejé mi tarjeta sin dejarlas acceder a la invasión de mi intimidad. Muchas me compraban para intentar sobornarme.

Cuando me hacían una pregunta al respecto, la soslayaba lo más educada y elegantemente posible, o ponía mi mejor expresión de tonta, aunque yo tengo cara de cualquier cosa menos de tonta. Debo ser justa y decir que otras me compraban artículos desinteresadamente.

A todas les ofrecía los mejores precios del mercado pues, aunque Benítez tenía la ambición de llegar a ser un hombre rico, le daba lo mismo lograrlo en cinco años que en diez, no le corría ninguna prisa, y con esa inteligente política ganaba menos que sus competidores en los mismos artículos, pero cada día su clientela aumentaba.

Para moverme con mayor facilidad, me compró un auto de segunda mano, un Chevrolet de 1951 que estaba en buen estado y gastaba poco. Para mí era muy fácil manejarlo, porque yo acostumbraba a conducir autos de altas velocidades y tecnologías complejas. Había dejado en la casa de mi familia un Maseratti de dos plazas que volaba los caminos. Yo debía pagar este auto según fuera ganando comisiones y de acuerdo con mis posibilidades, sin apuro.

Cuando mis entradas me lo permitieron —al término de seis o siete meses y ya corría 1954— me mudé a un pequeño, pero muy cómodo y funcional apartamento en la calle del Obispo, en un edificio recién construido y, créanlo o no, me sentí muy feliz cuando lo fui amueblando y decorando por mí misma, a mi gusto un tanto arbitrario y liberal. Simplemente, compré muebles y adornos sin preocuparme de si sus estilos estaban en las antípodas.

Aunque el apartamento constaba de un dormitorio de tres y medio metros por lado, un baño contiguo con todo lo necesario en el espacio imprescindible, una diminuta sala comedor de dos y medio metros por lado y una cocina más larga que ancha en la cual no podían transitar dos personas, un día calculé que mi antigua habitación era mucho más grande, casi el doble, y, sin embargo, allí no era feliz.

Al marcharme de la casa de huéspedes, me despedí de la señora vinagre con emoción y pesar y le dejé un sobre con un mes extra de alquiler como reconocimiento a su bondad y su valiente actitud. Debo apuntar que nunca fui remisa con el dinero, pero aquel era ajeno y no me dolía, y cuando me sorprendí en la capacidad de regalar el producto de mi esfuerzo, por primera vez en mi vida me sentí como una gran dama, como una persona generosa. Este hecho aumentó mucho mi autoestima y elevó bastante mi moral.

En cuanto a mi universo afectivo, debo confesar que no soy una mujer enamoradiza, aunque sí muy apasionada. Como Virgo irredenta, soy odiosamente selectiva y, por otra parte, mi mente no estaba en aquellos tiempos para romances, sino imbuida en organizar mi nueva vida y en saborear cada segundo de mi recién conquistada libertad.

Si puede llamarse así, mi única relación con ese campo en aquel tiempo, era que de vez en cuando Benítez me llamaba a su despacho para darle una nueva muestra de agradecimiento, y paulatinamente lo iba haciendo con mayor entusiasmo. Y comoquiera que los Virgo también somos terriblemente perfeccionistas, mi técnica era cada vez más depurada, y me crean o no, aprendí a disfrutarlo. Me gustaba mirar el rostro de

Benítez mientras se lo hacía. Era agradable ver cómo se abandonaba en esos minutos. A mi vez, me solazaba con el descontrol que experimentaba todo mi cuerpo y las sensaciones desconocidas que provocaba en mí, como el entumecimiento de mis labios, el agolpamiento de sangre en mis sienes, el endurecimiento de mis pezones que parecían a punto de estallar y otras cosas acerca de las cuales prefiero no escribir. Estaba a punto de convertirme en una viciosa empedernida y aunque esto me preocupaba un poco, nunca hice el intento de negarme.

Claro que aquello no era cosa de todos los días, sino bastante esporádico, pero hube de comprar un cepillo de dientes y pasta adicional para cuando se presentaba el momento. Y jabón, para lavarme cierto lugar con mucha agua fría y reducir la calentura.

Por su parte, Benítez jamás intentaba besarme o abrazarme y solo acariciaba mi nuca cuando estábamos entregados a nuestra curiosa actividad. Por muy excitado que estuviese, nunca intentaba ir más allá y yo no quería forzar aquel insólito respeto, aunque muchas veces estuve tentada de hacerlo. Después de todo, solo soy un pobre ser humano muy frágil y vulnerable.

Solo me intrigaba el motivo, porque no sabía si lo hacía por ser adicto a aquella actividad, o para recordarme que era mi jefe, o reclamarme un pago más alto por mi libertad, o le gustaba cómo yo lo realizaba. O la causa más probable: simplemente lo hacía porque era un individuo desalmado y sentía que de alguna forma me estaba humillando. Por supuesto, jamás se me ocurrió pensar que sintiera algo hacia mí.

En fin, mi vida era un poco incongruente, tenía bastantes contradicciones internas y estaba lejos de ser perfecta. A veces por las noches me sentía un poco sola y me asomaba al balcón para ver pasar a los transeúntes que se dedicaban a husmear en las vidrieras de las tiendas, uno de los pasatiempos favoritos de los cubanos de ese tiempo, y luego, agotada por los trotes del día, me iba a dormir apaciblemente, con el sueño de los justos. Era la calma que precede a una tormenta devastadora.

En esta nueva etapa de su vida, Dieter Fuch había tenido varios romances muy breves, porque la prudencia le recomendaba no involucrarse sentimentalmente con nadie. Una compañía permanente podría poner en peligro su verdadera identidad. Aunque ya andaba cerca de los cincuenta años, todavía conservaba ese extraño magnetismo para las mujeres, además del magnetismo extra de su cuenta bancaria. De todas formas, esas relaciones pasajeras las tuvo siempre en hoteles de segunda.

Había invertido una parte no muy importante de su dinero en una pequeña tienda de mercancías mixtas, en un lugar céntrico de la barriada de La Víbora donde se vendían, en una mitad, renglones de primera necesidad y en la otra, artículos de oficina, papelería y materiales escolares. Era un establecimiento poco ortodoxo, pero le permitía pequeñas ganancias para mantener el *status* de su capital. Nunca lo haría rico, pero evitaría que su cuenta bancaria tocara fondo. No había querido abrir una tienda mayor ni más lujosa, aunque se lo podía permitir sin mucho sacrificio, porque su vida anterior le había demostrado que la prominencia en cualquier campo puede convertirse en algo muy peligroso para alguien como él.

Tenía cinco empleados y les pagaba bien, incluyendo un auditor eventual y una secretaria comercial. Los otros tres eran dos dependientes y uno para la limpieza y la atención del almacén. Él aparecía un par de veces por semana en el lugar, supervisaba todo como cualquier dueño eficiente que cuida de sus propiedades, comprobaba si las ganancias estaban en su cuenta, aprobaba con su firma las reposiciones y el resto del tiempo lo dedicaba a conocer lugares de la capital, costumbres, lenguaje, etcétera. Intentaba integrarse a la vida de su patria adoptiva, sin dejar de amar y de añorar a su querida Alemania.

Nadie podía predecir que no habría un resurgimiento de la doctrina fascista, estaba tan seguro de eso como los muchos oficiales retirados que vivían en Alemania Occidental y otros países y se mantenían atentos y a la espera, como él, y una de esas pruebas la había tenido unas semanas atrás, cuando recibió aquella insólita visita. Al principio, lo puso en alerta creyendo que todo podía ser una trampa. Era un joven menor de treinta años, rubio, de ojos azules, figura atlética y el porte de alguien que decididamente hubiera sido entrenado en las huestes de la Wehrmacht.

Se presentó en su apartamento una tarde en que se encontraba en su terraza saboreando un mojito y contemplando el mar. Como no tenía una sirvienta, él mismo abrió la puerta con expresión de fastidio.

—¿Sí?

—Buenas tardes, señor von Veidt, Me gustaría hablarle unos minutos. Esperé hasta verlo entrar, dejé pasar un rato para que se acomodara y...

—¿Quién es usted? —lo interrumpió Fuch.

—Mi nombre es Werner Ott. Tengo entendido que usted conoció a mi padre Otto en 1939.

—No sé de qué me está hablando —contestó Fuch con naturalidad, aunque todo su cuerpo estaba en tensión, y calculando de qué forma podría deshacerse de aquel molesto intruso.

—Comprendo su desconfianza señor, pero creo que es mejor seguir   hablando adentro. Como comprenderá, es peligroso para los dos tener una conversación como esta en la puerta de la escalera, donde cualquier entrometido casual puede escucharnos.

—Puedo tener esta conversación donde quiera, señor Ott. No tengo compromisos ni temores ni deudas con nadie.

—Mi padre me dijo que esto podía suceder y no se lo reprocho. Por esa razón, he escrito esta carta donde le explico algunas cosas y espero convencerlo de que no soy un provocador ni un chantajista —traía la carta en su mano derecha y se la extendió—. Leerla no le compromete a nada. Hágase la idea de que se la han dejado por error. Nunca estuve aquí, y si usted no me llama, lo daré todo por terminado y no volveré a molestarlo. Sin rencor. Por favor, acepte solo leerla —como Fuch se limitaba a mirarlo calculadoramente, agregó—: vamos a hacer lo siguiente: usted cierra su puerta y yo echo la carta por debajo. ¿Le parece bien?

—De cualquier forma, voy a cerrar la puerta, porque no tengo nada de qué hablar con usted ni sé quién es su padre. Tengo la impresión de que ustedes se han confundido de persona.

Fuch cerró la puerta y vio el sobre deslizarse por debajo. Se apartó y se dirigió a la terraza. Vio salir a Werner, éste no miró hacia atrás ni hacia arriba y solo entonces volvió hacia la sala y recogió el sobre. Se dirigió a la mesa del comedor y se dispuso a leer. Eran tres páginas.

En un correcto alemán berlinés, la carta iba dirigida a herr Dieter Fuch y ver su nombre real en aquel documento, le produjo un extraño y desagradable cosquilleo. En resumen, había tres informaciones importantes: una, Otto Ott había fallecido un mes antes, dejando a su hijo el encargo de ponerse en contacto con él. Explicaba cómo Otto lo había visto por casualidad entrando en su edificio unos quince días antes de fallecer de un cáncer en los pulmones, y lo había reconocido al instante. Le había puesto un seguimiento y sabía de su negocio. Dos, conocía de primera mano su participación en los acontecimientos del San Luis y que había sido el enviado de Heydrich para impedir que el buque descargara su odioso contenido, y Otto había colaborado con su misión facilitando su viaje a la Isla de Pinos. Y tres, le encomendaba a su hijo, muy bien criado en su ideología y tenía ideas y deseos de hacer algo para no dejar caer el nacionalsocialismo en el olvido.

Leyó la carta tres veces y luego la llevó hacia la cocina y la quemó en el fregadero. Volvió hacia la terraza y se sentó de nuevo en su butaca favorita, pero había perdido los deseos de disfrutar de su ocio.

Aunque había sido exonerado por las fuerzas aliadas, tenía demasiadas muertes a sus espaldas, sobre todo de judíos, entre ellos la de los viajeros del San Luis, y no se podía confiar. Conforme Otto Ott lo había reconocido y conocía su vinculación con los hechos del San Luis y con Heydrich, otros lo podrían descubrir. Era muy peligroso para él tener cabos sueltos. Primero era lo primero: averiguar qué se proponía este joven con sangre y biotipo ario, qué pretendía de él, saber si podía confiar y hasta dónde podía confiar. Además, vivir en calma era algo en contra de su inquieta naturaleza y tal vez aquel joven le daría un poco de color a su vida de exiliado.

Hubo un hecho aislado en este interludio que a la postre resultó de cierta importancia para mi relación personal y profesional con Benítez en el futuro y sin dudas me brindó la oportunidad de participar en los sangrientos hechos narrados más adelante.

Cuando comencé a hacer mis ventas vespertinas a domicilio, Benítez me hizo acondicionar un portafolio especialmente diseñado para transportar las joyas que yo determinara llevar conmigo a mis visitas, provisto de un doble cierre de alta seguridad. Además, había unas esposas unidas a mi muñeca izquierda con la agarradera de aquel artilugio que a su vez quedaba inmóvil, pues sus dos extremos estaban soldados por dentro a una fina pero indoblegable planchuela de acero inoxidable. Ambas llaves las llevaba colgadas del cuello, ensartadas en una fina cadena de oro martillado de veintidós quilates, junto con mi medalla de la Virgen del Cobre.

Aquella noche había tardado más que de costumbre en terminar mi recorrido, porque en la mansión de una familia muy acaudalada de Miramar, los Vasconcelos, me encontré con una de mis antiguas amigas y estuvimos conversando durante un rato. Al alejarme de allí, me sentí un poco mal, porque me di cuenta de que mi querida Sandra era una muchacha muy sosa y superficial. Me hizo sentir una pena infinita hacia ella y también hacia mí, al comprender cuántos años había perdido sumergida en aquellas mismas tonterías intrascendentes.

Confieso que aquella noche pude tener un accidente de tránsito, pues durante mi viaje de regreso llevaba la mente completamente abstraída a resultas de aquel encuentro. Tuve mucha suerte, pues yo acostumbro a conducir a velocidades generalmente prohibidas.

Al llegar al parque de Albear, dejé mi auto parqueado por la parte de Bernaza, me até la anilla de la esposa a la muñeca izquierda y en dos o tres minutos me detuve ante la entrada de mi edificio.

En el preciso instante en que iba a introducir la llave en la cerradura de la puerta de la escalera, dos hombres se abalanzaron contra mí.

No hubo nada de eso que se ve en las películas como "Arriba las manos", "El maletín o la vida", o "Si te mueves te mato". No. El blanco me agarró por el brazo del maletín sin mediar una palabra y el mulato me pegó una salvaje bofetada de teléfono.

Por si no lo saben, la bofetada de teléfono es esa con la que te aplauden el mismo centro de la oreja con el mismo centro de la mano abierta y estás escuchando el timbre de línea ocupada durante una semana, mientras sufres la impresión de que tu oreja se convierte en algo así como un semáforo intermitente. Te deja absolutamente loca.

Empecé de inmediato a arañar y a tirar cabezazos y patadas sin orden ni concierto.

Mientras el otro me desgarraba la piel de la muñeca e intentaba sin dudas desmembrarme como a un inca, el mulato me atizó un puñetazo entre los ojos que me hizo saltar las lágrimas y me desenfocó la visión. Me dejó bizqueando por un buen rato.

Me lanzaron contra la pared que había a mis espaldas y, por suerte, la entrada donde estábamos peleando es un espacio muy reducido, no mayor de un metro y medio de ancho, por lo cual el golpe no resultó demasiado fuerte. El mulato me agarrotó por las mejillas con una mano grandísima y casi pegó su rostro al mío. Ambos jadeábamos. El blanco había dejado de tirar del portafolios y se limitaba a mantenerme maniatada.

—¡Dame la llave, so puta! —me escupió en la cara rechinando los dientes, mientras el sudor le corría por el brillante rostro.

En medio del sopor, el mareo y la indignación, cuando dijo aquellas palabras me acordé de que, en mi mano derecha, aferrada a su camisa, tenía enredado mi llavero con las llaves del edificio y el apartamento. Así con todas mis fuerzas la llave del edificio, una Yale deliciosamente larga, fina y dorada y se la encajé entre dos costillas. Halé con toda mi alma para desgarrarlo. Debió penetrar en su cuerpo solo un centímetro, pero lo hizo revolver como una fiera herida y eso me produjo una malsana alegría.

Me pegó un revés que me hizo caer sobre mi otro atacante, el cual, tal vez para no ser considerado como un tipo flojo, me propinó un manotazo por la nuca enviándome con la cara completamente de frente contra la puerta, estampando allí mis facciones para la posteridad como una calcomanía sobre la pulida madera. Un chorro de sangre comenzó a brotar de mi nariz y caí al suelo, luego de rebotar convenientemente contra la potente hoja de cedro.

Todo el mundo sabe que, en los momentos más inoportunos, nos vienen a la mente unos pensamientos muy absurdos. El mío casi rayó en el surrealismo. En aquella terrible situación, enredada con aquellas dos fieras, recibiendo golpes y patadas, y arañando, mordiendo y pateando a mi vez, me cruzó por la mente algo así como:

"¡Coño, en el boxeo es uno contra uno, el otro es de tu mismo peso y sexo, y de vez en cuando hasta te dan un minuto de descanso!"

Cuando me viraron boca arriba, mi blusa estaba hecha jirones, pero mi inquebrantable *brassiere* había soportado incólume todos los embates de aquella batalla campal. Por su parte, mi amplia falda plisada estaba hecha un rollo en mi cintura y rasgada por varios lugares, mis zapatos ya no estaban en mis pies y mis medias de nylon eran un verdadero asco.

—¡Aquí están las llaves! —exclamó el blanco en voz baja con salvaje alegría—. ¡En la cadena del cuello!

Me revolví furiosa repartiendo puñetazos y patadas, pero la desventaja era abrumadora, los golpes iban y venían, pero todos en mi dirección y me llovían por todo el cuerpo. Ignoro si en alguna ocasión a usted le han arrancado una cadena del cuello. Si no es así, lamento no ser capaz de describirlo. Lo más cercano debe ser una decapitación frustrada con linchamiento incorporado. Cuando el blanco me dio el tirón, mi cabeza se elevó del piso como una cuarta y, al partirse la cadena, regresó como halada por un muelle y sonó como un coco seco.

Ya me iba a dar por vencida cuando el blanco cayó como un fardo sobre mí y una voz enérgica, conminatoria y fuerte le dijo al mulato:

—Ni se te ocurra la idea de querer huir.

Y sin mediar más palabras, el policía le propinó un brutal toletazo entre el trapecio y el hombro izquierdo que lo hizo caer sentado con un alarido de dolor. El blanco me estaba bañando el rostro y el cuello con su sangre mezclada con la mía, pues en el costado derecho de su cabeza había una herida que no podría ser suturada con menos de diez puntos.

El policía logró sacarme aquel fardo de encima con un solo y enérgico manotazo. Le arranqué mi cadena de un tirón y le produje un profundo corte en la mano. ¡Qué bien me sentí cuando vi el daño que le había hecho!

—¿Se siente bien, señorita?

Si algún día hiciera un minucioso registro, difícilmente encontraré que en el transcurso de mi vida me hayan hecho una pregunta más idiota; pero aquel hombre tal vez acababa de salvar mi vida, sin dudas me había evitado el embarazo de explicar un robo de unos cuantos miles de pesos y no le iba a pagar con el exabrupto que me vino a la cabeza. Por suerte, yo no tengo un conducto directo del cerebro a la lengua.

—Por lo menos, gracias a usted no estoy peor —fue mi agradecida respuesta.

Él sonrió. ¡Dios mío, cómo necesitaba en ese momento una cálida sonrisa para reconciliarme con la raza humana!

El policía los esposó luego de darles unos cuantos empellones, toletazos y patadas por el trasero y fuimos juntos hasta la esquina donde había un teléfono policial.

Yo me iba cubriendo lo mejor posible, pues había quedado prácticamente desnuda, tenía los pelos como si hubiese recorrido mil kilómetros en moto y sin casco, y avanzaba a trompicones, dando tumbos. El fuerte brazo del policía evitó que me cayera en varias ocasiones.

Un grupo de curiosos nos seguía. Me pregunté dónde habían estado metidos cuando aquellos dos casi me matan a golpes.

El policía se llamaba Gualterio y según me explicó, su intervención había sido imprevista porque, aunque él era el policía de ronda de esa zona, su turno de guardia no comenzaba hasta media hora más tarde, pero una terrible discusión con su esposa lo hizo marcharse de la casa antes de tiempo y, no teniendo nada mejor que hacer, decidió comenzar su ronda en ese momento para descargar su rabia caminando. Calificó a su esposa de insoportable y tal vez fuera cierto, pero de haberla tenido ante mí en ese trance, la habría cubierto de besos y ahogado en abrazos.

¡Que Dios bendiga a las esposas insoportables!

Unos minutos más tarde, nos recogieron dos patrulleros y nos condujeron a la Primera Estación. Mis dos atacantes fueron encerrados y a mí me hicieron sentar en un banco de caoba pulido y ortopédico, de alto respaldo. En él no había acomodo posible.

Cuando el carpetero me preguntó si alguien podía servirme de fiador con vistas a ponerme en libertad después de levantarse las actuaciones, me di cuenta de que en ese momento solo podía contar con una persona en todo el mundo: Benítez.

Me horroricé de solo pensar que alguien me reconociera —aunque era un poco difícil de acuerdo con mi aspecto—, y se le ocurriera la idea de avisarle a mi padre, o si mis antiguas amistades me veían en aquella patética facha — parecía una mezcla de Pedro Harapos con Primo Carnera—, de seguro pondrían el grito en el cielo. Y las crónicas sociales se darían un fabuloso festín a mi costa.

Por suerte, mi jefe estaba en su apartamento y diez minutos más tarde entraba por la puerta de la estación. Me buscó de un rápido vistazo y aprecié ver que tenía puesta una camisa de mangas cortas por fuera y a medio abotonar, o sea, había agarrado a toda prisa lo primero que encontró para salir en mi busca.

—¡Susana! —exclamó sentándose a mi lado—. ¡Qué bueno que pudo conservar el maletín, porque de lo contrario no la hubiera reconocido ni en un millón de años!

Con el rostro tumefacto, la nariz sangrante, mi oreja adolorida, varias uñas rotas, los ojos casi cerrados por la inflamación, una muñeca pelada como un plátano, todas mis costillas golpeadas, un chichón como una bola de billar truncada que me había descubierto en la cabeza, el cuello lacerado, el trasero estremecido por dos violentas caídas y un espantoso dolor de cabeza, era indudable que no estaba para bromas.

—Mire señor Benítez, si usted ha venido solo para acabarme de joder la noche… —comencé indignada.

—Mejor no siga, sé muy bien para dónde me va a mandar. Me alteró verla en esas condiciones. ¡De verdad! —mintió desfachatadamente—. ¿Se siente con fuerzas para contarme lo que ha ocurrido?

Le hice el relato lo mejor posible. Fui interrumpida en varias ocasiones por policías que se acercaron para saludarlo. Ese día me enteré de que él había sido un reputado investigador de la Policía de Homicidios. Al final, vino un teniente pulcramente uniformado y lo saludó con palmaditas afectuosas en un hombro. Benítez le contó sucintamente los hechos y el teniente le dijo:

—No te preocupes. Yo me encargo de que lleguen calientes al tribunal.

—No Mario, no vamos a presentar acusación, pero sí quisiera saber si tienes un buen par de gorilas que estén locos por hacer el pan esta noche.

—¡Cómo no! —contestó Mario con una alegre sonrisa—. Aquí tengo los dos mejores trabajando conmigo.

—Llámalos, hazme el favor.

Cuando se detuvieron ante nosotros, comprobé que de verdad eran un par de gorilas. Legítimos. De fábrica. *New packet.* Dos versiones criollas corregidas y aumentadas de King Kong, aunque ambos eran blancos.

Luego de darles la mano, Benítez les dijo:

—Quiero saber quién les pagó para hacer esto —y me señaló—. Contesten o no, los quiero mañana ingresados en un hospital. Aquí tienen cien pesos para cada uno y les prometo una prima de cien pesos más si la estadía de esos hombres en el hospital pasa de una quincena. No los quiero muertos, pero sí que sientan terror si alguna vez vuelven a ver a mi secretaria.

—Para eso no hacen falta estos dos. Acabo de verlos. Tu secretaria les ha dejado muy malos recuerdos. Uno de ellos tiene la cara hecha tiras y una ceja partida y al otro le hizo una herida como de dos pulgadas en la espalda con la llave de su casa, una cortadura que casi le ha cercenado una mano y tiene una mordida en el antebrazo derecho que no le va a cerrar en un buen tiempo —le informó Mario con una sonrisa—. Tu secretaria no es precisamente un angelito de los cielos.

—De todos modos, quiero estar seguro de que esto no se va a repetir —insistió mi jefe—. ¿Me la puedo llevar ahora?

—Por supuesto. Si no va a haber acusación, ella no tiene nada que hacer aquí. Para mí, esta muchacha no existe.

—Gracias, Mario. Lo tuyo te lo mando mañana.

El teniente asintió con una leve sonrisa y Benítez me tomó por el brazo izquierdo para ayudarme a levantar, pero en ese momento, las piernas no me sostuvieron más y me desvanecí.

Él me cargó, me metió dentro de su auto y me llevó a su apartamento. Una vez allí, llamó a un conocido médico muy competente y cuando recobré el conocimiento, con un profundo quejido, estaba en pantaloncitos y cubierta a medias con una sábana. El médico me examinaba y curaba mis heridas. Benítez estaba fuera de la habitación.

Según opinó el galeno, mi aristocrática nariz solo estaría inflamada durante algunos días, no parecía tener fractura en ninguno de sus huesecillos. El chichón que tenía en la parte posterior de la cabeza tampoco tendría consecuencias ulteriores. Mucho descanso, y hielo para esa noche, calmantes y un par de buenos sedantes.

Me dio dos palmaditas muy dulces en la mejilla izquierda y me dijo amablemente, con una sonrisa profesional, que al día siguiente lo vería todo muy distinto. Rogué porque tuviera razón, porque en esos momentos no veía prácticamente nada a través de mis párpados inflamados.

Cuando se marchó, le pregunté a Benítez dónde me encontraba.

—En mi apartamento.

—¿Y el maletín?

—A salvo. En su mano derecha tenía aprisionadas las llaves de su casa junto con la de la cerradura. También estaban la cadena y la medalla. Gracias a eso la pude desembarazar de su carga.

—Me alegro de haberlo podido retener.

—Escúcheme con toda atención, Susana, porque por nada del mundo quiero me vaya a interpretar mal. Le agradezco muchísimo lo que hizo esta noche, pero si alguna vez se repitiera algo semejante, no se deje matar por un puñado de chucherías. Su actitud fue muy valiente, pero también muy tonta. Nada, absolutamente ningún objeto, religión, ideología o concepto, y muy pocas personas o situaciones, merecen que uno entregue la vida. Nunca lo olvide.

Preferí callarme para no decepcionarlo, pero aquellos dos individuos no me habían dejado más opción que luchar como una fiera por mi integridad física. Sus palabras eran muy sabias, y sabía que él se clasificaba entre las personas que no merecían el supremo sacrificio.

—Así lo haré —le dije con voz cansada—. Ahora me gustaría bañarme. Me siento muy sucia.

Sonrió.

—Al menos cuando yo la vi pensé que habían limpiado con su cuerpo toda la calle Obispo.

—Muy gracioso —masculló entre dientes.

Lo que ocurrió a continuación, lo conservo entre mis mejores recuerdos de aquellos días.

Como estaba completamente descentrada y adolorida, Benítez comenzó por bajar todo lo posible mi chichón con una bolsa de hielo; luego me preparó el baño y como me resultaba muy difícil dar dos pasos seguidos en una misma dirección, me condujo hasta allí, me dejó sentada sobre la tapa de madera del inodoro enrollada en una sábana y trajo una lata grande de galletas. Iba a preguntarle si se había vuelto loco cuando la puso dentro de la poceta con el objetivo de que me bañara sentada encima de ella. Debo apuntar que su cuarto de baño era muy hermoso y estaba prolijamente limpio.

Me levantó con sumo cuidado y me condujo hasta la lata. Cuando me ayudó a sentar, me dijo muy serio:

—Susana, no tengo a menos reconocer que usted es una mujer muy hermosa, aunque ahora su rostro esté completamente desfigurado. Yo soy un tipo muy poco escrupuloso y tengo menos sentimientos que un adoquín, pero usted no está en condiciones de bañarse y vestirse por sí misma. Le aseguro que la voy a respetar como si yo fuese un hombre honorable.

Él tenía razón y yo decidí aceptar su ofrecimiento tirando el asunto a broma para restarle importancia. Por primera vez estaría completamente desnuda ante un hombre y me sentía muy nerviosa, pero también tenía un extraño cosquilleo recorriéndome el cuerpo.

—Acepto —logré articular—, pero dudo mucho que logre sacarme todo el churre que traigo encima.

Me incorporó y me desembarazó de la sábana sosteniéndome por debajo de los brazos, me sacó los restos de mis sostenedores y después mis pantaloncitos. Al sacarlos por debajo, su rostro quedó escasamente a dos o tres pulgadas de mi pubis y confieso que tuve un pensamiento y un impulso muy pecaminosos. Me autorrecriminé por ser tan descarada y reprimí como pude la violenta ola de sensualidad que estaba invadiendo mi maltratado cuerpo.

No solo fue sorprendente para mí, sino además indescriptible, la extrema delicadeza conque lavó mi cabeza varias veces, la suprema paciencia al limpiar la sangre de mi rostro, mi cuello y mi mano para no lastimarme, y la suavidad que desplegó para enjabonar dos veces el resto de mi cuerpo con una pequeña toalla, excepto en ese lugar que se debe lavar directamente con la mano. Cuando lo hizo, con dedos suaves y tibios, estuve a punto de caerme de la lata.

Con el mismo cuidado secó todo mi cuerpo y me vistió con un pijama suyo por supuesto más grande que yo. Me llevó cargada hacia la cama y me dejó medio sentada poniendo dos almohadas tras mi espalda. Después me emparejó todas las uñas de las manos con una tijerita curva y a renglón seguido se fue hacia la cocina y le oí trajinar durante unos minutos. Al cabo, regresó con una bandeja y de ella me alcanzó una taza para chocolate que contenía un brebaje claroscuro y tibio.

—¿Qué es eso? —pregunté.

—Café con ron. Le hará mucho bien.

—¿Usted no estará tratando de emborracharme? —pregunté con fingida suspicacia.

—Susana, tal como le dije, usted es una mujer muy hermosa, pero otras más hermosas se acuestan con uno por un par de pesos y no se dan tantos humos ni son molestas. Además, en mi opinión, el sexo debe ser una colaboración entre dos para que sirva, y usted no está en condiciones de colaborar.

—Oiga, fue una broma. Ya recibí bastantes golpes para una noche.

—Es una pena que no le hayan dado una buena trompada en la lengua.

—Parece que todavía me la puedo ganar —comenté y me bebí callada y a sorbos aquella mezcla explosiva. Indudablemente, me reanimó—. ¿Qué hay en ese tazón?

—Una lata de sopa de tomates Campbell de mis provisiones de reserva, para cuando no deseo salir a comer fuera.

Recé para que no fuera un remanente de la Segunda Guerra Mundial, pero me abstuve de manifestarlo. Pues no. Estaba entre tibia y caliente, sabía tan bien como siempre saben las sopas Campbell y mi organismo la recibió como una bendición del cielo.

Entre los efectos del baño, el ron y la sopa, sumados al cansancio de un día de intenso trabajo y una pelea de arrabal, me fui adormilando. Sentí cómo Benítez me corría hacia los pies de la cama y me acomodaba las almohadas bajo la cabeza. Después, puso una mano sobre mi frente, de seguro para comprobar si no tenía fiebre, pero yo quise interpretarlo como un gesto de cariño. ¡Tonterías de muchacha!

Me acabé de dormir con una sonrisa. Aunque sabía que aquel hombre tenía un trozo de pedernal en el lugar del corazón, nadie me había atendido con tanta solicitud desde que era una niña.

Al día siguiente, cuando Benítez regresó del trabajo, ya me había marchado. Asumí que tal vez él no quería malas interpretaciones ni complicaciones en su vida y yo soy demasiado orgullosa para imponer mi presencia.

Al otro día por la mañana, estaba de nuevo en mi puesto de trabajo. Me compré un par de gafas oscuras para ocultar mis ojos, pues durante quince días se vieron como los de un oso panda.

Aquellos dos hombres no fueron enviados por mi padre —¡A Dios gracias! —ni por nadie. Habían actuado por su propia cuenta.

Jamás quise preguntar cuánto tiempo estuvieron hospitalizados, preferí no saberlo. Lo cierto es que nunca más se cruzaron en mi camino.

Dieter estaba sentado en un extremo de la mesa de su comedor, rectangular y de una oscura caoba, pulida como un espejo y barnizada a mano. En el otro extremo permanecía Werner con las manos entrelazadas sobre la mesa y mirándolo con expectación.

—¿Le parece bien mi idea? —preguntó.

—No se puede negar que es una idea interesante y atractiva, pero también muy peligrosa.

—Con su historial, no puedo pensar que tenga miedo —replicó Werner con una sonrisa.

—Muchachito, el que no siente miedo no es un valiente, sino un idiota. Sí tengo miedo, siempre lo he tenido. Esa calificación común de valientes, se refiere a personas capaces de sobreponerse a su miedo.

—En varias ocasiones le oí decir a mi padre con admiración que su jefe Heydrich era un hombre muy valiente. Usted lo conoció bien de cerca.

—Él no era valiente, sino temerario y arrogante, que no es lo mismo. En cierta ocasión lo vi retroceder ante la posibilidad de morir por causa de una desdichada broma. Si finalmente resultó asesinado en las calles de Praga, fue porque confió en el temor que infundía en casi todas las personas. Por eso se expuso temerariamente y lo cazaron, algo impensable para él. Nunca piense en sus propias posibilidades, sino en las de su o de sus enemigos. Subestimarlos puede ser un camino directo al cementerio o a la prisión, en el mejor de los casos.

—Por eso necesito de usted, porque tiene un talento probado para tender trampas y salir ileso de ellas. Tengo deseos de hacer algo para mantener viva la llama de nuestras ideas y, en mi caso, las de mi padre, las suyas y las de otros que siguen creyendo en ellas más allá del aparente fracaso del Tercer Reich.

—¿Está dispuesto a morir por defender esas ideas?

—Sí, estoy dispuesto a morir, pero no a regalar mi vida. Si hago eso, no podría seguir aportando a la causa —contestó con cierta vehemencia e hizo sonreír a Fuch, porque de cierto modo, le recordó a *herr* Wolff.

—Bien, vamos a hablar ahora de esta idea. Bien trabajada, se puede convertir en un plan brillante. Al menos, es lo suficientemente ingeniosa como para llegar a serlo. Primero le recomendaré que no se impaciente por llevarlo a cabo. Solo debe ser puesto en práctica después de haber ultimado hasta el último detalle. Y, aun así, verá cómo por el camino se presentarán unos cuantos imprevistos, porque el plan perfecto no existe. ¿Está dispuesto para hacerlo como le estoy diciendo?

—Por eso estoy aquí y le prometo ser lo menos apasionado posible, a pesar de mi edad y de mis deseos de entrar en acción.

CAPÍTULO VIII

Recuerdo perfectamente aquella mañana de octubre. Hacía un calor tórrido y antes de llegar a mi oficina, pasé por la cafetería del Arco del Pasaje y en vez de mi habitual café con leche y pan con mantequilla, consumí un enorme batido de chocolate prácticamente helado y un sándwich con un pan de agua crujiente que contenía una montaña de jamón, queso amarillo, pierna de cerdo asada y pepinillos encurtidos. Casi era necesario tener un espéculo en la boca para poderlo morder. Ya me podía dar el lujo de gastar cuarenta centavos en mi desayuno.

Como cada día, después de saludar a mis compañeros de trabajo, subí a mis dominios y me puse a trabajar. Unos minutos más tarde llegó Benítez y se fue a trajinar en su despacho. Por aquellos días, él estaba inmerso en una negociación con una importante firma francesa. Esta le ofrecía materias primas de la mejor calidad a precios que le permitirían ganancias apreciables.

Cerca de las nueve de la mañana llegaron dos hombres a mi despacho. Uno de ellos era de mediana estatura, de unos setenta y cinco años, vestido impecablemente con un traje de muselina negra de corte irreprochable, una camisa blanca de cuello duro y una corbata de seda negra con unas finas y muy discretas rayas en blanco. Sobre su ganchuda nariz llevaba unos lentes con montura de oro. Sus zapatos parecían de charol de tan lustrosos. La tercera parte de su pelo, la central, era negra con algunas hebras plateadas y el resto de un blanco tan absoluto como su camisa. Sus ojos eran pequeños y bastante cercanos. Su aspecto y su porte resultaban muy distinguidos, pero, sobre todo, tenía algo que no estaba a la venta en ninguna tienda del mundo. Mucha gente de noble ascendencia dice y cree tenerlo, pero en realidad es bastante escasa en este universo innoble: clase. Si aquel hombre me hubiese dicho que era el rey de Inglaterra, se lo habría creído sin chistar. Además, de él emanaba una suave autoridad, esa autoridad que se impone por respeto y no por la fuerza.

Su acompañante era un joven de unos treinta años, trigueño, de ojos claros y labios gruesos y sensuales. Era un par de pulgadas más alto que el otro y tenía un cuerpo atlético. Sin embargo, causaba una impresión mayor de inteligencia que de fuerza física. Un joven simplemente bello como un dios, uno de esos jóvenes que le dejan a una los ojos en blanco y le dan deseos de patear los techos. Su atuendo era más ligero y funcional. Tenía el rostro muy serio y era evidente que se encontraba allí a disgusto, pero no lo demostraba con beligerancia, sino con una especie de obstinada reserva. Sus rasgos eran nobles y agradables, pero no tenían la grandeza de su acompañante.

Me puse de pie.

—Buenos días, señores. ¿Qué puedo hacer por ustedes? —inquirí con mi más cálido y profesional tono de bienvenida.

—Deseamos ver al señor Benítez —dijo el más viejo con una voz ronca pero fuerte y profunda que por una de esas asociaciones fortuitas me recordó a Gregory Peck.

Ni por un momento se me ocurrió pensar que Benítez no lo recibiría.

—¿A quién debo anunciar, por favor?

—Mi nombre es Israel Katz, señorita —contestó entregándome una tarjeta y haciendo un leve gesto hacia adelante, como si hubiera iniciado una genuflexión—. Y este es mi hijo Isaac.

—Sean bienvenidos. Tomen asiento y discúlpenme por un momento.

Me dirigí al despacho de Benítez y lo encontré absorto examinando unos documentos que desde mi perspectiva se veían plagados de números ordenados en columnas.

Alzó los ojos por un momento con expresión de fastidio.

—¿Sí, Susana?

—Ahí afuera hay unos señores que desean verlo.

—Mándelos a paseo. Hoy no quiero ver a nadie.

Lo miré y me sorprendió ver que estaba de un humor fatal, algo inusual en él. No era preocupación, sino incomodidad.

—Con su permiso, señor. Uno de ellos es un hombre muy distinguido y pienso que tal vez traigan entre manos algún negocio ventajoso.

—¿Le ha dado por leer libros de Orson Sweet Marden, Susana? —me preguntó con una ironía tan venenosa que me tranquilizó, porque ese era el Benítez que yo conocía, aunque su rostro seguía siendo la imagen viva del disgusto.

—No, ayer en la noche vi por televisión el programa de "Cuquita la secretaria" —le contesté con el mismo tono.

—¿Sabe, Susana? Aunque reconozco que son muy pocas, yo tengo algunas cosas buenas y me parece que usted se está aprendiendo solo las peores.

—Discúlpeme, señor —le dije con la misma humildad con que mi padre trataba a su limpiabotas—. Les diré que se marchen.

Me volví y comencé a abrir la puerta cuando me detuvo.

—Un momento, Susana. ¿De verdad usted dedica sus noches a ver la televisión?

—A veces. Otras me quedo leyendo, ocasionalmente paseo y otras voy al cine si ponen algo interesante —dije en guardia. Sabía que la pregunta no estaba encaminada a invitarme a cenar.

—¿Qué género le interesa? —preguntó cruzando los brazos con una sonrisa provocativa.

—Me gustan los melodramas románticos. En estos días he visto cuatro veces "Sublime obsesión" —dije ya en actitud belicosa.

—La vi. ¡Qué gusto tan horrible tiene usted!

—Lo sé, por eso trabajo aquí. Con su permiso.

—Buena estocada. Déjeme ver qué tan bueno es su olfato para los negocios. ¿La tarjeta pertenece a esos señores?

—Sí.

—Alcáncemela, por favor.

Cuando miró la tarjeta su rostro se transfiguró por un instante. Sus párpados se entrecerraron y su ceño se frunció. Luego miró sin destino por encima de la tarjeta y de ahí volvió hacia mí.

—Pues sí que es una visita distinguida.

—¿Quién es ese señor?

—Israel Katz es el hombre más prominente de la comunidad judía en Cuba. Prominente en prestigio y en dinero. Hágalo pasar.

Cuando los dos hombres entraron, Benítez los esperaba de pie con los brazos extendidos y las puntas de los dedos apoyados sobre el buró.

—Buenos días, señor Katz.

—Buenos días también le deseo, señor Benítez, aunque el cielo sabe que para mí no lo son.

—Tengan la bondad de sentarse, por favor. Susana, ¿sería usted tan amable de traer café para los caballeros?

Me quedé inmóvil por un breve instante. Aquella entrevista prometía, porque mi jefe tenía por norma no brindarle nada a nadie. Decía que quien quisiera tomar o comer algo, lo hiciera antes o después de estar en su oficina, puesto que su despacho no era una cafetería. Y a mí me constaba que no lo hacía por tacañería, porque entre sus múltiples defectos estaba el de ser un poco manirroto, aunque sin exagerar la nota. Incluso en nuestros despachos solo había dos tazas: la suya y la mía.

—Por favor, señorita, no se moleste. Bebimos café hace menos de diez minutos. De todos modos, agradecemos el ofrecimiento.

Me senté en mi lugar habitual, la punta más alejada del sofá, cuaderno y lapicera en ristre.

—Bien, ¿qué puedo hacer por ustedes? —inquirió mi jefe.

—Necesito sus servicios profesionales, señor Benítez —dijo el mayor de los Katz.

—¿Desea que le fabriquemos algún tipo de joya en especial… o tal vez un servicio de tasación?

—No, no se trata de nada de eso. En primer lugar, desearía que de nuestra conversación no quedara constancia escrita o grabada. ¿Tiene usted encendida su grabadora?

—En absoluto —con un movimiento desenvuelto, abrió la gaveta donde descansaba el equipo apagado—. Puede comprobarlo por sí mismo.

—No es necesario. Su palabra es suficiente para mí.

—Solo utilizo ese equipo si presiento que alguien piensa amenazar mi vida. ¿Es este el caso?

—En cierto sentido pudiera considerarse así —fue la ambigua respuesta de Israel Katz.

—Viniendo de un hombre tan poderoso como usted, deberían preocuparme esas palabras —se volvió hacia mí—. Susana, permanezca en la oficina, pero no tome notas de nuestra conversación. El señor Katz es un hombre legendario por su honorabilidad y no tengo ningún motivo para desconfiar de él o de su hijo.

—Sí, señor —dije colocando sobre el sofá mis implementos de trabajo. Katz no se volvió para comprobarlo.

—Bueno, ¿a qué se refieren esos servicios profesionales, señor Katz?

—¿Ha visto usted algún diario de hoy?

—No, señor. Soy muy poco aficionado a la prensa. Le tengo verdadero terror a ese cuarto poder. ¿Hay alguna noticia que yo debiera conocer?

—No exactamente, señor Benítez, porque se refiere a alguien de mi pueblo —hurgó en el bolsillo interior de su chaqueta—. Aquí tengo un recorte. Esta noche anterior se descubrió el cadáver de un comerciante llamado Josef Prager, asesinado de un balazo en la nuca. Éste es el séptimo miembro de mi pueblo asesinado en circunstancias bastante misteriosas en un período de cerca de tres meses.

Benítez examinó el recorte con mucha atención, pero luego lo devolvió. Al parecer, no encontró nada interesante en el artículo.

—Leí hace algunas semanas algo referente a la muerte del dueño de una cadena de cines, pero solo fue de pasada y sé que era judío porque vi el nombre en el titular, aunque en realidad no lo recuerdo. Lo tomé como un hecho aislado.

—Su nombre era Akiva Israel y no fue un hecho aislado.

—¿Qué desea exactamente de mí, señor Katz?

—Estas siete muertes en tan corto período de tiempo me dan la impresión de ser, o un plan que persigue una determinada finalidad económica —todos ellos eran comerciantes aunque de variados giros, o personas adineradas—, o se pretende desprestigiarnos de algún modo aunque aún lo desconozco, o algún loco está intentando reeditar en Cuba el holocausto nazi contra nosotros —quizás algún enfermo mental obsesionado por la ideología fascista—, o en un caso que considero más remoto por improbable, alguien que de alguna forma haya sido perjudicado, o piensa o le han inducido a creer que ha sido perjudicado por estas personas o por nuestra comunidad y ha decidido cobrar una loca venganza. No lo sé, nadie lo sabe, la Policía no tiene el menor indicio, llevan cerca de tres meses dando palos de ciegos sin resultados reales y hay un ambiente muy desagradable de nerviosismo y miedo, aún peor, de desconfianza entre los miembros de nuestra comunidad. Esta inseguridad y zozobra es muy deprimente, y es necesario, imprescindible, ponerle fin. Por eso estamos aquí. Usted era el mejor investigador de la Policía hasta el momento en que decidió abandonarlos y dedicarse a los negocios. Por cierto, he sabido que le va muy bien y le felicito por ello.

—Muchas gracias —respondió mi jefe.

—Quiero que usted, de forma privada, se encargue de investigar estas muertes, señor Benítez.

Benítez lo miró escrutadoramente por unos instantes.

—¿Viene usted por decisión personal o actúa en nombre de la comunidad?

—Eso no hace diferencia alguna.

—Preferiría que usted me contestara.

—Está bien, he venido por decisión personal —contestó enérgicamente Israel Katz con cierto tono de desafío.

Benítez se reclinó en su asiento con expresión pensativa.

—Señor Katz, yo... es decir, usted me honra con la confianza que desea depositar en mí y de la cual no me considero merecedor...

—Eso lo sabemos muy bien, señor... Benítez —intervino Isaac poniendo un énfasis especial al pronunciar el apellido, y sus palabras sonaron como una bofetada.

—Parece que su hijo ha sido atacado por el síndrome de la honestidad —comentó mi jefe en un tono tan burlón que Isaac cayó de pie ante el buró como impulsado por un muelle y con una expresión muy peligrosa; sin embargo, Benítez no movió un solo músculo de su cuerpo.

—¡Siéntate, Isaac! —tronó la voz de Israel Katz y como el joven titubeara, su padre repitió la orden—. ¡He dicho que te sientes!

Israel Katz se paró delante de su hijo con el rostro muy serio.

—Tú y yo hicimos un trato y yo he cumplido con mi parte al permitir que me acompañaras —le dijo enérgicamente—; ahora cumple con la tuya de permanecer callado o abandona este despacho de inmediato.

—¡Pero tú sabes muy bien que este hombre es un *paskudnak* que solo piensa en su bolsillo y en su *putz*! —protestó Isaac con vehemencia.

—¡Si no me obedeces ahora mismo me voy a enojar mucho contigo! —aquella frase fue dicha de un modo tan cortante que logró apaciguar al indignado joven y lo hizo sentar de nuevo. Bajó la cabeza y murmuró:

—Perdóneme papá, no volverá a ocurrir.

—Eso espero, como espero que usted, señor Benítez, haga caso omiso de este enojoso incidente.

—No hay problemas con eso. Me haré la idea de que nunca he visto a este impetuoso joven —hizo una breve pausa—. Como estaba a punto de decirle cuando fuimos interrumpidos, estoy al margen de toda actividad policial y me retiré, entre otras cosas, para no tener más vínculos con violencias, asesinatos, intrigas y mentiras.

—Pero, según tengo entendido, hace poco tiempo su nombre sonó bastante debido a una terrible disputa con un hombre muy poderoso y que se resolvió a través de actos no solo violentos, sino, además, vandálicos.

Benítez sonrió con mal disimulado placer y se cruzó de brazos sin mirarme.

—Oh, eso fue solo un pequeño servicio que le hice a uno de mis empleados a quien quería conservar.

—Pero estuvieron a punto de destruir sus cinco joyerías.

—Eso también me hizo reflexionar y arribé a la conclusión de que en lo adelante debo dedicarme a mis negocios y no volver a ponerlos en riesgo.

—Yo garantizo la integridad de sus negocios.

—¿De qué forma?

—Cubriendo cualquier cantidad de dinero que usted perdiera por causa de la investigación.

—Señor Katz, le voy a dar tres razones de por qué no debo encargarme de esa investigación y espero que las comprenda. En primer lugar, estoy en un momento muy importante para consolidar mis negocios. Unos comerciantes europeos me ofrecen toda la materia prima que yo sea capaz de insumir, sus precios me permitirán bajar mis costos, y por consecuencia los de mis productos sin alterar las ganancias. Esto podría ponerme en la punta de los joyeros en Cuba. Es una oportunidad irrepetible y no puedo darme el lujo de perderla. Por otra parte, debo cuidar mis negocios personalmente como siempre lo he hecho. Como estoy al frente de todo, solo yo conozco los complicados entresijos de mis asuntos comerciales, con excepción de algunos de los menos complejos que Susana, aquí presente, tiene la bondad de atender. Una vez metido en ella, una investigación policial seria significa veinticuatro horas al día ocupado en cuerpo y alma, no pensar en otra cosa como no sea la búsqueda de un criminal oculto en la sombra y al cual usted no conoce, pero en cambio, él se mantiene al tanto de sus avances y está muy dispuesto a asesinarlo en cuanto se aproxime peligrosamente a su identidad. Y no se puede descuidar ni un instante, porque un error de apreciación o un exceso de confianza significa un viaje directo para el otro barrio. No se puede hacer una investigación seria pensando en los negocios, como no se pueden hacer transacciones financieras con la mente puesta en un asesino. Es así, simplemente es así.

—¿La segunda?

—Yo no tengo personalidad jurídica oficial. No soy nadie. No estoy autorizado por nadie ni respaldado por ninguna organización estatal. Ni siquiera soy un investigador privado con una licencia aprobada, o sea, cualquier idiota de la Policía se podría dar el lujo de desautorizarme y bloquearme el camino y estaría en su pleno derecho.

—¿Y la tercera?

—Usted mismo la dio. Viene a título personal porque los demás miembros de su comunidad, con los cuales seguramente consultó, no están muy conformes con la idea de entregarme los hilos de esa investigación y yo no podría avanzar mucho sin la colaboración de esas personas, porque para llegar a la verdad hay que hurgar en sus vidas y en las de los muertos, hacer preguntas muy incómodas y enojosas, porque, no lo dude, donde hay siete muertos, debe haber más de un común denominador y eso puede ser la clave de todo el asunto. ¿Los siete no eran judíos? ¿No eran comerciantes o personas con dinero? Ahí tiene un par de cosas en común y posiblemente ninguna de las dos sea la verdadera razón. La labor de un policía no es agradable, señor Katz. Nadie está más cerca de la podredumbre, nadie conoce mejor las perversiones de una sociedad, nadie se ensucia tanto las manos con las entrañas purulentas del alma humana como un investigador de la Policía. Casi todo el mundo —por distintas razones— les miente a los policías y yo estoy harto de todo eso, como estoy harto de que la gente se crea con el derecho de retarme, de juzgarme y de ofenderme. Y como no estoy dispuesto a soportarle a nadie un desprecio, un mal gesto o un desplante, no deseo aceptar su propuesta o acceder a su petición, como sea.

Aunque Benítez dijo todas estas últimas cosas con un tono calmo, me pareció sentir un dejo de resentimiento en sus palabras.

Katz se adelantó ligeramente en su asiento.

—Señor Benítez, comprendo perfectamente sus razones y en cierto modo las comparto y las justifico. Usted es lo que ha elegido ser y eso solo le interesa a usted y a su propia conciencia, pero eso no es lo importante ahora, sino detener a ese asesino. En mi opinión, ahora no es importante si usted pierde la oportunidad de ser el joyero más influyente de Cuba. Hasta aquí, solo me ha hablado de cuestiones económicas, legales y morales y yo le estoy hablando de salvar vidas humanas, de impedir que continúen muriendo personas y de evitar que otros cientos o miles vivan en un estado de perenne angustia sin saber si cada día que abren sus ojos al mundo será el último de su vida —a medida que hablaba, el tono educado de la voz del señor Katz se tornaba más fuerte y apasionado. Benítez lo miraba con profunda atención—. Ya soy un hombre viejo y he sacado de la vida la mayoría de las cosas buenas que ésta me podía dar, pero tengo una familia, un hijo joven, y quiero ayudarlo a vivir lo suyo sin que la mano de un loco o un pervertido o lo que sea se lo impida. Y por ellos, por mi pueblo en general y por mi familia en particular, no me importa pagar cualquier cantidad, toda mi fortuna si fuese preciso.

—Mire, señor Katz, en la Policía hay investigadores muy capaces, se los puedo nombrar. Los conozco y podría hablar con los mejores o incluso ponerlo en contacto con un detective amigo muy hábil e inteligente, y al cual yo podría ayudar o dirigir, si usted así lo prefiere… —argumentó mi jefe evasivo. Por primera vez lo veía batirse en retirada.

—No quiero a nadie más metido en este asunto —replicó de forma tajante Israel Katz—. Como usted sabe perfectamente, soy un hombre de palabra y de muchos más recursos de los que confieso. Por eso antes de venir a verlo me dediqué a preparar el terreno todo lo posible. Me reuní con las familias de todas las víctimas, yo mismo les informé de todo lo concerniente a usted y a su... tumultuoso y tortuoso pasado; no les oculté nada y así nadie tiene nada que descubrir. También les dije que usted no tenía absolutamente ninguna obligación de ayudarnos y si lo hacía y conseguía nuestros propósitos se lo tendríamos que agradecer de buena ley. Eso mismo hice con los jefes de las familias más prominentes de la comunidad y aunque todos estuvieron conformes, tomaré como una ofensa personal si alguien, de algún modo, entorpece su investigación o le agrede de alguna forma. Mañana me reuniré con los familiares de Prager con el mismo objetivo y estoy seguro de que serán receptivos a mi petición. Por encima de todo tipo de consideración, está en todos ellos el deseo de detener al asesino y obtener justicia para sus familiares muertos.

—Supongo que eso mismo le advirtió a su hijo y usted ha visto el resultado.

—Por desdicha, nuestros hijos casi siempre nos respetan menos que los extraños, pero conforme vio que exigí y obtuve obediencia de mi impulsivo Isaac, haré lo mismo con quien intente desobedecerme. Tiene mi palabra, aunque quien se cruce en su camino quedaría muy mal parado, porque usted no es un hombre a quien se le pueda ofender impunemente ni debe ser muy fácil encontrarle un punto sensible.

—¿Debo tomar sus últimas palabras como una ofensa o como un cumplido? —preguntó Benítez con la más descarada expresión de su amplio repertorio.

—De acuerdo con las circunstancias actuales, debe ser un cumplido. Pero bien, continuemos, no nos compliquemos en un duelo verbal. Creo haberle asegurado su integridad moral. En cuanto a su personalidad oficial —metió la mano derecha en el bolsillo interior de su chaqueta y extrajo dos sobres y los barajó brevemente entre sus manos eligiendo uno por fin—, en este sobre hay un documento firmado por el ministro de Gobernación y debidamente acuñado designándolo a usted como Investigador Especial. En él se especifica que todo miembro de las fuerzas policiales deberá prestarle su cooperación, no le puede entorpecer el camino y se le debe dar acceso a toda la información requerida por usted.

Benítez abrió el sobre, extendió el papel en sus manos y leyó el texto rápidamente.

—Me gustaría mucho saber cómo obtuvo usted una carta como ésta.

—Hay personas que sienten un inmenso placer al hacerme un favor —fue la ambigua respuesta.

—¿Cómo piensa resolver la cuestión económica? Siento una gran curiosidad por saber qué nuevos ases trae guardados en la manga.

—La respuesta está en este otro sobre —lo abrió y extrajo de él dos cheques. Le pasó el primero a Benítez—. Ahí tiene un cheque por diez mil pesos para gastos. No me interesa cómo ni en qué los utilice, ni me debe rendir cuentas de los gastos, y si hace falta más, solo deberá hacérmelo saber. No hay límites si están encaminados a detener al asesino.

Le pasó el segundo cheque y por primera vez vi a Benítez intrigado desde que lo conocí. Lo volteó una y otra vez.

—Este cheque está en blanco —dijo.

—Y no es una equivocación. Está a su nombre, firmado por mí y dejé la cantidad en blanco. Usted lo guarda, y si logra resolver este misterio, lo dejo en libertad de poner la cantidad.

—¿Y si fuese usted la víctima siguiente? —preguntó y el joven Isaac se movió inquieto en su asiento.

—También pensé en eso y por tal razón hice mi testamento. En él queda estipulado que ese cheque deberá ser pagado religiosamente. Mi banco tiene una copia de ese testamento y le entrego esta otra a usted —y le pasó el sobre donde había traído los dos cheques.

—¿Se terminaron las sorpresas?

—Pues no, en realidad falta un aspecto por cubrir, el de su ambición de ser el joyero punta de Cuba. Deje en mis manos las negociaciones con esos comerciantes europeos —en ese momento se volvió hacia mí por un instante y agregó con una sonrisa—, como usted sabe, nadie es capaz de regatear mejor que un judío en cualquier negocio.

—Ni me lo jure —dijo mi jefe y luego agregó en voz alta pero como para sí mismo—, lo estoy sufriendo en carne propia.

—¿Esas palabras significan un sí?

—Usted es la única persona que ha logrado arrinconarme dejándome muy poco espacio para decir no y ha hecho lo imposible para cortarme el camino por todas partes como para que me muera de remordimientos cuando asesinen a otro judío, pero soy un hombre sin conciencia como usted sabe muy bien y dormiría como un tronco a los pies de Jesús crucificado si volvieran a llevarlo al Gólgota —declaró con tal brutalidad y falta de emoción que instintivamente me persigné.

Isaac se movió de nuevo en su asiento con el rostro más rojo que yo recuerde y los puños crispados, pero su padre lo contuvo con un gesto sin siquiera mirarlo.

—¿Desea saber algo que yo no haya dicho?

—Sí. En primer lugar, me gustaría saber cuánto es el monto de toda su fortuna. Es también legendario que un judío jamás confiesa todo cuanto tiene.

—Pues aquí está mi libreta de banco —y la puso sobre la mesa, pero Benítez no la abrió.

—¿Ahí está todo?

—Por supuesto que no. Ahí está todo el efectivo. Quedan aparte el valor de mis negocios y mis inmuebles personales, cuyo monto actual está descrito en ese testamento y, además, existe una cuenta independiente donde guardo íntegra una cantidad de dinero que me fue confiada veinticinco años atrás.

—¿Podría consignar en este cheque el valor de todos sus negocios?

—Le dije muy claro que toda mi fortuna —contestó Katz sin inmutarse.

—¿Y esa cantidad que le fue confiada?

—Se la entregaría también, porque ese hombre aprobaría que la utilizara en una causa noble como es la salvaguarda de sus hermanos.

—¿Sabe, señor Katz? Muchas veces me han reprochado por utilizar métodos muy sucios para resolver los problemas de todo tipo que se me han presentado en la vida.

—Eso tengo entendido.

—Pues usted no se está quedando muy atrás.

—En este caso, el fin justifica los medios. Como habrá visto, estoy dispuesto a todo: a ser desposeído de todos mis bienes, a sobornarlo y a soportar cualquier cosa que venga de usted.

—¿También está dispuesto a matar, o me está ofreciendo dinero para matar en su nombre?

—Si le voy a ser sincero, no me interesa la vida o la muerte de esa persona. Por principio, estoy en contra de la violencia y preferiría que fuese entregada a la justicia, pero no me rasgaré las vestiduras si por cualquier circunstancia esa persona muriese. Por otra parte, aunque conozco muchas de las cosas reprobables realizadas por usted, hasta donde sé nunca ha matado a nadie, no es un asesino.

—Digamos mejor que hasta ahora, nadie ha logrado encontrar las entrañas de mi ira. Le haré dos preguntas más y le daré mi respuesta definitiva.

—Adelante —le invitó el anciano caballero con esa seguridad que solo poseen los hombres de conciencia limpia.

—¿Qué le hizo pensar que yo aceptaría su proposición?

—En primer lugar, usted es un investigador nato y según tengo entendido, a una persona así le resulta muy difícil sustraerse al desafío que supone el descubrimiento de un asesino oculto, una persona lo bastante astuta como para no dejar ningún rastro en siete crímenes; llamémosle una cuestión de orgullo profesional. En segundo lugar, usted es un aventurero y disfruta del peligro. A una persona así la posibilidad de ser asesinado tal vez le resulte atractiva, aunque eso no cabe en mi estrecha mente judía. Y, en tercer término, como el dinero es el mayor incentivo de su vida y creo tener suficiente como para tentarlo, tuve la impresión de que podría inducirlo a aceptar.

Benítez apretó los labios suavemente y entrecerró los ojos en un gesto meditativo, tomó el cheque en blanco y comenzó a agitarlo de un lado a otro a todo lo largo como si fuese una bandera ondeando al aire.

—Sospecho que detrás de este papelito se esconde una segunda intención y quiero saber cuál es.

—Señor Benítez, mi disposición de pagarle cualquier suma para poner fin a esta cadena de asesinatos no son simples palabras, pero es cierto, ese cheque en blanco lleva oculta una segunda finalidad. Tengo la esperanza, casi la certeza, de que la persona responsable de estos crímenes no tiene tanto dinero como yo, por tanto, ese cheque garantiza que nadie lo pueda tentar con una cantidad mayor.

—¡Que el demonio lo confunda, señor Katz! Comprendo cómo ha logrado alcanzar la posición que ocupa. Es usted demasiado listo —declaró mi jefe muy serio, aunque no había animosidad en sus palabras—. No sé cómo un hombre tan perspicaz no ha descubierto la mano asesina.

—Su respuesta, señor Benítez —le apremió el anciano.

—Acepto, y que el diablo me asista —decidió devolviéndole su libreta de banco.

Katz se puso de pie y su hijo le imitó. El anciano extendió su mano por encima del buró y Benítez la aceptó.

—¿No teme ensuciársela, señor Katz?

—Después de poner toda mi fortuna en sus manos, todavía puedo darme el lujo de comprar un buen jabón con mi dinero de bolsillo —fue su irónica respuesta a la irónica pregunta—. Queda de su parte avisarme para cuando hayan de efectuarse las negociaciones con los europeos. Buenos días, señorita Cortés.

—Buenos días, señor Katz.

Ambos hombres salieron y yo me quedé parada delante del sofá con mil pensamientos diversos cruzando por mi mente. En cierto extraño modo, aquella singular entrevista había sido tan rápida como un relámpago y me dejó mareada, alelada.

Luego de su entrevista inicial conmigo, y las de Pastrana y mi padre, di por sentado que Benítez era un hombre temible y hasta peligroso en una discusión, y, sin embargo, acababa de ser testigo de cómo se las había compuesto aquel educado, amable y anciano caballero judío para cerrarle el camino por todas partes, utilizando la persuasión, el soborno, la adulación y los insultos de una forma tan bien dosificada que lo mantuvo a la defensiva la mayor parte del tiempo.

Por supuesto, en los casos de Pastrana y mi padre, él estaba muy bien preparado y ellos no. Aquí le habían devuelto la pelota.

Benítez se dejó caer en su silla giratoria.

—¿Sabe, Susana? Me parece que ese viejo sinvergüenza acaba de manipularme a su antojo.

—Estoy de acuerdo con usted, pero me parece que el miedo es la clave de esta visita.

—¿Cree usted que ese hombre tiene miedo? —me preguntó con marcado escepticismo.

—No me ha entendido. No por él, no por su vida. Miedo por su familia, por su gente, y hasta es posible que tenga miedo de conocer al asesino.

—¿Quiere explicarme eso, Susana?

—No sé... —dudé—. Tal vez sospecha que el criminal puede ser alguien de su propio pueblo. Me parece una buena razón para tener miedo. Uno puede estar en guardia contra los extraños, pero es muy difícil desconfiar de alguien a quien conocemos de toda la vida.

—Esa persona no tendría que esforzarse mucho para acercarse a su objetivo. Susana, usted es mucho más inteligente de lo que aparenta.

—¿Por qué no me deja ayudarlo en la investigación? Podría tomar las notas en los interrogatorios —sugerí socarronamente.

—No, Susana. Este es un juego muy peligroso. Yo no tengo nada que perder, ni siquiera tengo familia.

—En eso estamos a mano —repliqué rápidamente.

—¡Ah, no! Un manipulador al día es suficiente.

Puse la expresión más insinuante e insidiosa que encontré en mi escaso repertorio y dije con una voz muy suave:

—Estoy dispuesta a todo por ayudarlo.

—¿A todo, Susana?

—Eso dije y puedo demostrarlo ahora mismo.

Es tiempo de cerrar esta parte del relato. Solo agregaré que hice mi mejor esfuerzo para ganarme el puesto al que estaba aspirando y debí poner todo mi potencial en el empeño, porque por primera vez logré oír a Benítez gimiendo de placer y logré vislumbrar algo humano en el fondo de su alma... si es que la tenía.

TERCERA PARTE

CAPÍTULO IX

Benítez dedicó el día siguiente a poner sus negocios en manos del señor Jorge Amador, gerente de la joyería de El Vedado.

Amador era un individuo corpulento, casi gordo, y caminaba con el empaque de un pavo real. Desde joven le decían "el pelón" debido a la pobreza de su fino cabello rubio. Sus ojos azules siempre estaban muy abiertos y lucían aún más grandes detrás de sus espejuelos de montura de carey. Solo tenía dos defectos importantes: era obstinado a más no poder e incapaz de llegar temprano al trabajo.

Me gustaba aquel hombre. Era capaz de estarse tres horas tan cerrado como un castillo medieval sitiado discutiendo sobre cualquier cosa, pero jamás cruzaría por su mente la idea de un engaño.

Por esas razones y por su profundo conocimiento del negocio de las joyerías, Benítez lo conservaba y hacía la vista gorda con sus impuntualidades.

Su propia secretaria me sustituiría durante mi ausencia.

Benítez comenzó por solicitar los siete expedientes que estaban en manos de la Policía Judicial, en el departamento de Homicidios.

Nos dirigimos directamente a la oficina del capitán Aurelio Mendoza, el hombre que había ocupado la plaza de Benítez cuando éste decidió marcharse de la Policía. Las relaciones entre ambos hombres nunca fueron buenas. Los celos profesionales de Mendoza y el carácter independiente y agresivo de Benítez no hacían una buena combinación.

Cuando penetramos en su despacho, Mendoza se reclinó en su asiento con una sonrisa falsa y enarbolando un tabaco de marca no reconocida que apestaba como el camello de un tuareg. Ese hedor estaba esparcido por toda la oficina y, al menos a mí, me provocaba náuseas.

Mendoza era casi tan alto como Benítez, pero tenía un rostro más atractivo, su pelo era oscuro y crespo y lucía un fino bigote entre su grueso labio superior y su helénica nariz; su porte no era elegante y emanaba desagrado. Era uno de esos hombres fatuos y dominantes que convierten en un tormento la vida de cualquier mujer.

En aquellas oficinas, era casi legendaria la discusión protagonizada en cierta ocasión por ambos hombres, y que había desembocado en una reyerta a puñetazos en la cual Mendoza no solo llevó la peor parte, sino casi se mata cuando Benítez lo bajó a patadas por la escalera que conducía a los archivos del sótano.

—¡Vaya! —exclamó Mendoza con tono de burla—. ¡Miren qué tenemos aquí! ¡El regreso del hijo pródigo!

—Sé que darías la mitad de tu vida porque yo regresara y cayera bajo tus órdenes, ¿no es así?

—Así mismo es. En una semana te enseñaría quién es el jefe —afirmó con un odio evidente en cada palabra, como si las escupiera.

—No, Mendoza, estás en un error —dijo Benítez con una plácida sonrisa—, en una semana te arrancaría a balazos la otra mitad. Pero no estoy aquí para oír tus bravuconadas, sino para ponerle un parche a tu ineptitud. Me van a pagar una fortuna para hacer tu trabajo.

—El ministro es un idiota si piensa que tú eres mejor policía que yo —dijo con rencor.

—Mendoza, eso me recuerda una ocasión en que mi padre le dijo a un amigo suyo: "No existe nadie tan idiota como aquellos que piensan que los demás lo son".

—Un sabio pensamiento. Debió inculcártelo.

—De cualquier modo, podrías tomar el teléfono y decirle al ministro lo que piensas de su persona, si aún conservas algo entre tus piernas.

—Algún día te lo demostraré personalmente —dijo adelantándose con furia en su asiento y mordiendo el tabaco con saña.

—Algún día es un tiempo demasiado largo. Si hoy no estás en disposición de que yo limpie estas oficinas con tu inmundo cuerpo ni en la de llamar a tus superiores para calificarlos de lo que tú eres, mejor me das toda la información de los asesinatos de los judíos.

—Ahí tienes los siete expedientes —dijo con desprecio señalando con la barbilla un grupo de folders que había sobre su buró—. Sí les hice saber que desde este momento me desvinculo por completo de esa investigación y si tú no solucionas este caso, no lo retomaré.

—Para eso te has gastado varias libras de lengua lamiendo las botas convenientes. Me gustaría ver dónde te meterás si soluciono este asunto.

—En ningún lugar. No creo que puedas hacerlo, y en el muy remoto caso de lograrlo, sería a través de un golpe de suerte, no de inteligencia.

—Yo soy un hombre con suerte —declaró Benítez recogiendo seis expedientes como de dos pulgadas de grosor cada uno y otro más delgado, como la mitad de los primeros—. No comprendo por qué estás tan seguro de que nadie es capaz de darle solución. ¿Te estás dedicando a las ciencias ocultas o eres tú quien está asesinando a los judíos?

—Ya tienes lo que viniste a buscar —dijo con apremiante acritud—. Ahora lárgate. Estoy a punto de perder mi poca paciencia contigo.

—Una pregunta más. ¿Aquí se encuentra toda la información?

—Sí.

—De todos modos, como yo no confío en tu buena voluntad, mi secretaria hará una carta dirigida al ministro con copia a tu jefe, donde haga constar que tú afirmas haberme dado toda la información. Si falta algo en estos expedientes y yo descubro que lo sabías, cómprate un pasaje para el país del Nunca Jamás, porque cuando termine contigo no serás nunca más ni Boy Scout.

—En esta misma oficina, el comandante Rosales te dijo que los ministros pasan. No te fíes demasiado de tus actuales influencias ni de tu buena suerte.

—Tal vez este ministro pase como otros anteriores, pero la fortuna y el poder del hombre que me empleó, nunca pasará.

—¿Y quién es ese tipo tan formidable, si se puede saber?

—No tengo inconveniente alguno en decírtelo. Se llama Israel Katz, ¿te dice algo ese nombre? —preguntó Benítez con un tono demasiado provocativo y por un momento Mendoza tuvo la intención de saltar por encima de su buró. Benítez se volvió hacia mí—. Nos vamos Susana, ya no tenemos nada más que hacer en este antro.

Nos volvimos y caminamos los cuatro o cinco pasos que nos separaban de la puerta. Cuando mi jefe la estaba abriendo, Mendoza comentó con evidente y provocativo sarcasmo:

—Tu secretaria tiene un culito de lo más lindo.

Yo me ericé, porque Benítez se volvió y lo encaró con esa sonrisa que a mí me crispa todos los pelos.

—Y tiene la ventaja de estar sano. El tuyo lo rompí yo a patadas en la escalera del sótano, ¿recuerdas?

Si en ese momento alguien hubiese cruzado por el camino de sus miradas, habría muerto electrocutado.

Cuando salimos, le dije:

—¿Qué objetivo tiene haber encolerizado a este hombre si usted sabe que lo odia y le puede poner obstáculos en el camino?

—Precisamente todo lo contrario. Desestimularlo, para dejarlo bien convencido de que si se atraviesa en mi camino lo voy a destruir.

—Ese hombre es un mal enemigo —opiné intentando hacerlo ceder.

—Error suyo, Susana. Yo sí soy un mal enemigo.

—Está bien. Al menos lo intenté. ¿Qué haremos ahora? —pregunté con resignación. Después de todo, es una tontería tirarle escupidas a la luna o querer derribar el Morro a pedradas.

—He alquilado un apartamento de tres dormitorios en el edificio de Línea y L en El Vedado y lo he hecho amueblar de acuerdo con nuestros propósitos. La sala será como un recibidor o antedespacho, como lo quiera llamar; el primer dormitorio será nuestra oficina y las otras dos las utilizaremos para dormir usted y yo. Por tanto, deberá ir a su apartamento y recoger las cosas más necesarias, porque al menos durante unas semanas, usted no va a separarse de mí.

—¿Puedo saber por qué?

—No debería darle explicaciones. Usted se ha metido en este asunto porque lo considera una aventura fascinante, pero le advierto que en realidad puede resultar algo muy desagradable. Aún no sabemos si estamos ante un psicópata asesino en serie, un simple desequilibrado o un frío y criminal hijo de la gran puta, pero en cualquiera de los tres casos, debe estar segura de esto: ante nosotros se encuentra alguien que no titubea en matar. En matar, Susana —repitió poniendo mayor énfasis en sus palabras—. En ninguno de los tres casos, esta persona es como los dos raterillos que intentaron asaltarla unas semanas atrás —me miró de arriba a abajo con una sonrisa apreciativa, como miraría el lobo a la Caperucita Roja—. Usted está en libertad de elegir: si le resulta más atractiva la posibilidad de morir que el peligro de ser violada por mí, puede irse a dormir a su casa.

—Debe ser un poco difícil disfrutar de la muerte —argüí reflexivamente—, y tal vez durante la violación una logre hacerse la idea de que el animal que tiene encima es Stewart Granger y, ¡creo que sí! —decidí—. Tal vez consiga disfrutarla. En fin, prefiero la idea de ser violada, pero sospecho que no me está diciendo toda la verdad.

—Existe una variación de la verdad, Susana —dijo deteniéndose y colocándose frente a mí en medio de la escalera exterior del edificio—. Nadie ha podido actuar nunca contra mí a través de otra persona, porque todos saben que soy imposible de chantajear o de amenazar, porque no tengo ningún tipo de familia, amistad o relación amorosa. Al trabajar conmigo en esta investigación, el asesino podría intentar detenerme utilizándola como rehén y eso la pondría en un serio peligro de muerte.

Continuamos hasta la acera y nos detuvimos por un momento a un costado de su automóvil, un *Buick Special* de 1953, absoluta y totalmente negro y reluciente con vestiduras rojas. Él comenzó a abrir la puerta del conductor cuando le pregunté:

—¿Usted se detendría si yo fuera secuestrada?

—No, por supuesto que no lo haría —contestó de un modo suave pero terminante.

—Eso supuse —murmuré con un dejo de amargura.

—Bueno, como vamos a comenzar nuestro trabajo, le pediré que se ocupe de conducir. Quiero saber ahora mismo qué tan buena es con el volante. Según me dijo en una ocasión, acostumbra a conducir a velocidades prohibidas y me gustaría saber a qué atenerme en el caso de una emergencia en las calles.

—Muy bien. Deme las llaves y monte —me las entregó y comenzó a darle la vuelta al auto—. Te voy a dar un paseo por el infierno —agregué mascullando con ira para mi propio consumo.

Cuando entramos, me subí la falda por encima de las rodillas, casi hasta medio muslo —lo cual era escandalizante por aquellas fechas—, para asegurarme de que mis piernas estarían completamente libres.

A una velocidad moderada —en mi caso significaban cuarenta o cincuenta kilómetros por hora—, fui conduciendo hábilmente hasta llegar a Monte y Prado. Sin previo aviso, pisé el acelerador hasta el fondo y emprendí una loca carrera Prado abajo buscando el mar. El Buick, uno de los autos más potentes de la época, fue aumentando su velocidad hasta agazaparse sobre el pavimento. Fui sorteando los obstáculos que iban apareciendo delante de mí, utilizando la bocina de vez en cuando y dando unos cortes bruscos a derecha e izquierda mientras el velocímetro sobrepasaba los cien. Había levantado ciento treinta cuando llegamos a la intersección con la Avenida del Malecón donde acababan de tirar la roja en el semáforo. Sin sacar el pie del pedal y a bocinazo limpio, entré a ciento cincuenta por entre dos autos, dejando un espacio menor de medio metro a cada lado. Con el rabillo del ojo, vi cómo los pies de mi jefe se ponían rígidos en el descansillo.

"Te lo estás sintiendo, tipo duro", pensé y sentí una euforia tan salvaje que al llegar a la calle 23 estaba la roja e hice un giro brutal hacia mi izquierda, utilizando al mismo tiempo el embrague, la palanca de los cambios y los frenos, haciendo que el auto se abriera describiendo un arco en medio de la calle, y cuando iba más o menos por los cuarenta y cinco o cincuenta grados, pisé otra vez el acelerador e hice un nuevo giro hacia la izquierda, metiéndome contraria por la populosa Infanta a más de cien kilómetros por hora. Los cuatro neumáticos parecían sacar fuego del pavimento y los chillidos a cada giro eran espeluznantes.

Debo apuntar la parte folklórica del asunto, porque a mi paso los otros choferes y algunos transeúntes asustados me gritaban cosas lindas. Entre las mejores, recuerdo que me gritaron loca de mierda y puta. Uno que no pudo ver bien mi cara, me gritó maricón.

Al penetrar por Infanta, di un hábil y rápido timonazo hacia mi derecha para no chocar de frente con un autobús metropolitano marca *Leyland* de fabricación inglesa, y que según había oído decir, tenía sus defensas construidas con desechos de tanques de la Segunda Guerra Mundial, o sea, por carácter transitivo, estuve a un pelo de chocar con un tanque de guerra y hacernos papilla.

Reduciendo velocidades y frenando estrepitosamente, detuve en seco el auto frente al edificio de Radio Progreso, en la acera del Cabaret Las Vegas. Mi jefe casi salió despedido por el parabrisas.

—Jefe, lo invito a tomar un café —le dije con mi mejor sonrisa de triunfo, señalando la célebre cafetería, lugar casi obligado de los trasnochadores de La Habana a la hora de retirarse.

Benítez suspiró y por primera vez dio señales de vida. Volteó el rostro hacia mí. Estaba lívido y sus manos permanecían agarrotadas, una en el borde de la ventanilla y la otra sobre el espaldar del asiento.

—Susana —declaró con voz neutra, pero mordiendo las palabras—, si alguna vez nos hacen un atentado en las calles, prefiero enfrentarme con los asesinos.

—¿Y eso por qué, señor Benítez? —pregunté con mi voz más falsa y socarrona.

—Porque yo siempre me he librado de los asesinos, pero con usted, si no muero hecho pulpa, no habrá quien me salve de un infarto. Debería haber un decreto presidencial prohibiéndole conducir un automóvil.

Me reí en su cara con toda desfachatez.

—No me diga que sintió miedo.

—Miedo no es la palabra exacta. Me siento incapaz de moverme. Me parece que algún hijo de puta está tratando de cagarse dentro de mis pantalones —me miró resoplando—. Si alguna vez le dije que usted es valiente, lo retiro. ¡Usted está más loca que el Caballero de París!

Al bajarnos se bebió tres cafés seguidos y de regreso se encargó de conducir el resto de camino.

Después de recoger algunas cosas en mi apartamento, nos dirigimos a Línea y L donde ya Benítez tenía las suyas completamente organizadas. Al llegar allí y ver todo dispuesto, comprendí que él se había movido muy rápido y yo debía ponerme en alerta, porque exigiría lo mismo de mí. En una ocasión, me había hecho un comentario que me vino a la mente en esos momentos:

—Susana, yo nací fuera de siglo, porque tengo alma de negrero.

Y era cierto. Si bien se comportaba como un patrón considerado y consecuente con los problemas de los trabajadores y pagaba bien, le exprimía a uno hasta el último centavo y hasta el último minuto.

Cuando penetré en la improvisada oficina, él miraba por la ventana de cristal hacia la calle Línea con las manos metidas profundamente en los bolsillos laterales de sus pantalones y no solo tenía una expresión absorta, sino que, curiosamente, su rostro parecía triste.

Al sentir mi presencia se volvió por completo y la expresión de su rostro cambió de manera radical, como si hubiese regresado de un viaje muy largo, de un país remoto.

Había muchos secretos en la vida de este hombre y desde el principio, tuve la impresión de que hurgar en los misterios de su pasado, defendidos titánicamente por él, era como meterse desnuda dentro de un pozo lleno de serpientes venenosas. En todo lo concerniente a su vida personal, era hermético, como si su pasado no existiera o como si él hubiese surgido de la nada.

Por otra parte, sí había observado muchas de sus reacciones y sus actuaciones en estos meses pasados trabajando para él y pude llegar a ciertas conclusiones. Por ejemplo, él era como una bomba de tiempo ambulante, un hombre con una insospechada cantidad de ira y violencia acumulada. Hasta el momento parecía dominarlos bastante bien, pero estaba segura de que, si algún día aquellas aguas turbulentas lograban salir de su contén, las consecuencias podrían ser terribles para alguien, porque de seguro este hombre era capaz de matar sin sentir culpas, conforme lo creía capaz de llegar, en una situación específica, a unos extremos totales de crueldad.

Benítez no era un inmoral sino un amoral; tenía un sentido completamente extraviado o torcido de la moral.

—Le doy un peso por lo que está pensando —le dije de buen talante.

—El infierno nunca está en venta, Susana —fue su extraña respuesta.

Se sentó detrás de su buró y me hizo un leve gesto con la mano derecha para que me acomodara frente a él, en una de aquellas butacas mullidas y forradas en Damasco azul.

—Vamos a trabajar y comenzaremos por puntualizar algunas cosas de nuestras nuevas relaciones de trabajo. La primera, le he permitido involucrarse en este asunto porque estoy convencido de que me será útil de muchas maneras, pero usted no va a mover un solo dedo sin contar conmigo. Está en libertad de sentarse aquí y especular cuanto se le antoje acerca de estos sucesos, pero desde el momento en que dé un solo paso por su cuenta sin mi conocimiento —aun cuando consiga una información capital—, quedará fuera de la investigación. Le hago esta advertencia con carácter de ultimátum porque usted es una muchacha valiente y muy inteligente, pero un poco dada a hacer su voluntad. ¿Está de acuerdo?

Cuando a una le dicen algo así, no sabe si ofenderse o agradecerlo.

—Sí, señor —respondí como un recluta bisoño en su primer día de entrenamiento. Benítez era como una mezcla del desalmado sargento Croft de "Los desnudos y los muertos" y el sargento castrense interpretado por John Wayne en "Las arenas de Iwo Jima", al que uno debía seguir hasta la muerte sin cuestionar sus decisiones.

—En segundo lugar, cuando yo esté realizando un interrogatorio, usted jamás intervendrá, aun cuando esté convencida de que estoy cometiendo un espantoso error, una estúpida omisión, o la más terrible de las injusticias. No interrogará a nadie por sí misma, aunque tenga a esa persona a su entera disposición, atada de pies y manos y con los mayores deseos del mundo de colaborar o de vaciar su alma pecadora. Nunca emitirá una opinión ante persona alguna, aun cuando esta llegue a resultar de su entera confianza. ¿Está de acuerdo?

—Sí, señor —repetí como un eco de mí misma.

—En tercer lugar, si en algún momento de la investigación decido prescindir de usted y enviarla a ver qué temperatura tiene el Vesubio, deberá acatar mi decisión y retirarse sin protestar. ¿Está de acuerdo?

Esta vez asentí, porque ya estaba cansada de repetir lo mismo.

—Bueno, ahora vamos a ponernos al trabajo. Según creo, su colaboración resultará más eficiente si comprende con qué nos enfrentamos. Aún sin abrir un solo dossier, lo más probable es que se trate de asesinatos en serie —dijo comenzando a pasearse por el amplio despacho—. Un asesino en serie es una persona muy especial y peligrosa por varias razones. Una, se siente como una especie de cruzado, o sea, no mata por una razón mezquina como dinero, ambición, poder, celos… nada común y vulgar, sino por el contrario, cree sinceramente estar realizando algo bueno, algo necesario que la sociedad o la justicia no se atreven a llevar a cabo. Dos, es una persona completamente loca, pero cuya inteligencia se exacerba, se agudiza hasta el punto de ser capaz de cometer crímenes muy aproximados a lo perfecto, planeados y ejecutados sin descuidar los más mínimos detalles. Tres, por lo general es una persona encantadora, siempre y cuando usted no se encuentre en su lista. Cuatro, necesita sentirse reconocido, le resulta imprescindible que su cruzada y su pericia sean del dominio público, así como disfrutar del terror provocado por su campaña. Es sumamente vanidoso y esta es una de las causas de su perdición. Quinta, siempre actúa utilizando algún tipo de método o rutina, siempre encontrará una o varias constantes en sus crímenes y esa es otra de las causas de su caída. La sexta condición está fuera del campo de la investigación: en el verdadero fondo, es una persona que no admite vivir en un mundo tan imperfecto, y si no ha sido atrapado antes, cuando termine su misión, él buscará la forma de que lo hagan, para reírse por última vez de la sociedad.

—Es un cuadro desolador —interpuse.

—Me faltó decirle algo: si este individuo se ha planteado la tarea de asesinar, digamos, a diez o doce personas y es descubierto por alguien a destiempo, esa persona será condenada a morir, porque nada ni nadie puede impedirle cumplir con su sagrada misión. A veces el asesino llega a sentir algo así como una fijación con el investigador y eso salvaguarda la vida de éste, pero otros lo toman como un enemigo. Eso lo puede convertir en el blanco de su ira y en algunos casos, han asesinado familiares de los investigadores como actos de prevención.

Una última cosa que es casi una curiosidad, pero en cierto modo sirve para estrechar un poco el campo investigativo. Aproximadamente el noventa por ciento de los asesinos en serie son hombres y de la raza blanca. No me pregunte por qué porque lo ignoro, pero es así. Muy rara vez se tropieza con uno que no sea ario o con una mujer. De momento, si arribamos a la conclusión de que se trata de un asesino en serie, asumiremos que es un hombre blanco. Un blanco que, por alguna misteriosa razón, la ha emprendido contra los judíos.

—Pero, de acuerdo con lo que me acaba de decir, un criminal en serie también es una persona desequilibrada.

—Técnicamente sí. La diferencia está en que los desequilibrados —por lo general los encasillan como esquizofrénicos— casi siempre matan indiscriminadamente, sin orden y sin atenerse a objetivo ni método alguno. Por esa razón, me atrevo a asegurar que no se trata de uno de ellos —hizo una breve pausa—. Por suerte.

—¿Por qué?

—Porque son impredecibles y no hay forma de seguirles la pista o de prever cuál puede ser su próximo paso.

—¿Y en el tercer caso?

—En el tercer caso podemos hallarnos ante un individuo que persigue un objetivo muy concreto y solo puede obtenerlo a través del crimen. Alguien sin escrúpulos. Ha comprobado que matar no es tan difícil como él creía, la Policía no es tan eficiente como temía y alrededor de los asesinados, la gente no ve o no quiere ver su mano. De tal modo, deberemos buscar si toda esta masacre beneficia a alguna persona de algún modo.

—¿Entonces, usted opina que debe dejar a un lado la posibilidad de un asesino desequilibrado y concentrarse en los otros dos?

—Susana, lo más idiota que se le puede ocurrir a un policía es descartar la más remota posibilidad sin tener una prueba absoluta. Es sumamente improbable que un desequilibrado errático haya asesinado por azar a siete judíos, pero no es imposible. En el campo de la investigación no existen los imposibles.

Tomó uno de los gruesos expedientes de encima del buró y lo abrió. Con un breve suspiro de resignación, agregó finalmente:

—Bueno, tome papel y lápiz y pongámonos a la tarea. Y roguemos porque ese incapaz haya hecho un trabajo al menos regular. Encabece su primera hoja con el nombre de la víctima.

—Dígame.

—Alter Newmeyer, cincuenta y tres años, casado… un momento, Susana. Tome otra hoja y pongamos cada dato en un renglón distinto, o sea, en columnas. A todos los consignaremos así: lo haremos por el mismo orden y luego podremos ir comparando y cotejando cada dato para buscar similitudes o igualdades. Es decir, componga una especie de tabla gráfica donde nos resulte más fácil la tarea. En la primera columna consigne el nombre, en la segunda la edad, y luego sucesivamente estatura, peso, color del pelo, de los ojos, defectos físicos, estado civil, a qué se dedicaba, qué estudios tenía, cómo lo asesinaron, dónde lo asesinaron, la fecha en que fue asesinado y la hora probable. ¡Ah!, entre el nombre y la edad, consigne dónde nació, eso puede ser importante, los lugares donde ha vivido aquí en Cuba y fuera de aquí. No solo el país, sino el lugar específico de su nacimiento y vivienda.

Me dediqué a empatar hojas de papel de 8,5 x 13 pulgadas apaisadas hasta que cupiesen en ellas todos los datos indicados por Benítez. Cuando hube conformado la tabla, él me fue dictando todos los elementos.

Terminamos en una hora. Benítez se quedó mirando el resultado de aquellos siete nombres como si estuviese hipnotizado, profundamente concentrado. Yo me levanté y me paré detrás de su asiento. Vista de conjunto, aquella relación parecía un galimatías.

—Vamos a ver —dijo al fin—. Seis nacieron en distintos lugares de Alemania y uno en Polonia. Todos tenían diferentes edades, estaturas, peso, color de pelo y ojos en combinación; cinco eran casados y dos solteros; seis se dedicaban a disímiles negocios y uno vivía de sus rentas, aunque todos eran adinerados. Uno de ellos tenía un establecimiento de ventas de telas, uno de sastrería, otro una factoría y era mudo, otro una cadena de cines, otro era una especie de inversionista, otro tenía dinero heredado y el último era dueño de una librería. En el modo hay casi una secuencia. Observe: el primero, el cuarto y el séptimo murieron de un balazo en la nuca, el segundo y el octavo aparecieron ahorcados y el tercero y el sexto fueron asfixiados por gas, sin embargo, el quinto fue asesinado de dos balazos en el pecho. ¡Qué curioso! —exclamó de pronto con el rostro pensativo como hablando consigo mismo—. El que aparentemente rompe la secuencia es el quinto, Samuel Gadles. Pero bien, continuemos: fueron encontrados en distintos lugares, cinco en el interior de sus negocios, uno abandonado frente a su casa, y el otro dentro de su casa.

—Gadles fue hallado en las oficinas de su negocio.

—Sí, pero desnudo igual que todos los demás.

—¿Por qué desnudos?

—Generalmente, los nazis hacían desnudar a los judíos. Era una de las tantas formas que utilizaban para humillarlos.

—Entonces... ¿usted piensa que alguien está siguiendo las pautas nazis para asesinar a los judíos?

—No lo sé —suspiró con aire absorto—. De cierta manera, me niego a creer que alguien no haya dado por terminada aquella pesadilla.

—¿Qué otra posibilidad puede haber?

Levantó la cabeza y me miró por un breve momento.

—Tal vez haya alguien que persigue el asesinato de uno solo y lo está enmascarando con los demás.

—¿Arriesgarse tantas veces por no hacerlo una sola? Es ilógico.

—Lo parece, pero no lo es, porque posiblemente asesinar a ese solo lo señale como alguien demasiado obvio y por eso necesita levantar una buena cortina de humo. Ya en una ocasión me tropecé con un caso así. Usted no se imagina lo que suele anidar la mente de un criminal.

Aunque hablaba fluidamente, su rostro estaba fijo, inmóvil, como fascinado mirando aquella sangrienta relación. En aquel momento, comprendí que me había aceptado, entre otras cosas, porque mi ineptitud y mi inexperiencia lo ayudaban a pensar.

—Susana, busque la cantidad de días que hay entre uno y otro crimen, porque allí también parece haber una secuencia.

Empecé a sacar cuentas rápidamente. Aquello era cada vez más intrigante. Cuando vi los números me quedé perpleja.

—¡Qué extraño! Entre el primero y el cuarto hay una secuencia regular de trece días, luego hay una interrupción de seis días hasta el quinto; el sexto fue asesinado siete días después del quinto. Me parece...

—Sáquelo aparte, Susana, para poder analizarlo bien.

Al terminar, aquella especie de críptico se veía así:

1. Alter Newmeyer   Jueves 3 de febrero
2. Akiva Israel   Miércoles 16 de febrero   13 días
3. David Edelman   Martes 29 de febrero   13 días
4. Dov Mizrahi   Lunes 13 de marzo   13 días
5. Samuel Gadles   Viernes 14 de abril   6 días
6. Jacob Finkelstein   Sábado 8 de abril   7 días
7. Josef Prager   Viernes 21 de abril   13 días

—¿Cree que hay un error en la forma? —pregunté.

—¿Qué clase de error?

—Cuatro muertos por bala, uno gaseado y dos ahorcados.

—Es posible que tenga razón. Pero hay dos formas distintas de asesinato: una a la manera de ejecutar nazi y la otra no. De todas formas, hay 13 días entre el cuarto y el sexto. Tampoco hay una secuencia lógica. Según parece, el asesino ejecuta a sus víctimas de acuerdo con las circunstancias y sus posibilidades, no en un orden estricto. Fíjese que el asesinato de Mizrahi fue con un balazo en la nuca como el primero, y apartando a Gadles, el sexto fue gaseado y el séptimo baleado.

—Y debieron ser al revés.

—Sí, posiblemente el asesino viole la secuencia no solo por su conveniencia, sino para que no se le pueda seguir por esa pista. Quizás el próximo sea ahorcado o estrangulado.

Asentí pensativa. Todo aquello era muy intrigante.

—Por cierto, ¿se fijó en que ningún asesinato ha sido cometido en domingo?

—No, no me había percatado de eso. Se está volviendo una buena detective —comentó sin dejar de mirar la relación.

—Las mujeres detectives son todas unas viejas estrafalarias y entrometidas. ¿Qué significa la otra interrupción?

—La muerte de Gadles. Creo que ese asesinato va a merecer un interés especial. Está como atravesado en todo el resto del cuadro.

—¿Es posible que el señor Gadles debiera morir el 26 de marzo y por alguna razón el asesino se vio obligado a adelantarlo?

—Es una posibilidad muy válida, aunque me parece improbable. Por el contrario, creo más posible que la muerte de Gadles haya importunado al asesino o quizás lo hizo con algún propósito determinado que no conocemos todavía.

—Tal vez este señor Gadles lo descubrió por un azar de la casualidad, y éste se vio obligado a matarlo imprevistamente.

—Es otra idea interesante. Ya veremos… —se quedó mirando de nuevo muy fijamente hacia la tabla, entrecerró los ojos y luego sacudió la cabeza lentamente hacia ambos lados.

—¿Qué le preocupa, jefe?

—Ahí hay una omisión que me tiene muy intrigado.

—¿Dónde?

—En el modo de eliminación.

—¿Qué falta?

—Una de las formas más crueles y bestiales utilizadas por los nazis contra los judíos: la cremación. Hasta ahora, nadie ha muerto quemado. Posiblemente estemos ante un asesino puntual y escrupuloso y la no cremación no debe ser por ignorancia. Debe haber un motivo oculto y tendremos que descubrirlo —se desperezó en el asiento y luego se levantó con resolución—. Bueno, vamos a ver cuánto podemos avanzar en los próximos tres días.

—¿Qué quiere decir?

—Dentro de tres días habrá un nuevo asesinato y quizás podamos sacar algo más en claro a partir de él.

—Me parece que usted habla de la muerte como de beberse una caja de cervezas en la esquina —le dije un tanto molesta.

—¿Por qué piensa eso?

—Porque habla de la vida y de la muerte con demasiada ligereza.

—Y usted se las toma demasiado en serio. La vida solo es una broma de mal gusto.

—La muerte debe tener un gusto peor.

Me miró dubitativo.

—Para algunas personas. Para otras, es el único momento feliz de todo su periplo en la tierra.

—¿Usted nunca ha sido feliz?

—A veces. Cuando he logrado amargar la vida de alguien. Y dejemos el punto. Ahora solo nos interesa ganar el dinero que nos prometieron.

—¿Nos? —pregunté con toda la carga de perfidia que solo la voz de una mujer es capaz de contener.

—Usted me ayuda. Si lo hace bien, si entre los dos logramos desenredar toda esta maraña y si logramos sobrevivir, tendrá su parte.

—Demasiadas condicionantes, pero, de todas formas, es la única parte que me gusta de este asunto. ¿Vamos a hacer algo ahora?

—Sí, pero no aquí. Ahora nos iremos a los negocios de los difuntos y pediremos sus libros de cuentas para examinarlos.

—¿Y qué debemos buscar en ellos?

—Si entre sus clientes hay nombres comunes. Ya coordiné este paso con el señor Katz y él resolvió que nos hagan la entrega.

—¿Ninguno protestó?

—Todos. Los judíos son desconfiados por naturaleza y los negociantes también; por tanto, un comerciante judío es doblemente desconfiado, pero ya usted pudo comprobar que nuestro empleador es muy persuasivo.

—Y encantador —agregué con una sonrisa.

—No confíe demasiado en el encanto de algunos hombres o le irá muy mal en la vida. Le aseguro que detrás de ese guante de seda se esconde un puño de acero.

—Cualquiera pensaría que usted lo conoce.

—Conozco su tipo, y para el caso viene a ser lo mismo.

CAPÍTULO X

En los tres días siguientes, nos dedicamos a hacer un inventario de los clientes de las víctimas, así como de sus respectivos suministradores. Tal como había predicho Benítez, en la tercera noche hubo un nuevo asesinato. Esta vez el de otro judío que se dedicaba a la compra, como prestamista, de artículos de valor tales como joyas, pinturas, antigüedades, etcétera, así como a dar préstamos tomando como garantía esos mismos tipos de artículos. El señor Josef Mahler apareció ahorcado en su establecimiento. Fuimos los primeros en ser avisados por nuestro empleador. Mi jefe le pidió que no se lo comunicara a nadie más hasta tanto él viera lo que había ocurrido en aquel lugar.

Benítez llamó a mi puerta y cinco minutos después salí de mi habitación. Ya tenía servido el café cuando me puse presentable.

—¿Sucedió? —pregunté.

—Sí, puntualmente. ¿Ha visto alguna vez a una persona ahorcada?

—No.

—¿Cree que tiene estómago para poder soportarlo?

—Eso espero —afirmé, aunque no estaba demasiado segura.

Al llegar, todavía en la acera, lo primero que hizo Benítez fue interrogar a Katz.

—¿Quién le avisó?

—El señor Josef Mahler tenía una empleada que venía a limpiar y a organizar dos veces por semana. Al llegar, se encontró con la puerta abierta, bueno, no exactamente abierta, sino sin pasarle la llave. Ella tocó varias veces, porque Mahler vivía aquí mismo. Sospechando lo peor, decidió entrar y se encontró con su empleador colgado y desnudo. Él mismo le había dicho hace como un mes y medio que, en caso de alguna emergencia, me llamase y le dio mis números. Según parece también estaba preocupado por los asesinatos. Me llamó, vine, vi esta escena desagradable y lo llamé.

—¿Dónde está esa señora? —inquirió Benítez.

—Cuando estaba hablando conmigo le dio un desmayo, llamé a una persona de mi confianza y la llevó al Hospital de Emergencias. Espero que esté a su disposición dentro de un rato.

—Muy bien, señor Katz. Ahora vamos a ver el lugar de los hechos.

Entramos. El asesino no se molestó en ocultar su crimen, porque en los accesos del cadáver no había nada en lo que pudiera haberse subido. Por el contrario, si era un asesino tan prolijo como había demostrado hasta ahí, su propósito en ese sentido era poner al descubierto que se trataba de un asesinato y no de un suicidio. El señor Katz se mantuvo todo el tiempo apartado. Solo se situó en un rincón del establecimiento con los brazos cruzados, en tanto Benítez daba vueltas y más vueltas alrededor del cadáver.

Mi primera impresión al ver a aquel hombre que tenía la cabeza inclinada y la lengua muy inflamada, prácticamente mordida y unos cinco centímetros fuera de la boca, fue deseos de salir corriendo de aquel lugar y regresar a la seguridad de mi oficina. En ese instante pensaba en ella como mi amada oficina, donde actualmente no me podía alcanzar nada desagradable. No obstante, había dos cosas que no podía hacer: una, mostrar mi profundo miedo y mi asco, y dos, interrumpir el ir y venir de Benítez. Debía permanecer a una distancia prudencial del cadáver, poner mi mejor cara de póker y esperar sus palabras para irlas anotando en mi block de notas, lo más impasible que me permitiera mi terror.

Finalmente, Benítez dejó de observar el cadáver y se dedicó a mirar en todos los alrededores. Tomó varias fotos y luego acercó una mesa de caoba que estaba a un metro más atrás del señor Mahler, le colocó una silla encima y con una gran paciencia desanudó el extremo de la soga atada a un horcón cercano.

—¿Necesita ayuda? —preguntó Katz.

—No, este hombre pesa bastante, pero nada debe estropear el lugar del crimen. Es más fácil bajarlo que subirlo. O el asesino es muy fuerte o lo subieron entre dos hombres.

Haciendo un gran acopio de fuerzas fue dejando correr la cuerda con suavidad, hasta que el cadáver quedó depositado sobre el suelo bocarriba y a todo lo largo.

Se bajó y se arrodilló al lado de la víctima. Lo desembarazó con sumo cuidado del nudo corredizo. Eso me llamó la atención, porque pensé que, o estaba siendo fríamente cuidadoso como investigador, o al tratar el cadáver con aquella delicadeza le estaba dando una muestra de respeto. Otras cosas significativas fueron su habilidad para bajarlo y la fuerza que tenía mi jefe.

Se inclinó casi hasta unir su rostro con el de Mahler. Olisqueó.

—Huele a cloroformo. Según parece, estaba sentado en su silla atendiendo a su atacante cuando lo sorprendieron por la espalda y lo narcotizaron. Eso explica un poco por qué logró neutralizarlo, porque este hombre era bastante corpulento. Su silla de trabajo está allí dentro y como ven, hay un mostrador enrejado hasta el techo. Todos los prestamistas lo usan para evitar un robo y por lo visto, Mahler no era una excepción.

—¿Quiere decir que él conocía a su atacante y por eso lo dejó pasar al interior? —inquirió Katz.

—No exactamente. Todos los prestamistas tienen una suerte de "tesoros escondidos" en su trastienda. Probablemente el asesino conociera de la existencia de alguno de ellos, y sumados a la tentación por una suma... inusual, le hizo ceder el paso hacia este interior, lo precedió a la trastienda y el asesino le dio la esperanza de comprar, Mahler se sentó para darle algún tipo de información, tal vez le mostró alguna cosa que está o estaba en su escritorio, cuando el otro se las ingenió para sorprenderlo y atacarlo. Ahora deben quedarse aquí y no dejar pasar a nadie mientras estoy en la trastienda.

—¿Por qué piensa que Mahler estaba sentado en su silla cuando fue atacado? —preguntó el señor Katz.

—Porque la silla está demasiado correctamente en su lugar.

En tanto Benítez se dirigía al almacén, yo permanecía en silencio e intentaba no mirar al señor Katz, aunque su expresión era la de un hombre atormentado por las dudas, porque como yo misma le había dicho a Benítez unos días atrás, si el prestamista le había dado paso a su asesino, era muy probable que lo conociera porque era otro judío.

Hasta ese momento, solo había ido tomando notas taquigráficas de todo cuanto había dicho mi jefe, porque después me preguntaría o querría puntualizar algo de lo que había investigado en ese lugar.

Por lo demás, era un sitio un tanto lóbrego y no invitaba a estar mucho tiempo en él. Tal vez esto estaba hecho con toda intención, con el fin de desestimular la prolongación de las visitas de clientes o no.

Katz permanecía en las sombras de aquel rincón con la cabeza baja. Me pregunté por qué su hijo Isaac no estaba allí con él, porque cuando los conocí, me pareció que había entre ellos como una especie de nexo de intimidad, como una camaradería más allá de los lazos afectivos entre padre e hijo.

Cuando Benítez salió, venía muy pensativo, sacándose del cuello su cámara Zeiss.

—Señor Katz, he visto allá atrás algunas cosas que me escuecen profundamente.

—¿Qué quiere decir?

—Después le enseñaré todas las fotos, pero, aunque no soy un especialista fuera del ámbito de las joyas, en ese almacén hay mercancías que deben valer unos cuantos dólares.

Katz lo miró desconcertado.

—¿Cómo es posible que el asesino...?

—Esa es una buena pregunta, pero puede estar seguro de que no dejó esas cosas ahí sin una explicación o un propósito. Tal vez se llevó algo muy específico y de mucho valor y no puede ser identificado como propiedad del señor Mahler.

—Pero que sí podría ser identificado como propiedad del asesino —dije imprudente. Sin embargo, Benítez no se enojó, solo asintió muy pensativo.

—Tal vez tenga razón, Susana. Lo tendré en cuenta. Ahora llame a Dionisio Sampedro para que venga lo más pronto posible y luego busque en esa guía telefónica el número del laboratorio de la Policía, contacte con Arturo Salas y pídale que traiga todo lo necesario para hacer un peritaje pormenorizado y bien amplio —fui a extender mi mano, pero me advirtió con mucha rapidez—: No toque el teléfono. Si Salas le pregunta, dígale que los interesados estamos dispuestos a pagar generosamente bien por su trabajo y no necesita la autorización de su jefatura, porque tenemos la del ministro. No creo que haya sido tan tonto como para dejar huellas en el teléfono, pero nunca se sabe. ¿Tiene un pañuelo?

—Pues no.

Se acercó a mí sacando un pañuelo perfumado de un bolsillo posterior de sus pantalones y me lo entregó. Dijo a modo de comentario:

—Después hay un puñado de idiotas afirmando que en el bolso de una mujer se puede encontrar desde un palillo de dientes hasta un submarino.

—Los que afirman semejante cosa no pertenecen a mi grupo de conocidos.

—¿Qué hace cuando tiene coriza?

—Uso mi paquetico de Kleenex.

—Usted siempre tiene una respuesta a mano para todo.

—Me gustaría, para poder decirle quién fue la bestia que hizo esto.

—No se preocupe por eso. Esta persona debe ir siguiendo una pauta, un guion elaborado y ejecutado pacientemente, y no puede ser más inteligente que nosotros. En cuanto descubramos esa pauta le pondremos la soga al cuello, tal como ha hecho con algunas de sus víctimas —se acercó a Katz—. Señor, me gustaría saber si este hombre tenía familia.

—No en Cuba. Tuvo una familia que murió en Alemania a manos de los nazis y ya solo se dedicaba a estos tipos de negocios.

—¿Y qué hacía con toda esa cantidad de dinero? Porque si tiene esos tesoros en su trastienda, debe guardar una fortuna en algún lugar.

—Mahler estaba obsesionado con la barbarie que había vivido en Alemania y con la muerte de su familia en un campo de exterminio, por eso enviaba una buena cantidad de su dinero a los señores Simon Wiesenthal y Tuviah Friedman, dos hombres que han dedicado su vida a perseguir criminales de guerra y aunque dejaron de ser apoyados económicamente por los norteamericanos y otros países, continúan por su cuenta la investigación del paradero de los más connotados nazis. En la actualidad, Friedman está en Israel al servicio de la Mossad, pero Wiesenthal continúa su lucha contra los nazis fugitivos como investigador independiente.

—Algo he oído de esos señores —afirmó Benítez—. ¿Cómo llegó este hombre a Cuba?

—Por un descuido de sus guardianes, Mahler logró escapar del campo de exterminio de Buchenwald, en Weimar, cuando aún no había comenzado la guerra, en 1938, si no me engaña la memoria. Logró llegar a Marsella, de ahí por mar a Canadá y finalmente a Cuba.

—¿Con qué dinero? Porque un periplo así en esos momentos debió costarle una buena cantidad.

—Una noche se emborrachó en mi casa y me contó. Él no era muy hablador y no le gustaba para nada mencionar toda esa historia. Me dijo que los nazis lo habían convertido en un hombre de la noche, porque de día solo se escondía lo mejor posible, no confiaba en nadie y descansaba. Se alimentaba con lo que encontraba, raíces, desperdicios de comida —Katz suspiró—. En fin.

—Comprendo. Continúe, por favor.

—Logró llegar a su casa y para eso retrocedió hasta la ciudad de Weimar, de la cual lo separaban apenas 12 o 15 kilómetros, pero debieron ser muy angustiosos. No es nada agradable ser perseguido sin piedad por la muerte y sin otro motivo que el de haber nacido judío.

—¿Qué le hizo correr semejante riesgo?

—Precisamente el dinero. Su casa había sido tomada por una familia nazi, pero los dormitorios estaban en el piso superior y en una pared simulada de la biblioteca, Mahler guardaba miles de dólares, otras cantidades importantes en diferentes monedas y algunas pinturas de un alto valor. Esperó en las sombras y entró en su propia casa como un ladrón. Por supuesto, la conocía hasta el último milímetro. Como se podrán imaginar, no necesitó encender ningún tipo de luz. Desvalijó su propiedad y se alejó huyendo entre las sombras, tal como había llegado, con las telas alrededor de su torso.

Le hice una seña a Benítez lo más discretamente posible.

—¿Sí, Susana?

—Sampedro se va a tardar una media hora porque debe esperar a la mujer que cuida a su hijo.

—Está bien, dígale que lo espero. ¿Y Salas?

—Cuando recoja el material necesario y algunos especialistas, entre ellos el forense, se pone en camino.

—En cuanto a este señor Mahler, ¿no tenía otras amistades?

—No, ni siquiera puedo decir que fuera mi amigo. Él solía ponerse en contacto conmigo cuando se sentía demasiado solo, pero para mí, la amistad es otra cosa.

—¿Y por qué lo distinguía a usted entonces?

—Porque al llegar a Cuba se informó, le dieron mi nombre y le presté un poco de ayuda para que se estableciera, no financiera, sino de diversas cuestiones informativas como el valor del dinero, los mejores lugares para poner un negocio como el suyo, cosas así. Eso creó un vínculo entre nosotros, pero Mahler era como un lobo solitario. No tenía amigos ni otro tipo de relación. Huía de todo contacto humano.

—¿Sabe a quién le corresponde heredar su fortuna?

—Ni idea. Supongo que a estas personas dedicadas a cazar criminales de guerra nazis por todo el mundo.

—¿Hablaba español?

—Sí, había vivido algunos años en España antes de casarse y lo hablaba todavía con bastante fluidez.

—Gracias, ha sido una buena información.

Era muy cierto lo que había afirmado Benítez: muy pocas personas ajenas a la profesión podían ser tan prolijas como un técnico en criminalística. Sus ojos estaban especialmente entrenados para descubrir los detalles más nimios en la escena de un delito, especialmente en la de un asesinato, donde ponían un especial interés, sobre todo si detrás había una interesante suma de dinero. Según la opinión del forense, la muerte debió producirse después de las siete y antes de las diez de la noche.

A Sampedro le fue entregada toda la evidencia obtenida por los técnicos y entre él y Benítez acordaron analizarla juntos más tarde en la tranquilidad de nuestra oficina.

—¿Leíste el atestado de todos los casos anteriores? —le preguntó a Dionisio Sampedro.

—Sí, está bastante bien organizada. Tu amigo Mendoza hizo un trabajo decente.

—Dionisio, Mendoza es un buen policía, pero tiene dos grandes defectos: el primero es su arrogancia, y eso a veces no le permite ver lo que tiene delante de la nariz, y el segundo, su falta de imaginación. Para él, un nudo corredizo es solo un pedazo de soga. Es incapaz de buscar una interpretación, lo blanco es blanco y lo negro es negro. Hasta ahí es capaz de llegar su imaginación.

—¿Y en qué es bueno? —pregunté.

—Es un perro de presa. Cuando sabe o cree estar convencido de la identidad de un delincuente, lo persigue, lo exprime, lo atormenta hasta que el individuo prefiere optar por el mal menor: confesar.

En el viaje de regreso, Benítez me pidió que condujera su auto, él iba en la ventanilla a mi lado y Dionisio detrás. Mi jefe iba envarado en su asiento y miraba hacia la calle con aparente abstracción, pero había cientos de cosas dando vueltas en su cabeza. Ni Dionisio ni yo intentamos romper su silencio.

De vez en cuando miraba por el retrovisor de mi izquierda por si alguien nos seguía. Lo había visto en el cine y en los comics de Dick Tracy y me estaba tomando muy en serio la tarea de ser una buena detective, aunque no supiera ni medio pimiento de criminalística.

A esas alturas, sentí muchos deseos de recuperar al Benítez desalmado con quien había trabajado en los últimos meses. Era como si todo su cinismo e incredulidad se hubieran ido de vacaciones la mayor parte del tiempo a las finas arenas de Varadero.

Miré por un momento el retrovisor. Dionisio también tenía un aire ausente, probablemente pensando en su hijo que había dejado en manos de una persona ajena. Era como si llevara a dos momias dentro de aquel lujoso Buick. Pero sabía, como así fue, que ambos cobrarían vida en cuanto llegáramos a nuestro destino.

Ellos se instalaron en la sala y me fui a la cocina a preparar un buen café. Cuando entré con mi bandeja en ristre, sentí que, aunque me parecía inusual, estaban esperando por mí. O tal vez por mi café. Benítez me hizo una seña para que me sentara y se dirigió a Dionisio.

—¿Qué encontraron los técnicos?

—Muy poco. Como les indicaste, recogieron huellas dactilares del mostrador hacia atrás y no encontraron muchas. Se las llevaron para analizar y comparar con el banco de los forajidos, como ellos le llaman. Y un lugar con mucho polvo en la trastienda y donde el probable asesino dejó una huella de sus zapatos, un ocho y medio. Fuera, encontraron otras huellas del nueve o nueve y medio.

—Posiblemente una persona de seis pies más o menos —dijo mi jefe.

—Corroboraron que no era del señor Mahler y por eso la levantaron como una pieza de convicción.

—Además un individuo bastante fuerte, tal vez dos, porque Mahler pesaba unas doscientas libras, el asesino debía levantar un cuerpo muerto y la flacidez le añade un peso adicional. ¿Algo más?

—De momento no. Se llevaron algunas menudencias para el laboratorio y luego me pasarán un informe detallado.

—¿Qué crees de todo este asunto? —preguntó Benítez.

—Me parece que detrás de todo esto hay alguien con una mente muy peligrosa y retorcida.

—¿Un desequilibrado?

—Debe serlo para cometer una serie de asesinatos sin una justificación aparente. Y tantos asesinatos, justificados o no, deben ser la obra de un enajenado mental. Alguien se ha tomado en serio la misión de completar la tarea que los nazis dejaron inconclusa.

—Hazme un listado de todos los inmigrantes alemanes, hijos de alemanes, austríacos, cualquiera que te parezca un buen candidato o te huela a nazi.

—¿A partir de cuándo?

—Del final de la guerra. Mediados de 1945.

—Perdone mi ignorancia, jefe, pero ¿por qué principalmente alemanes y austríacos? —pregunté.

—Porque, aunque uno se lo proponga, nunca puede escapar de su lengua materna. Oyó cómo Katz nos dijo que Mahler hablaba con bastante fluidez el español porque vivió algunos años en España y llevaba más de quince en Cuba. Con bastante fluidez no quiere decir a la perfección como un cubano, en el idílico caso de que todos los cubanos hablemos con perfección. El mismo Katz a veces se enreda con alguna palabra, no sé si lo ha notado. Y lleva muchos más años que Mahler en Cuba. ¿Recuerda cómo al reaccionar violentamente, a su hijo Isaac se le escaparon varias palabras en *yiddish*?

—Pero Benítez, hubo cientos de miles de ciudadanos europeos de otras nacionalidades que colaboraron y hasta se unieron como oficiales y tropa a las hordas nazis.

—Lo sé, Dionisio. También en los campos de exterminio muchos de los guardianes, los llamados *Kapo*, eran judíos que se les unían por conveniencia, por miedo y hasta en algunos casos por convicción. Pero a esos los vamos a dejar para una segunda fase, si se nos llega a cerrar el camino en la primera.

—¿Entonces me dedico a eso en cuerpo y alma?

—De momento sí. Intenta ser lo más rápido posible y si tienes que pagar las colaboraciones, tenemos un mecenas y él carga con todos los gastos —sonrió por primera vez en el día—. Mientras dure la investigación, puedes darte el lujo de comer arroz con pollo en vez de frituritas de bacalao —hizo una breve pausa y le dijo más serio—. No te he preguntado cómo está Manolito.

Dionisio hizo como una especie de mueca.

—Ahí, como permite la vida y no como quiero yo. Bueno Susana, le agradezco el café, pero tengo que ir a ganarme la vida para mí y para mi Manolito.

Se levantó, se encaminó a la puerta y salió, cerrando suavemente tras de sí. Me quedé mirando por un instante la puerta cerrada.

—Nació con un profundo retraso mental. No es *dawn*, porque no tiene las características físicas, pero es muy nervioso y dependiente. Y con un apetito voraz. Fue abandonado por la madre, horrorizada al chocar con la cruda verdad de que su hijo no sería una persona normal y nunca ha vuelto a verlo. Manolito tiene unos quince años y Dionisio ha dedicado su vida a mantenerlo y a cuidarlo. No se ha vuelto a casar y cada centavo es por y para su hijo.

—¿Cómo supo que le iba a preguntar?

—Alguna vez, hace muchísimo tiempo, llegué a ser un buen policía —me contestó con otra sonrisa y su expresión me pareció un poco triste.

—¿No añora aquellos años?

—Intento no mirar nunca hacia atrás. Hasta los momentos felices del pasado, uno los evoca también con un poco de tristeza, porque son los recuerdos de mejores tiempos idos.

—Bueno, ¿y qué vamos a hacer nosotros ahora?

—Empezaremos por visitar los lugares donde se cometieron los asesinatos y hablar con los familiares de las víctimas, pero antes repasaremos lo mejor posible los datos de sus asesinatos, para saber qué vamos a preguntar. Es como tratar de apartar el trigo de la hojarasca.

—¿Lo haremos por el orden en que fueron asesinados?

—Es lo mejor para poder seguir la secuencia del victimario. Busque su cuaderno de apuntes y traiga el termo del café.

—A sus órdenes, jefe. También recuerde que no se pueden ventilar misterios con el estómago vacío y estragados de café.

Esa noche, Benítez habló con la señora que ayudaba a Mahler en la limpieza de su tienda, pero no pudo obtener ningún dato de importancia.

CAPÍTULO XI

—Bien, en este primer caso, Alter Newmeyer, tenía cincuenta años, vivía en Cuba desde 1926 y estaba casado con Irene Amit, también judía, que ingresó al país en el mismo viaje. Tuvieron un hijo llamado Samuel de 25 años y un negocio bastante próspero de sedería en la calle Bernaza entre Teniente Rey y Muralla, en La Habana Vieja. Fue desnudado y asesinado de un balazo en la nuca en una pequeña oficina que está al fondo, en los almacenes. Es curioso —se detuvo Benítez.

—¿Qué cosa?

—Según dice aquí, este almacén tiene una entrada por la calle Cristo, al fondo de su tienda. Es decir, la tienda atraviesa toda la manzana desde Bernaza hasta Cristo. Es muy posible que el asesino haya entrado por esa puerta trasera.

—¿No le abriría el propio Newmeyer?

—Puede ser. De lo contrario, éste sabía o averiguó de alguna forma las costumbres de su víctima, forzó la puerta con una ganzúa o se hizo con alguna llave y se dedicó a esperar al comerciante. Aquí hay varias fotos de la oficina y del cuerpo sin vida de Newmeyer. No veo ningún lugar donde pudo esconderse el asesino, pero estas fotos solo son parciales, tomadas por un tipo que quería terminar pronto y el asesinato le importaba un bledo. Vamos a ver esa oficina.

Fuimos primero a la tienda, Benítez parqueó su auto al fondo, por la calle Cristo. Nos esperaban y se nos facilitó el acceso a la oficina de los almacenes. En realidad, no era tan pequeña, pero no había forma de poderse esconder sin ser visto de inmediato.

—Newmeyer le abrió a su asesino tal como usted dijo —sentenció mi jefe—. Le cedió el paso porque lo conocía. Esa puerta tiene una mirilla, una Yale de dos golpes por dentro y un respetable pestillo, por tanto, no puede ser forzada por fuera, a no ser con una pata de cabra o cualquier otro instrumento violento. Y si tiene toda esa seguridad, es porque Newmeyer consideraba esta oficina como su bunker particular. Aquí hay una caja fuerte. Abrió la mirilla, se cercioró de quién era su visitante y le franqueó la entrada. Las gavetas del buró no están forzadas, pero en una de las fotos aparece un manojo de llaves que seguramente eran suyas.

—¿Cree que las haya usado él?

—Lo más probable es que las haya usado el asesino porque necesitaba encontrar algo.

—¿Algo que lo podía señalar?

—Supongo. Tal vez Newmeyer tenía su nombre registrado en algún lugar. Voy a abrir las gavetas con una ganzúa y tal vez encontremos algo interesante.

Benítez hablaba en voz baja, como si estuviera hablando solo para sí. Su rostro se veía concentrado y en ese momento comprendí algo tantas veces leído o visto en el cine: en ese instante, no era un hombre cínico, ni el policía corrupto, ni siquiera uno de esos detectives de las novelas. Era como un sabueso oliendo el rastro de su futura víctima. Tenía una aguda inteligencia o quizás un entrenamiento o una vasta experiencia, pero proyectaba una mentalidad muy ordenada, muy analítica, nada se escapaba de su vista y a cada paso iba tomando fotos con su cámara letal. Después de su paso por allí, nadie podía cambiar algo que no estuviera en su cámara.

Con un aire aparentemente distraído, sacó una larga ganzúa profesional, y en un dos por tres tenía abiertas las gavetas de la torre que había a la derecha, así como la central. Registró cuidadosa y ordenadamente cada una, pero no encontró nada que llamara su atención. Apartó la silla giratoria y se puso de rodillas. Examinó con el mismo cuidado todos los lugares donde pudiera haber algo oculto. Otra búsqueda infructuosa. Se sentó sobre los talones muy pensativo.

—Susana, vaya allá afuera y localíceme a la persona que esté encargada de la tienda en estos momentos.

Pedro Cairo era un hombre de unos cuarenta años, pulcramente vestido con una camisa de un blanco tan puro como mi virginidad, y tenía expresión de ser un tipo fresco, poseía una dentadura superior pareja y sana, aunque algo prominente, y una sonrisa lobuna que parecía estar siempre a flor de labios. Me miró de arriba abajo como si tuviera los rayos X de Superman. Me desnudó. Estuve a punto de poner una de mis manos sobre mis senos y la otra donde ustedes saben, pero logré controlarme.

Le dije el recado de Benítez y salió detrás de mí después de hacerme un gesto risueño para que lo precediera, un gesto de aparente galantería, pero en realidad estaba destinado a contemplar mi trasero mientras caminaba delante suyo. Como se podrán imaginar, todo el camino estuve intentando andar lo más tiesa posible, como si estuviera empanada, pero como los cuerpos son traicioneros, en realidad iba contoneándome como siempre por todo aquel pasillo, y eso podía resultar muy equívoco para el caso del señor Cairo.

—¿Sabe la combinación de la caja fuerte? —le preguntó Benítez.

Cairo sonrió.

—No creo que la tenga ni su hijo.

—¿No se ha abierto nunca después del asesinato?

—No señor. Un técnico de la policía lo intentó infructuosamente. Su hijo contrató a un buen cerrajero unos días después, pero tampoco pudo abrirla. Él decía que es una caja de alta seguridad.

—Señor Cairo, busque a otra persona que tenga responsabilidad en la tienda porque voy a intentar abrirla y quiero tener al menos dos testigos de lo que encuentre si logro descerrajarla.

Benítez salió de la oficina hacia la calle Cristo y Cairo me echó otra mirada nada furtiva, sonrió y salió hacia la tienda. Un par de minutos después, Benítez entraba con una caja pequeña de metal y Cairo con una empleada llamada Úrsula Fernández. De la cajita emergió un estetoscopio y se lo colocó al cuello.

—Ahora necesito el más absoluto silencio.

Agarró la ganzúa e hizo girar la cerradura. A continuación, se colocó el aparato en los oídos y puso el otro extremo sobre un lugar muy específico de la caja. Suavemente comenzó a darle vueltas al disco y falló las dos primeras veces, pero a la tercera, la caja se rindió.

Dentro, había una buena cantidad de dinero, bonos al portador, documentos variados y un libro de registro, aparentemente de contabilidad. Benítez sacó esto último y lo colocó sobre el buró, pero antes de abrirlo, se volvió hacia Cairo.

—Señor Cairo, le estaré muy agradecido si le da a Susana el teléfono de la familia para que alguien se presente aquí lo más pronto posible.

—Cómo no, lo tengo en mi oficina. Si la señorita me acompaña…

—La señorita estará ocupada con otras tareas. Por favor, traiga o envíenos el número —dijo mi jefe con aparente suavidad y una mirada directa, pero era algo así como la suavidad de un pliego de esmeril. Fue otro gesto amable hacia mí y me llamó la atención que, aunque estuviera aparentemente absorto con la investigación, se había percatado de las aviesas intenciones que me tenía reservadas el libidinoso señor Cairo en su pequeña oficina. Éste se encogió de hombros con resignación deportiva y partió a cumplir con el cometido. La señora Úrsula bajó la cabeza y sonrió solapadamente.

Quince minutos después, el hijo de Newmeyer hizo acto de presencia. Era un joven de unos veinticinco años, de buena presencia, pero todavía se le notaba golpeado por la muerte del padre. Benítez se presentó y el joven aceptó su mano de buen grado.

—Requerí la presencia de estos dos empleados suyos como testigos del registro que acabo de hacer. Como puede ver, he logrado abrir la caja fuerte, pero de ella solo tomaré este libro. Necesito llevármelo, por supuesto con su permiso.

—El señor Katz nos habló de que usted se iba a encargar de la investigación de forma privada. Puede contar con mi apoyo y el de mi familia para cualquier cosa que necesite, pero, por favor, encuentre al asesino de mi padre. Si lo logra, seremos sus eternos deudores —hizo una breve pausa—. Y por supuesto, se puede llevar el libro.

—Aquí tiene la combinación de la caja fuerte —le extendió un papelito—. Ahora saque todo su contenido y no la cierre hasta que esté seguro de tener los números correctos.

—Así lo haré señor Benítez. Muchas gracias.

—Ahora me gustaría hacerle un par de preguntas, si no tiene inconvenientes.

—Ninguno, adelante.

—A solas, de ser posible.

Ambos empleados se miraron y salieron en silencio de la oficina, cerrando la puerta tras de sí.

—Enemigos que usted conociera.

—Ninguno. En muchas formas, esto parece un crimen inexplicable. Tampoco tenía rivales en los negocios. Como puede ver, este es bastante próspero, pero no como para hacernos ricos ni para provocar la rivalidad ni la envidia de alguien hasta el punto de asesinar. Además, señor Benítez, mi padre era un hombre de familia, hasta donde sé no tenía otras relaciones fuera de mi madre, no era una persona de mal carácter ni amargado. En fin, solo un vicioso pudo hacer algo tan... cruel. Solo le diré algo más: fui criado en un ambiente de paz y de respeto hacia todo lo ajeno, en especial hacia la vida de otros seres humanos, pero si conociera el nombre de su asesino, sería capaz de matarlo fríamente, como él hizo con mi padre.

—Lo comprendo. Cuando arribó su padre a Cuba, ¿tenía un capital?

—Para nada, fue en medio de la crisis económica del machadato. Él llegó con pocos recursos, se puso a trabajar en lo que encontrara, fue ahorrando hasta exprimirse el estómago, pero levantó un poco de dinero y abrió esta tienda que, al principio, era más o menos del tamaño de esta oficina.

—¿Sabe si conocía a alguien ligado de alguna forma a los nazis?

—Él odiaba a los nazis. De hecho, fue vecino de Hitler en Linz y al comprender que su carrera política iría en ascenso, decidió abandonar Europa y venir hacia Cuba. Él hablaba de vez en cuando de esto. Como conoció a Hitler, en 1925 compró un ejemplar de su libro "Mi lucha", sospechó lo que vendría a continuación y puso tierra de por medio, pero parece que la obra de aquel loco lo alcanzó.

—¿Su mamá es judía, cierto?

—Sí, y llevamos una vida conforme con nuestros preceptos. Aceptamos amigos de cualquier procedencia, siempre que sean decentes y respetuosos con nuestra forma de vivir y de pensar.

—¿Alguna de sus relaciones o amistades gentiles proviene de Alemania?

—No. Tal vez algún cliente, no amistad ni relación, pero en realidad no lo sé. ¿Tiene alguna otra pregunta?

—De momento no, creo que usted ha cubierto bastante terreno de la vida cotidiana de su padre.

—Aquí hay una tarjeta con nuestro teléfono y dirección. Cualquier cosa que necesite, tanto en información como material, si está a nuestro alcance, no dude en llamarme.

Nos despedimos y salimos por la misma puerta por donde habíamos entrado una hora antes. Benítez depositó el libro en el asiento trasero y salió de marcha atrás hacia la calle Muralla.

—Usted abrió muy rápido esa caja fuerte —comenté.

—Lo logré al tercer intento. Dionisio se hubiera tardado la mitad del tiempo. Lejos de sentirme satisfecho, estoy avergonzado por mi falta de pericia.

—¿Fue Dionisio quien abrió el camino hacia la biblioteca de mi casa?

—No, lo hice yo mismo. Por nada del mundo me hubiera perdido ese placer, aunque llevé con nosotros a dos tarugos para desvalijar la biblioteca.

—No me gusta la idea de quemar libros. Me parece un método fascista.

Benítez sonrió con una de sus más desvergonzadas sonrisas.

—¿Me está comparando con herr Joseph Goebbels, el autotitulado nazi número dos?

—¿Por qué cree eso?

—Porque en una ocasión dijo: "Cuando oigo hablar de cultura, le echo mano a mi pistola". —hizo una breve pausa sonriendo—. Sea sincera conmigo Susana. ¿Me considera una especie de nazi de nuevo cuño?

—No sabría decirle, porque no conozco mucho de los nazis. Algo he leído y algo he visto en el cine, pero no puedo decir que sea una experta en el tema.

—Me está evadiendo.

—No, solo intento conservar mi empleo.

—Ahora piense bien en esto, al margen de los problemas con su padre: ¿cree justo que todos esos libros, clásicos seguramente, deben estar en manos de un coleccionista que a la mejor ni los lee y no al alcance del policía de tráfico de la Esquina de Tejas o del guajiro que vive debajo del puente de Bacunayagua?

—Es increíble cómo usted salta de un extremo para otro.

—¿Por qué? —me preguntó sonriendo.

—Ahora está asumiendo la actitud de un comunista. No me conteste y atienda al tránsito. Acaba de llevarse una luz roja y no quiero dejar mis lindos huesos en un poste o aterrizar debajo de una rastra. Prefiero caer en manos del señor Cairo.

Llegamos a nuestro cuartel general y antes de ponerse al trabajo, Benítez encargó comida para los dos. A partir de ese momento, cada día elegía un restaurante o una fonda diferente. A veces jugaba al Tin Marín de Dos Pingüés para seleccionar el lugar. Era una forma de proteger nuestra seguridad. A través de esto, comprendí que realmente se tomaba este asunto muy en serio y estaba bien consciente del tremendo peligro al que estábamos expuestos.

CAPÍTULO XII

Al día siguiente, nos presentamos en la casa de la familia de Akiva Israel, un empresario comercial del cine. Era dueño de una cadena de salas de exhibición, distribuidas muy sabiamente por varios puntos diferentes y estratégicos de la ciudad. Solo diez salas, pero casi cubrían la capital. Eran cines de segunda, o sea, exhibían las películas que ya habían pasado por los cines de estreno dejando una ganancia razonablemente buena. Una cadena muy ortodoxa, pues la mayoría exhibía filmes norteamericanos de cualquier género y de una calidad standard, tenía uno dedicado a los estrenos mejicanos y argentinos y otro a filmes europeos, llamados "cine de arte". En el momento del asesinato, en este último se exhibía "La torre de los placeres", también conocida como "La torre de Nesle", donde Silvana Pampanini aparecía a todo color tal y como había venido a este mundo pecador.

Según pudimos averiguar, el pequeño Akiva, como le habían apodado algunos amigos debido a su tamaño, era un hombre de unos treinta y cinco años y atractivo. Era como una especie de imán para las mujeres y para el dinero y muy por el contrario de la mayoría de los demás miembros de la comunidad judía, era una especie de "bon vivant", es decir, en perfecto español, era mujeriego, vividor, muy hábil para los negocios y no honraba con mucha frecuencia la sinagoga a la cual pertenecía. No era bien visto por el resto de la comunidad precisamente debido a este descarrilamiento.

Había sido estrangulado en la cabina de exhibición de este cine donde se presentaba el filme de Pampanini. El cadáver había sido descubierto desnudo por una de sus pretendientes a amante, una bailarina aspirante a vedette, a la cual Mendoza había puesto tras las rejas en un abrir y cerrar de ojos, acusada del crimen. La muchacha había declarado que el pequeño Akiva la había citado en ese lugar con el fin de ver una exhibición privada de la película. Mendoza no le pudo sacar ni una letra fuera de esta declaración y al tercer día tuvo que ponerla en libertad sin lograr una confesión. Muy por el contrario de sus pretensiones, Mendoza la convirtió en una celebridad, una especie de "reina por un día", porque había salido en todos los diarios y en una o dos revistas de escándalos y eso le valió un jugoso contrato como bailarina principal en uno de los principales cabarets de La Habana. Nadie sabe para quién trabaja.

Vimos una foto "comercial" de Lina Varona, enfundada en una trusita bikini y exhibía mucho más de lo que ocultaba. Era una belleza de mujer, con una imagen muy sensual y provocativa.

—Habrá dejado sin aliento al pequeño Akiva —comenté al ver la foto publicitaria cuando repasamos su expediente.

—Sí, es una trigueña como para quitarle el hipo a cualquiera —dijo esto muy pensativo. En realidad, él no estaba pensando en las dotes físicas de Lina—. Es un poco extraña esta selección —contestó Benítez.

—¿Por qué?

—Porque este hombre se sale por completo de los preceptos y de los parámetros —dijo intrigado—. Si hubiera sido asesinado por una de sus amantes, un marido celoso o un rival de negocios, lo comprendería mejor. Es demasiado rara su elección para esta serie de ejecuciones. Ni siquiera tenía ideas o vinculaciones políticas o religiosas.

—¿En su opinión fue asesinado por error y no formaba parte de la lista del asesino?

—No, ni lo uno ni lo otro. Fue asesinado puntualmente trece días después de la víctima anterior y trece días antes de la siguiente. No, este hombre estaba dentro de esa lista mortal, pero no alcanzo a comprender el porqué de su inclusión. Está completamente fuera de lugar al igual que Gadles y eso me molesta. Tanto uno como el otro han sido asesinados sin una explicación aparente.

—¿No cree que lo hayan escogido al azar? Simplemente eran comerciantes judíos y punto.

—No Susana, el hijo de puta que está cometiendo estos crímenes no es ningún idiota. Sabe muy bien lo que hace y cuando choquemos con él, usted verá cómo en ambos casos existe una explicación plausible, y el azar es completamente ajeno a esas elecciones.

En el chalet del pequeño Akiva solo vivía una hermana de unos cincuenta años, una solterona que había dedicado su vida a cuidar de él. El chalet era atendido por una sirvienta con el trabajo de las labores de limpieza tres veces por semana y la cocinera venía en los días alternos. Se turnaban porque Tobah no soportaba vigilar el trabajo de las dos en un mismo día. Ambas eran mujeres nada agraciadas y viejas elegidas por la hermana, para no provocar en el pequeño Akiva la tentación de quebrantar la relación empleador-empleada, aunque en ese aspecto, él tenía un gusto bastante amplio.

De esta hermana obtuvimos algo sustancial: ella había decidido cerrar el cine hasta tanto no se descubriera quién había asesinado a su Akiva. Era su forma de venerar el recuerdo de su hermano. Por eso la cabina de proyección donde había sido ejecutado quedó a nuestra disposición, si bien debía estar muy contaminada por la actuación de la Policía. Ella y su joven hermano, entonces con quince años, habían llegado a Cuba en el verano de 1932 procedentes de Berlín, dos meses antes de la ascensión al poder del Nacionalsocialismo, y no tuvieron relaciones con ningún nazi, los habían evitado por todos los medios y ni siquiera tenían amigos gentiles procedentes de aquella zona del mundo.

En la cabina de proyección, Benítez tiró varias fotos y encontró algo interesante: dos restos de cigarrillos *Camel*, de distintos tamaños. Levantó un teléfono situado en una esquina de la cabina y llamó a Tobah. Akiva nunca había fumado. Preguntó si tenía el teléfono del proyeccionista y lo llamó. El señor Matías Morales tampoco fumaba y él mismo era quien se ocupaba de limpiar el lugar. Lo había hecho por última vez el día antes del asesinato y no había recibido ninguna visita en la cabina. Si Lina lo había encontrado muerto, ambos restos de cigarrillos podían ser del asesino. No creía que un respetable policía fumara Camel, un cigarrillo suave mentolado y, además, bastante caro.

—De todas formas, llame a Salas y pregúntele si él fue quien actuó en este caso y si alguno de sus acólitos fuma Camel. Hay algo aquí que crea una laguna en la secuencia de los acontecimientos de ese día.

—Cómo un asesino tan inteligente deja por detrás dos colillas a las que además se les ve la marca.

—Susana, usted está a punto de ponerme a pasar hambre. Tal vez la encantadora Lina no estaba en los planes del asesino. No sabía que estaba citada allí con Akiva, llegó inesperadamente, al asesino no le dio tiempo de hacer una limpieza total y se escondió en alguna parte, para no ser descubierto por ella. No debía matarla.

—¿Por qué supone eso? ¿Qué más le daba matar a Lina también después de todos los crímenes que ya había planeado cometer?

—Matar a Lina hubiera ensuciado su trabajo. Aquí solo debía morir una persona: Akiva. Por eso se escondió lo mejor posible y salió de este lugar en algún momento entre la llamada de Lina a la Policía y la llegada de Mendoza. Después dio como perdidas las dos colillas porque Tobah hizo cerrar esto a cal y canto inmediatamente después de la partida de la Policía.

—Y la Policía no le dio importancia a este detalle.

—Es muy probable que haya sucedido así. Si Lina no es adicta a fumar, acabamos de encontrar una minucia que puede convertirse en una pista clave para la identificación del asesino. El hábito de fumar se llega a convertir en algo incorporado, a veces visceral, en la personalidad de cualquiera.

Cuando salimos de allí, dedicamos algunas horas a almorzar y tomar algunos tragos, mientras esperábamos el revelado de las fotos que Benítez había tomado en la cabina.

Lina vivía en un modesto apartamento en un moderno edificio de la calle Infanta, amueblado y decorado con bastante buen gusto. Se había independizado de su familia porque ellos no veían su profesión con buenos ojos.

Era realmente una mujer espectacular. Al verla, sentí una punzada de envidia, aunque mi espejo de madrastra de Blanca Nieves me repetía todas las mañanas que yo era la más bella entre las bellas. Cuando Benítez se identificó nos allanó el camino y nos invitó a sentar.

Ella vestía una bata de casa bastante ligera, a la legua se notaba la falta de ropa interior y, por si fuera poco, se sentó frente a frente con mi jefe y cruzó las piernas. En ese momento sentí deseos de abofetearla y arañarla, pero en definitiva ella estaba en su casa, allí era libre de vestirse como le diera la gana, éramos sus invitados y además no nos esperaba.

Benítez estaba reclinado en la muelle butaca tapizada de vinilo carmelita, imitación de piel y la miraba a los ojos.

—Como le dije, estamos investigando el asesinato de Akiva Israel y hay algunas cosas que necesitamos precisar.

—Adelante, soy toda suya —dijo con la más insidiosa insinuación de todo el repertorio femenino.

—Aquí tengo varias fotos de la cabina. ¿Dónde estaba exactamente el cuerpo de Akiva cuando usted entró?

—Sentado aquí, en esa butaca, a un costado del proyector y la cabeza la tenía apoyada en el equipo —se inclinó para mostrarle con toda precisión el lugar, dejando sus senos casi en libertad de exhibición. Instintivamente pensé en los míos. Eran lindos, pero no competían con aquellos. Benítez aparentó no inmutarse.

—¿Usted fuma? —pregunté a quemarropa y logré que se enderezara.

—¡No, que Dios me libre! —contestó con presteza, como si le hubieran dado un corrientazo—. ¿Por qué?

—Suponíamos que no, debido a su profesión, pero nunca se sabe —me miró como si yo fuera un insecto.

—¿Recuerda haber sentido olor a cigarrillos en la cabina? —preguntó Benítez.

—Pues sí, ahora que lo menciona. Era un olor dulzón, como de cigarrillos suaves.

—¿No sintió ningún ruido entre su descubrimiento del cuerpo y la llegada de la Policía?

—No —y lo miró con legítimo miedo—. ¡No me diga que el asesino estaba allí todavía!

—Es muy probable. ¿Usted no salió de la cabina hasta la llegada de la Policía? Piénselo bien, es muy importante.

—No, le aseguro que no.

—¿A qué hora estaba citada con Akiva?

—A las ocho y media de la noche, pero llegué a las ocho y cuarto. ¿Cree que estuve en peligro?

—Es posible, pero felizmente no le pasó nada. Cuando se marcharon y la llevaron para la jefatura, ¿dejaron a alguien cuidando el lugar?

—Pues sí, a un joven policía.

—Akiva fue estrangulado con un pedazo de cuerda. ¿Recuerda dónde se encontraba?

—En el suelo, delante de su cuerpo.

Benítez se puso de pie. Ella y yo lo imitamos.

—Es todo por el momento. Le agradecemos su cooperación.

—Me alegra que viniera usted, el otro… Mendoza, es una mala persona. De más está decirle que estoy a su entera disposición, comandante —insinuó descaradamente en mi propio rostro.

—Nunca logré pasar de teniente —contestó él con una sonrisa—. Nos vemos.

Cuando salimos y entramos al Buick, cerré la puerta un poco más fuerte de lo recomendable, sobre todo teniendo en cuenta que aquellas puertas casi se cerraban solas.

—Si todavía le dura el ataque de celos, no es culpa de mi auto —me dijo Benítez con una sonrisa maliciosa encendiendo el motor.

—No estoy celosa, sino molesta. Me miró como si yo fuera un ser insignificante, la muy… la muy…

—Dígalo Susana, es saludable ensuciarse la boca de vez en cuando.

—No le voy a dar ese gusto. Acabe de arrancar este miserable cacharro de una vez por todas.

Al llegar a nuestro edificio nos encontramos a Dionisio que nos esperaba sentado en uno de los escalones de entrada. Subimos y ellos dos se acomodaron en la confortable sala—comedor, en tanto yo me dirigí a la cocina para preparar un delicioso café, técnica aprendida y perfeccionada a partir del primer día en que comencé a vivir sola. Oí la voz de Benítez adelantándose a Dionisio:

—Antes de empezar. Verte allá abajo esperando por nosotros me ha dado una idea que sería útil para todos. El apartamento contiguo a este está para rentar y quiero que te mudes para él con Manolito y su cuidadora. No me importa cuánto le pagas, le ofreces el triple por estar a nuestra disposición las veinticuatro horas del día. Si solo titubea, le sigues subiendo la oferta.

—Eres un cabrón negrero —le contestó Sampedro sonriendo—. Así me tienes a mano las veinticuatro horas.

—No solo eso, aunque es una de las ideas principales. Eso te permite tener a Manolito a mano y evitarte un montón de viajes innecesarios. Si por alguna razón esa señora no aceptara, nos ponemos en función de buscar una persona adecuada, una enfermera profesional, o algo así, alguien que esté en función de Manolito y a tu disposición.

—Para que yo esté a la tuya.

—Exacto —dijo alegremente—. Y para que no estés en la puerta del edificio como un perrito abandonado. Ahora dime qué has averiguado.

—Mira, aunque la guerra terminó oficialmente en mayo del 45, decidí ir un poco más atrás porque hubo muchos alemanes y de otras nacionalidades comprometidas con el nazismo, que vieron con luz larga el final de la guerra y se apresuraron a poner tierra de por medio. Algunos de ellos tomaron La Habana como puente para dirigirse a otros lugares como Argentina, Brasil y Estados Unidos, fundamentalmente. Los de esta lista ingresaron a Cuba desde septiembre de 1944 hasta el mes pasado y se quedaron en el país. Son 3,532. Hubo muchas personas provenientes de otros países, fundamentalmente de

Asia y América Latina, pero no son de procedencia europea. Aquí tienes el listado.

—Es como buscar una aguja en un pajar —comentó Benítez pensativo.

—De Alemania son 594 y eso incluye a Austria, Suiza, Bélgica, Luxemburgo y Suiza por su condición de germano parlantes.

—Olvidaste a Liechtenstein —intercaló Benítez.

—En ese país hay un buche de gente y no vi a nadie proveniente de allí. A los otros los puse en primer lugar, como puedes ver. Después la mayor cantidad ha venido de Polonia, y así sucesivamente, los fui relacionando por países de procedencia.

—¿Judíos?

—No muchos. Aunque no lo sé con certeza, la mayoría de ellos han venido porque tienen familiares aquí.

—La guerra formó un gran desbarajuste entre las naciones. Una gran cantidad de personas no han logrado localizar a sus familias, unos se radicaron en otros lugares porque sus casas, sus barrios y hasta sus ciudades desaparecieron, otros han dado a sus familiares por muertos. En fin... No podemos confiar ni siquiera en un listado como este. Ahora muchos germanoparlantes no confiesan que lo son por distintas razones, y otros de diferentes nacionalidades se nos van a perder encubiertos tras un nombre y una nacionalidad falsa porque temen a las represalias de sus víctimas.

En ese momento salí con el café, lo repartí y me senté frente a Benítez que parecía estar a muchos kilómetros de allí. Dionisio suspiró profundo.

—Supongo que tenemos un buen problema por delante.

—Supones bien, pero de cierta manera, este listado nos ayuda. Durante el curso de la investigación, pueden surgir uno o varios nombres que estén recogidos aquí.

—¿Cuál es mi próxima encomienda?

—Después de tener seguro a Manolito, volveremos a hablar de trabajo. Averigua con el encargado del edificio lo del apartamento y deja preparado ya el alquiler. Ahora ve a cumplir con tus deberes de padre y empleado de un negrero.

—¿Y nosotros? —pregunté.

—Vamos a echarle un vistazo a las fotos de la cabina de Akiva. Después comenzaremos a estudiar el siguiente caso.

—El señor David Edelman.

—¿Sabe que me suena ese nombre? Pero bueno, no nos preocupemos por el río crecido antes de llegar al puente. Traiga las fotos.

Cuando estábamos mirando las fotos, Benítez hizo un alto al examinar un ángulo de la cabina donde estaban apiladas las latas de película.

—Susana, tráigame la lupa, por favor —me pidió aparentemente distraído.

Una vez en su poder, comenzó a mirar con mucho detenimiento las latas de películas.

—Susana, debemos volver a la cabina. Aquí hay algo curioso y que se me pasó por alto. Hay dos pilas de nueve latas cada una.

—¿Por qué? Tengo entendido que una película con un metraje normal tiene de ocho a nueve latas y ahí hay dos pilas de nueve.

—Anjá —buscó con cierto afán en el resto de las fotos y me mostró una—. Pero no contamos la que está montada en el proyector y mire la lata en el suelo al lado del equipo. Esas dos películas no deben tener un metraje probable como para diez rollos. Vamos.

Por suerte aún no le habíamos devuelto las llaves a la señora Tobah y pudimos entrar al cine sin dificultad una vez más. Un cine sin función y sin público en las lunetas se convierte en un lugar muy lóbrego. Es increíble el encanto y hasta el olor peculiar que emana de esas salas oscuras cuando hay una exhibición.

Entramos a la cabina y Benítez encendió las luces. Se dirigió a la pila de latas que estaban en el rincón y comprobó que todas pertenecían a "La torre de los placeres" y a otra llamada "La esclava del pecado" y ambas estaban completas. Acto seguido encendió el equipo, pero no lo echó a andar. Se quedó mirándolo por el costado donde estaba enrollada la cinta en los dos carretes.

—Mire Susana, este rollo ya había comenzado a rodar. Diría que unos cinco minutos.

Echó a andar la cinta y yo me asomé a un nicho que estaba como a un metro a la derecha del equipo. Era un filme en 8 milímetros. Lo que apareció en la pantalla me puso los pelos de punta y la piel de gallina. Había una mujer en la frenética felación de un pene que parecía un poste horizontal del alumbrado público.

—¡Santo Cristo de Limpias! —exclamé.

Benítez lo apagó rápidamente y yo protesté airada.

—¿Por qué lo apagó? ¿Sintió envidia?

—No, vergüenza de mí mismo —aclaró con una sonrisa socarrona—. Con eso es suficiente.

—Para usted sí, pero para mí no. Esta es mi primera película de sexo.

—Pornográfica —precisó—. Le voy a dar gusto mientras pienso sobre este asunto. ¡Conque esta era la sorpresa reservada por el pequeño Akiva para la bella Lina! La iba a poner en ebullición.

Volvió a encender el proyector y confieso que nunca había tragado en seco tantas veces en tan poco tiempo. Por momentos sentía que mis verdes y cándidos ojos iban a salir disparados por el nicho hacia afuera. Era como si mi cuerpo se estremeciera en convulsiones. Por mi propia voluntad, violentando mis deseos pecaminosos y con un dedo tembloroso, me acerqué al proyector y lo apagué. Me dejé caer desfallecida en la banqueta donde habían asesinado al infeliz Akiva. Cuando me di cuenta, me levanté como si me hubieran puesto un cohete en el trasero.

Cuando logré controlar mis oscuros instintos, le pregunté:

—¿Ha sacado alguna conclusión de este descubrimiento?

—No una conclusión, pero sí una hipótesis. Como en el caso de Mahler, el asesino buscó cómo distraer la atención de su víctima y poder atacarlo. En aquel caso, tal vez la posibilidad de comprarle un artículo valioso y en este, venderle o prestarle esta película al pequeño Akiva, una tentación que él no era capaz de resistir. Lo entretuvo con el principio de la proyección y cuando lo tenía pendiente de la pantalla, aprovechó para estrangularlo.

—Debió irse antes de la llegada de la Policía y por eso no pudo limpiar la cabina.

—Sí —dijo Benítez pensativo—. Debió ser así. Previó que la Policía podía mantener, como lo hizo, una guardia en la puerta y se hubiera quedado encerrado allí por tiempo indefinido.

CAPÍTULO XIII

—David Edelman, ¿qué sabemos de su muerte?

—En el expediente de Mendoza consta que murió asfixiado en su apartamento. Desnudo también. Según los peritos, fue con el gas de su cocina. Le metieron la cabeza en el horno y cerraron la habitación.

—Ya recordé lo que leímos en su expediente. Vivía solo, heredó una pequeña fortuna de su padre, era graduado de algo, pero nunca había trabajado, y tenía sesenta y pico de años...

—Sesenta y cinco, para ser exactos —aclaré.

—No se había casado, no tenía hijos... su única relación era con un hombre más joven, ¿voy bien?

—Sí, y como era de esperar, Mendoza lo puso tras las rejas cuando averiguó que este joven era el heredero universal de Edelman, pero como tenía una coartada a prueba de todo según parece ...

—O por lo menos a prueba de Mendoza. Busque la dirección de este joven y vamos a hacerle una visita de cortesía.

Una media hora después, llegamos a la casa de Felipe Granda. Nos abrió el propio Felipe. Era un joven alto y hermoso, demasiado lindo para mi gusto. Con un gesto muy femenino nos hizo pasar. Benítez y yo evitamos mirarnos, pero sé que los dos estábamos pensando lo mismo.

—Estamos investigando de forma privada el asesinato tanto de David Edelman como el de otros siete judíos —dijo Benítez.

—Bueno oficial, en realidad no sé si al pobre Davidcito se le puede considerar dentro de ese grupo de judíos.

—¿Nos puede decir por qué?

—Es algo... un poco embarazoso.

—Adelante, mi asociada y yo no tenemos prejuicios.

Como se podrán imaginar, casi doy un salto en el asiento al oír lo de asociada, pero logré asimilarlo y disimularlo bastante bien.

—David no hacía vida religiosa ni mantenía relaciones con otros judíos porque era... discriminado por sus decisiones.

—¿Por sus decisiones en cuanto a su vida sexual?

—Eso, así mismo es. Él... amaba lo bello y mucha gente no lo entendía, son cosas que no están a la altura ni al alcance de todo el mundo.

—¿Usted era su amigo íntimo? —preguntó Benítez muy suavemente.

—Como usted me ha dicho que no tienen prejuicios, le diré con toda la sinceridad del mundo que éramos amantes.

—¿Vivían juntos?

—Sí, desde hacía tres años, bueno, desde que nos conocimos.

—No se ofenda por lo que le voy a preguntar: ¿se guardaban fidelidad?

Felipe apartó la mirada y bajó la cabeza.

—Hasta hace poco sí.

—¿Y qué pasó?

—Hace como un mes reñimos muy fuerte porque lo vi conversando con un hombre y se les veía demasiado... animados. Tuvimos una escena de celos bastante desagradable y me fui de la casa. Vine para acá. Aquí vive mi madre, ¿sabe? Es verdad lo que se dice por ahí, nadie lo quiere a uno como la madre.

Estuve mentalmente en desacuerdo con esa última afirmación y si alguien creía eso, debió conocer a la mía porque les daba más importancia a unos trapos costosos que a sus hijos.

—Pero tenemos entendido que David le dejó todas sus posesiones en herencia —deslizó como si tuviera aceite de oliva en la lengua.

—Sí, y aunque ustedes no lo crean, eso me ha llenado de tristeza, porque tal vez con mis celos le allané el camino a su asesino.

—Entiendo. ¿Él no tenía vínculo con ninguna persona judía?

—No hasta donde yo sé. Se sentía excluido o tal vez él mismo se excluyó. Sé cómo es eso porque pasé por esa experiencia con mi propio padre. Cuando estaba en su lecho de muerte me confesó que nunca me había rechazado y que siempre me amó —dijo con profunda amargura.

—¿Sabe si Edelman tuvo algún vínculo con el nazismo?

—No, su padre lo sacó de Austria en 1934 y lo hizo llegar a Cuba con la mayor parte de su fortuna. Ellos eran ricos. No millonarios, pero sí ricos. El padre era un hombre muy enfermo, no tenían más familia y comprendió que David iba a tener problemas si se quedaba en Innsbruck.

—Comprendo. Tenía dos condiciones que chocarían con los nazis. No solo era judío sino también homosexual.

—Así es. El padre murió de un infarto pocos días después de su partida. Él creía que la separación lo había matado y vivía atormentado por esa idea, a pesar de los veinte años transcurridos.

—Le voy a preguntar algo muy importante y le ruego que se concentre bien en su respuesta. ¿Cómo era el hombre que vio hablando con David?

—Mire, realmente lo vi como a media cuadra de distancia, pero era blanco, rubio, de pelo ondulado, como de mi tamaño, fornido y vestía con elegancia, con traje, cuello y corbata, como le gustaban a mi David. No pude distinguir sus facciones con toda claridad, pero era un hombre bien plantado.

—¿Cree que podría reconocerlo si lo volviera a ver?

—Como le dije, había unos cincuenta metros de distancia y no tengo la seguridad de reconocerlo. No lo distinguí lo bastante bien como para eso.

—¿Quién encontró el cadáver?

—Yo. Un hombre con una voz extraña me llamó y me dijo que David quería verme. En principio creí que era él falseando la voz para hacerme volver. Fui y me lo encontré... —un largo sollozo salió del cuerpo de Felipe y se cubrió el rostro con ambas manos.

Benítez se levantó, se paró al lado de Felipe y le oprimió un hombro.

—Sé que se debe sentir muy mal y le pido disculpas por recordarle todo esto, pero tenemos mucho interés en descubrir quién lo asesinó.

Como dije en otra ocasión un poco más atrás, este hombre estaba lleno de sorpresas. Era desconcertante. Tal vez lo estaba fingiendo, pero si era así, ni Marlon Brando lo hubiera hecho mejor.

Felipe logró calmarse, secó su rostro con un pañuelo y nos miró como si recién nos descubriera.

—Disculpen, disculpen, no volverá a suceder. ¿Hay algo más que necesiten saber? Pregúntenme cualquier cosa.

—¿En qué condiciones está actualmente el apartamento?

—La Policía lo dejó muy regado, pero yo no he tenido ánimos para ir a limpiar y organizar las cosas.

—¿Entonces está tal y como lo dejó la Policía?

—Sí, ¿quieren verlo?

—Si nos hace el favor.

—Vamos a hacer lo siguiente: todavía están allí los pedazos de cuerda con los que ataron a David para meterle la cabeza en el horno y no quiero enfrentarme otra vez con eso. Yo los llevo y les abro la puerta, pueden tomarse todo el tiempo necesario, pero no quiero entrar. Voy a permanecer afuera y si precisan saber algo, salen y me lo preguntan, ¿está bien así?

Fui conduciendo el Buick como si estuviera montado en muletas, porque no quería asustar a nuestro huésped, y, además, no íbamos en un viaje de urgencia.

Una vez dentro del apartamento, nos hicimos cargo un poco más de la personalidad de la víctima. En la sala había un par de cuadros de pintores cubanos del mejor gusto y otros de pintores desconocidos para nosotros, pero congeniaban en su conjunto. Las paredes estaban bien pintadas con colores claros y discretos. Los adornos no eran muy caros, pero tampoco habían sido comprados en el Ten Cents de Galiano. Se veían sabiamente distribuidos de forma tal que, una vez retirado el reguero, uno se sintiera en un ambiente agradable y cómodo. Era como nos había dicho Felipe: David disfrutaba rodeándose de cosas hermosas. Por eso mis íntimas apuestas estaban por un asesino tan hermoso y elegante como el bello Brummell.

En el suelo de la cocina aún se podía distinguir, pero ya un tanto borroso, el contorno con tiza hecho por algún perito de la Policía, marcando la posición en que había quedado el cuerpo de la víctima. Había un par de cuerdas como de un metro de largo todavía atadas a ambas patas de la cocina, y luego anudadas entre sí por los extremos. Las dos puntas libres estaban sueltas: con ellas habían atado ambas muñecas de Edelman.

—La Policía se llevó el cuerpo, pero debió ser tal como informaron. Según el forense, el asesinato fue cometido hacia las ocho de la noche y a esa hora, en un edificio como este, un balazo 38 suena como el cañonazo de las nueve y esa fue una de las razones por las que fue determinado el gas. Por otra parte, el apartamento fue escogido precisamente para gasearlo, porque no hubiera sido posible con Newmeyer, Akiva o

Mahler, de acuerdo con los lugares escogidos por el asesino para llevar a cabo su macabro plan.

—Tengo entendido que los forenses establecen una probable o posible hora de la muerte, pero sin exactitud. Pudo ser antes o después de las ocho, ¿no?

—No se deje influir por lo que acabo de decir. Además, nuestro asesino no es tan tonto como para llamar la atención de todo un edificio donde debe haber como veinte apartamentos y en ellos siempre hay una vieja chismosa o un entrometido. —hizo una pausa observando el suelo con atención—. Según parece, Edelman intentaba ser un anfitrión agradable y le estaba mostrando sus cuadros o, lo más probable, su invitado le pidió un tour por el apartamento, aprovechó un momento en que el encantador David estaba de espaldas a él y lo narcotizó.

—¿Cómo se las compuso el asesino para elegir a su víctima y saber cómo podía abordarla?

—Estamos en presencia de un asesino muy trabajador, él no elige a sus víctimas al azar —se rascó la barbilla—. Pero no logro entender el porqué de la secuencia, porqué él mismo las viola ni el objetivo que persigue al matar, porque hasta donde hemos visto, salvo el hecho de ser judíos y tener una vida confortable, no hay otra cosa que vincule a sus víctimas.

—Por eso Mendoza no daba pie con bola.

—Exactamente. Y a estas alturas, no pongo en duda que el asesino haya tenido en cuenta lo escaso de sesos que es el jefe del Departamento de Homicidios de la Policía Judicial. Vamos a echar un vistazo por el resto de la casa, aunque no creo que encontremos otra cosa de interés.

La búsqueda fue infructuosa. Salimos y nos encontramos al joven Felipe sentado en la escalera con las piernas recogidas y la cabeza baja.

—Si le parece, cuando todo esté listo venda el apartamento y compre otro lejos de aquí —le dije compasivamente—. Ponga distancia entre usted y esta tragedia y no se preocupe, todo en la vida pasa. Recientemente perdí a toda mi familia y mi mundo, y todavía estoy en pie.

Salimos del edificio en silencio, llevamos de vuelta a Felipe y reemprendimos el camino. Cuando estuvimos solos, comenté:

—¡Pobre Felipe! No solo perdió a su… pareja, sino que se ha quedado lleno de remordimientos.

Benítez iba a mi lado y una leve brisa movía su ondulado cabello. Me miró de aquella forma tras la cual se podía leer un cinismo mayúsculo y con una suave sonrisa, me dijo:

—No sea tonta, Susana. Con el dinero que va a heredar se puede comprar tres o cuatro conciencias más.

Detuve el auto en seco y le dije enfurecida:

—¡Usted es uno de los seres más insoportables que he conocido en mi vida! En su trato, parecía sentir compasión por ese joven.

—Claro que no, querida mía. Solo era un ejercicio técnico para lograr las confidencias de Felipe. Le advierto que con otro frenazo como ese se comerá las bandas de frenos y eso va a salir de su bolsillo. Además, según tengo entendido, solo ha conocido a dos personas insoportables: su padre y yo. Haga el favor de echar a andar este cacharro, suavecito, para ver si nos dura bastante.

Di una fuerte palmada contra el volante con rabia y puse en marcha el Buick. Benítez me miraba con su habitual socarronería.

Al llegar a nuestro apartamento, nos encontramos a Dionisio ya instalado al lado con Manolito y la señora Sara. Fuimos presentados. Sara era una mujer más bien delgada, de unos sesenta años, armada con una increíble cantidad de paciencia para cuidar de Manolito, aunque éste no era un muchacho muy problemático. Contaba unos quince años, solo no tenía una inteligencia normal, era muy dependiente de su padre y de Sara, comía con voracidad, y gustaba de estar delante de una televisión cualquier cantidad de horas.

Dionisio lo miraba, lo besaba y lo acariciaba con una ternura desconocida para mí. Hasta cierto punto sentí envidia, porque no imaginaba a mi banquero padre haciendo algo así. Nadie en el mundo me había querido tanto.

Benítez lo llamó aparte.

—Lo que te voy a decir no tiene relación con la nobleza porque soy incapaz de semejante tontería. Cualquier cosa necesaria para complacer a Manolito, solo dímelo y no te limites por nada. Además, tú no conoces a nuestro generoso capitalista.

—Está bien, lo tendré en cuenta —y lo dijo con tanta emoción contenida que, en aquel momento, Dionisio era capaz de dejarse matar por Benítez.

En aquellos días, tuve la oportunidad de encontrarme a solas con Dionisio y la aproveché.

—¿Por qué mi jefe es así?

—¿Así cómo?

—Usted sabe, desalmado, desapasionado, lo ve todo con un cinismo escalofriante y otras cuantas cosas más…

—Mucha gente piensa que Benítez es un hijo de la gran puta y posiblemente todos tengan razón, pero en mi opinión, el odio es la clave. ¿Qué lo provocó? No lo sé, porque hasta donde sé, es un hombre sin pasado ni familia, nadie sabe de dónde salió. Detrás de ese caparazón, Benítez tiene momentos de humanidad enmascarada con un cinismo que lo dejan a uno pasmado, pero generalmente es el odio quien dirige sus acciones. Es como si un rencor reconcentrado en él alcanzara al mundo entero y muchas veces algunas de sus reacciones te dejan desconcertado, sobre todo cuando comprendes que no está molesto o indignado, sino actuando con un odio frío, a veces irracional. Te diré algo sobre esto, pero deberás guardarlo para ti, porque él es como una cajita de sorpresas y no quiero que te llames a equivocaciones.

—Me estás asustando.

—No, tranquila, no es algo como para asustarte —hizo una breve pausa—. Tengo la impresión de que, a partir de tu entrada en su vida, su carácter se ha suavizado un poco. No lo confundas con amor, porque no lo creo capaz de amar, es como si hubiera nacido sin esa capacidad, pero indudablemente, algo en ti le hace bien. Tal vez sea tu carácter independiente o contigo se ha encontrado con la horma de sus zapatos o al amigo que nunca tuvo o te estás convirtiendo en su Pepe Grillo, no lo sé, pero no te ve como a una persona hostil o como alguien de quien se debe cuidar o defender, y eso es algo muy importante que obra a tu favor.

Aquella conversación con Dionisio me dejó perpleja.

CAPÍTULO XIV

Al día siguiente, nos citamos con los familiares de Dov Mizrahi, la cuarta víctima de acuerdo con su orden cronológico. Miembros de la ilustre Gestapo le habían cortado la lengua y lo metieron en el campo de exterminio de Treblinka II, al noreste de Varsovia. En agosto de 1943, hubo una sublevación de prisioneros durante la cual mataron a unas decenas de guardias de las SS y escaparon alrededor de doscientos prisioneros. Solo unos pocos lograron sobrevivir y desaparecer, entre ellos el señor Mizrahi. De acuerdo con las estadísticas conocidas, los campos de Treblinka acumularon la mayor cantidad de asesinatos masivos en sus implacables cámaras de gas, obedeciendo al llamado *Plan Reinhard*, el propuesto por Heydrich para llegar a la "solución final" del problema judío.

Era una casa bastante grande, bien situada en Miramar, en la barriada del Biltmore. En su exterior se apreciaba la abundancia.

Fuimos recibidos con una cierta solemnidad por su esposa Ruth y su hija Rachel. En la casa había también un nieto de cuatro años revoloteando por todas las habitaciones y Rachel llamó suavemente a una sirvienta para que se hiciera cargo de él.

Una vez en calma, nos sentamos los cuatro en una suerte de recibidor, situado entre la sala y la biblioteca.

—Estamos a su disposición, señor Benítez —dijo Ruth agriamente—. Responderemos a sus preguntas de buen grado tal como nos pidió el señor Katz, pero usted y esta muchacha no van a resolver algo que quedó por encima de toda la parafernalia oficial de la Policía.

—¡Mamá! —exclamó Rachel como un reproche hacia su madre—. Es alguien más intentando resolver o comprender el porqué de estos crímenes.

—Al menos, la Policía no cobra por sus servicios —dijo Ruth belicosa.

—Y no le vamos a pedir un solo centavo a usted —interpuso Benítez con mayor acritud que su interlocutora poniéndose de pie—. Estamos tratando de hacer un trabajo serio, incluso puede ser peligroso para nuestras vidas y es cierto que nos pagan para eso, pero no nos dan una suma extra para soportar las majaderías ni las malcriadeces de una vieja amargada —y Benítez prosiguió hablando a tanta velocidad y en un tono tan alto y conminatorio que no le dio oportunidad a Ruth para contestarle—. Y si nuestra presencia le resulta tan desagradable, nos saltaremos el asesinato de su esposo y trataremos de resolver el problema investigando la muerte de los demás. Si negarse a hablar conmigo le amarga menos la vida, eso no nos va a reportar un solo peso de diferencia. Usted es la perjudicada, no nosotros. Y como por lo visto no somos bienvenidos, nos vamos. Susana, en marcha, no tenemos nada más que hacer aquí. Tengan buenos días.

Salimos de allí y dejamos a Rachel discutiendo fuertemente con su madre, diciéndose cosas que ya no eran de nuestra competencia. Benítez iba tranquilo, caminando con pasos seguros. Antes de alcanzar la salida, un sirviente nos abrió la puerta. No llegó a cerrarla, porque Rachel salió a toda prisa casi detrás de nosotros.

—Un momento señor Benítez, por favor.

Nos detuvimos.

—Desde la muerte de mi padre, ella está muy sensible, tiene los nervios a flor de piel y, además, es una persona que habla muchas veces sin pensar en las consecuencias de sus palabras.

—De lo cual ninguno de nosotros dos tiene la culpa ni razón para soportarlo. Si está o no sensible, es su problema, no el nuestro.

Si usted quiere hablar con nosotros, si tiene o cree tener algo importante para   decirnos sobre el asesinato de su padre, nos puede llamar a este teléfono y concertamos una cita en nuestro apartamento. Desde este momento le doy mi palabra de que nunca volveremos a este lugar. Buenos días.

Salimos en busca de nuestro auto. En el momento en que iba a sentarme detrás del volante, me pareció ver en la esquina siguiente a un hombre observándonos, fingiendo poca insistencia. Aquel hombre era blanco, rubio, de pelo crespo y estaba bien vestido. Sin quitarle los ojos de encima, con un tremendo erizamiento en cada uno los millones de pelos de mi cuerpo, me senté adentro despacio y sin volver a mirarlo, puse en marcha el Buick y salí rumbo a la esquina como el perro que tumbó la lata. Doblé sin bajar la velocidad, pero no vi al hombre rubio. Había desaparecido delante de mis ojos. Frené tan violentamente como había arrancado.

—¿Qué pasó, por Dios? —preguntó Benítez.

—Creí ver a un hombre rubio que nos observaba desde aquí y se correspondía con la descripción de Felipe.

—¿Está segura? ¿No se estará poniendo paranoica? —Lo miré de tal forma que agregó a toda velocidad—: retiro lo dicho —se quedó pensativo mientras echaba a andar el Buick de nuevo—. Si es nuestro hombre, debemos extremar el cuidado a partir de ahora. Ya está siguiendo nuestros pasos.

—¿Y eso es bueno o es malo?

—Las dos cosas. Por lo pronto, vamos a suspender por unos días la investigación. ¿Sentiría temor de dispararle a un hombre?

—No lo sé. Ya tuve varias veces el deseo de darle dos balazos a mi padre, pero eso era parte de mis alucinaciones de muchacha pobre y hambrienta. ¿Por qué me pregunta?

—Porque a partir de mañana le voy a enseñar cómo disparar un arma, por si acaso fuera necesario.

—¿Cree posible que ese momento llegue?

—No lo sé, pero es mejor prevenir. ¿Está dispuesta o no a aprender?

—Nunca está de más y no sé si tenga valor para disparar contra un hombre, pero sí creo tenerlo para aprender.

—¿Sabe por qué no la mando de vuelta para su apartamento? Porque si tuvo la audacia de tratar de perseguir a nuestro hombre y a una velocidad aterradora, debe tener suficiente coraje para seguir conmigo, pero no intente ser demasiado entusiasta, porque eso le puede costar la vida, no lo olvide. El valor es circunstancial y tiene su momento. Nunca trate de forzar la mano del destino. ¿Está bien?

—Le prometo cuidarme como una niña de quince.

—Tampoco hay que exagerar. La invito a tomar café en Las Vegas.

—¿En Nevada?

—No, en Infanta.

Apenas entramos al apartamento, sonó el timbre del teléfono. Rachel quería hablar con nosotros. Le dije que la podíamos recibir una hora más tarde. Benítez me dijo:

—No quería hablar con ella ahora. No tome decisiones por mí.

—Las tomo por mí, porque soy su asociada y tengo un cincuenta por ciento de derechos.

—Nunca le hablé de los por cientos de cada uno. Si sigue por ese camino, tendré que romper el trato.

Una hora después, Rachel estaba sentada delante de nosotros en la sala de nuestro apartamento, con una taza de café acabado de hacer en sus manos.

—¿Y bien? ¿Qué nos puede decir sobre la muerte de su padre?

—Como deben saber, la Policía hizo un peritaje y a partir de ahí hubo una investigación.

—Sí, tenemos el expediente de la Policía. ¿Hay algo que nos pueda decir y no esté contenido en ese file?

—Mi padre y mi madre estaban a un punto del divorcio cuando fue asesinado. Él era un buen hombre y siempre fue un buen padre, pero un poco promiscuo. Supongo que el hecho de estar mutilado por los nazis y tener mucho dinero resultaba atractivo para algunas mujeres.

—¿De dónde provenía la fortuna de su padre?

—Realmente, la fortuna era de mi madre. Es decir, la fortuna original. Se conocieron en Cuba, en la sinagoga a la que ella asistía. Él acababa de llegar de Europa, se enamoraron y se casaron.

—¿En qué fecha ocurrió eso?

—No soy hija de Dov —aclaró—. Mi madre era viuda cuando lo conoció. Había heredado la fortuna de mi padre y Dov la invirtió y la multiplicó, nos dio una buena vida y fuimos felices hasta que una mujer le nubló los sentidos.

—¿Sabe el nombre y la dirección de esa mujer?

—Sí, se lo traje anotado, aunque la puede ver en la factoría. Mi madre está muy resentida por su traición, y además adolorida por su muerte. Es una mezcla muy extraña de amor y odio al mismo tiempo —nos entregó la nota—. ¿Creen que Ana María pueda estar involucrada en su muerte?

—Pues no lo sabemos, lo vamos a investigar. ¿Qué sabe de ella?

—Muy poco. Es la administradora de las factorías de mi familia. Una mujer joven y llena de vida. Y muy eficiente en su trabajo.

—¿Dov había hecho testamento?

—No, pero, de todas formas, todo está a nombre de mi madre. Si lo mató, no pudo ser por interés económico. Muy por el contrario, probablemente ahora pierda su empleo. He logrado contener los impulsos vengativos de mi madre, pero no sé hasta cuándo será posible. Fui a la factoría y me pareció que ella también está muy afectada por la muerte de Dov. Le recomendé buscar otro empleo porque mi madre terminará despidiéndola y ella me dio pena.

—Su padre fue asesinado de un balazo en la nuca en la oficina de esta factoría.

—Así es. Era su oficina central. Tenemos otros establecimientos, pero esta era la casa rectora.

—¿Solo él usaba esa oficina?

—Sí, Ana María tiene su oficina contigua a la suya.

—¿Quién encontró el cadáver?

—Ella. Cuando llegó al día siguiente por la mañana encontró la puerta cerrada, pero tiene un cristal y lo vio desnudo con la cabeza tumbada sobre el buró. Abrió, vio que estaba muerto y llamó a la Policía.

—Ahora piense bien lo que le voy a preguntar. ¿Recuerda haber visto hablando con su padre o merodeando en los alrededores de su casa en los dos últimos meses a un hombre como de mi tamaño, blanco, rubio, probablemente de ojos claros?

—Sí —dijo después de meditar unos segundos—, una vez vi a un hombre así hablando con él en la acera, como un mes antes de su muerte. No me fijé mucho porque, aunque no podía hablar, Dov tenía muchos amigos. Era un hombre agradable y simpático.

—¿De qué forma se comunicaba con los demás?

—Siempre tenía pequeños blocks de notas a mano y escribía en ellos lo que quería decir.

—¿Hay alguna forma de que usted tenga a mano o pueda recuperar algunos de esos blocks?

—Lo intentaré. En la casa debe haber algunos y en la oficina tal vez haya otros.

—¿Su oficina permanece cerrada o alguien la ocupa ahora?

—Solo mi madre o yo o Ana María podríamos hacer eso y ninguna de las tres quiere entrar allí. Es como si esa oficina estuviera maldita.

—¿Fue muy revolcada por la Policía?

—En realidad no. Parece que no tenían mucho interés en trabajar.

—¿Puedo contar con su autorización o la de su madre para entrar en ella?

—Deme un papel y una pluma. En estos momentos, soy yo quien está a cargo de los negocios —nos hizo la autorización. Al retirarse, nos dijo—: Por favor, no juzguen demasiado severamente a mi madre. Ella tiene un carácter difícil, a veces seco, es bastante intransigente y a lo mejor fue eso lo que atrajo a Dov hacia Ana María. Como verán, es una joven dulce, pero mi madre no es una mala persona. Está muy dolida, eso es todo.

Esa noche nos reunimos con Dionisio, intercambiamos información y al final, Benítez le encargó que le consiguiera una pistola calibre 32.

—¿Vas a jugar a los cowboys con los niños del barrio? —preguntó con una sonrisa.

—Es para Susana, agrégale tres cargadores y tres cajas de balas.

—¿Y eso Susana? ¿Piensas comenzar la tercera guerra mundial?

—No, me estoy preparando para asaltar el banco principal de mi padre a punta de pistola —le contesté con la mejor de mis sonrisas.

Al día siguiente, nos personamos en las oficinas de la factoría. Tal como nos había dicho Rachel, Ana María era una muchacha amable, de un carácter suave, aunque evidentemente sabía cómo hacerse respetar. De lo contrario, no hubiera podido ocupar esa responsabilidad. Había sido avisada por Rachel de nuestra visita. Le preguntamos por el hombre rubio.

—Estuvo aquí dos veces para hablar con Dov. Según me dijo éste después, tenía entre manos un negocio ventajoso para los dos y Dov quería separarse de Ruth e independizarse económicamente. Me dijo que este hombre le ofrecía esa posibilidad, pero no pudo llegar a concretarla.

—¿Para casarse con usted?

—Sí. A mí no me importaba eso. Yo lo amaba con o sin dinero, pero… —se detuvo y se enjugó unas lágrimas que pugnaban por asomar a sus ojos.

—¿Reconocería al hombre rubio si lo volviera a ver?

—No lo sé, pero supongo que sí, aunque no le presté mucha atención.

—¿Puede abrirnos la puerta ahora?

—Sí, por supuesto.

La oficina estaba muy poco revuelta. Según el peritaje, no habían encontrado huellas dactilares. Sobre su buró había un libro abierto con una página arrancada. Benítez lo fotografió y continuó hurgando en el mueble, en tanto yo me mantenía al lado de Ana María en la puerta. No encontró ninguno de los blocks. Ella tampoco tenía ni conservaba alguno. No hicimos muchos hallazgos en aquel lugar. Una hoja arrancada de un libro, una joven agradable y eficiente, y un amor truncado por la bestialidad de un fanático asesino.

De allí nos fuimos a un campo de tiro en el Náutico, una instalación de mampostería del tamaño de cuatro habitaciones amplias, con aire acondicionado incluido y con el fondo dando al mar. Benítez resultó ser un maestro eficiente. Dos días después, me dolían las manos y en particular el índice derecho, pero llegué a tirar bastante bien. No era Gary Cooper, pero resulté ser una tiradora decente. Dionisio me tuvo que comprar otras tres cajas de balas.

CAPÍTULO XV

Al día siguiente de terminar mi breve entrenamiento, fuimos a visitar la tienda de confección de ropa masculina del señor Samuel Gadles, situada en la Manzana de Gómez, cuyo frente daba hacia la calle Monserrate. Nos entrevistamos con Rolando Garcés, el jefe de los sastres de la tienda.

—¿Qué uso le van a dar ustedes a las informaciones que yo les pueda proporcionar? —preguntó cauteloso.

—¿Se refiere a si las vamos a hacer públicas o las comentaremos con la familia de la víctima? No. No queremos perjudicar a nadie. Solo nos interesa poner en claro su muerte. Si lo que usted nos diga nos resulta útil, pues felicidades. No nos sirvió, felicidades igual, pero no la vamos a comentar con nadie, a menos que nos autorice a hacerlo por alguna razón determinada. Ahora, una vez aclarado esto, ¿qué nos puede decir?

—Había un cliente que hablaba directamente con él por teléfono. Este individuo nos encargó veinte trajes de cuatro tallas diferentes. Le dijo que era un productor de televisión y necesitaba estas piezas para una película que iba a realizar.

—¿Cómo hizo para que éste no desconfiara de un juego sucio?

—Envió a un joven con un cheque por mil pesos. Era un adelanto solicitado por Gadles. La noche del asesinato, él nos liberó temprano porque se quería encargar personalmente de finalizar la negociación. Ya estaban hechos los veinte trajes, el supuesto cliente vendría a buscarlos con un transporte y le liquidaría el resto del adeudo.

—Y lo que recibió fueron dos balazos en el pecho, ¿es así?

—Sí, es así. Quería asegurarse de que nosotros no conociéramos el verdadero monto de la venta porque eso aumentaría nuestro porciento en el pago mensual. Su avaricia le costó la vida. Desconfió de nosotros y no de su falso cliente.

—Entiendo. ¿Dónde cayó?

—Allí, en el medio de la tienda.

—¿Desnudo?

—No, estaba completamente vestido.

—¿Usted vio el primer cheque?

—Fui yo quien lo recibió. Era al portador y el fondo giraba contra el banco Cortés.

Benítez y yo nos miramos. Fingí dar una vuelta por las mesas donde estaban en exhibición los distintos rollos de tela.

—¿Recuerda la fecha?

—Una semana exacta antes del asesinato.

—Gracias Rolando. Usted nos ha resultado muy útil. Nos vamos Susana.

Cuando salimos de allí, Benítez decidió ir conduciendo.

—¿Lista para entrar en el banco?

—Usted es el jefe, y el que paga manda —contesté como si no me importara el asunto.

Al llegar preguntó por el señor Pastrana y le dio su nombre al encargado de sala. Pastrana salió a los dos minutos. Venía sofocado, como si hubiera hecho el camino corriendo. En realidad, solo era la consecuencia de su miedo al nuevo encuentro.

—Buenas tardes, señorita Susana —le contesté con un asentimiento—. ¿Ocurre algo, señor Benítez?

—No, tranquilo señor Pastrana. Tenemos un problema vinculado con un asesinato y con su banco y nos gustaría que nos brindara una pequeña información.

—Usted dirá.

Benítez le explicó y le dijo que precisaba saber a nombre de quién estaba esa cuenta y a quién pertenecía esa firma. El rostro de Pastrana se fue ensombreciendo con cada palabra de Benítez.

—Esa es una información que ningún banco puede dar. Usted debe saber esto. Se podría hacer, pero solo como excepción, por una causa muy justificada y con una autorización del más alto nivel.

—Tengo esa autorización del ministro de Gobernación —le enseñó la carta que desde los comienzos siempre llevaba consigo.

—Y con la aprobación del presidente del banco, el señor Cortés —añadió con una voz dos tonos más bajos de lo normal.

—¿Puede hacernos el favor de transmitirle nuestro pedido?

—Puedo hacerlo, pero estoy seguro de cuál será el resultado. Y supongo que usted también lo sabe. Con permiso.

Benítez se quedó pensativo viendo cómo Pastrana se alejaba rumbo al elevador. Tomó un pequeño papel de una mesa del banco, escribió y me lo alcanzó.

—Por favor, dígale al señor Katz que lo necesito con urgencia en este lugar por un asunto muy necesario para nuestra investigación. Su vivienda está a menos de dos kilómetros de aquí.

Me alejé un poco hacia donde estaban los teléfonos situados por el banco para uso de los clientes y llamé. Estaba muy preocupada, porque conocía bien a mi padre. Él vendría en persona cuando nos hiciera esperar unos minutos, porque nada le daría más gusto que restregar en la cara de Benítez un no tan rotundo como las paredes de piedra del banco. Colgué, me acerqué a mi jefe y asentí.

—Póngase a más de un metro detrás de mí, Susana.

Tal como había pensado, mi padre bajó a los cinco minutos, con paso lento y tranquilo. Se detuvo a un metro de Benítez con una amplia sonrisa de placer. Ni siquiera se dignó a echarme una mirada, aunque fuera despectiva o venenosa.

—Me da mucha pena no poder acceder a su petición, mi estimado señor Benítez.

—En el caso de que otro judío sea asesinado, usted puede ser acusado de complicidad o de obstrucción de la justicia —dijo mi jefe provocativo.

—Me importa una mierda si matan a todos los judíos de este mundo —declaró con toda la carga de arrogancia de que era capaz, pero lo dijo suavemente, sin alterarse, para darle mayor énfasis a sus palabras—. Mi respuesta sigue siendo no —miró hacia atrás a un guardia de seguridad tan grande y corpulento como un boxeador de peso completo—. ¡Sácalo de aquí como sea!

El guardia no vio en qué momento apareció una pistola en la mano derecha de Benítez, que la manipuló y lo detuvo en seco. Con mucha calma, aunque en voz alta, le dijo:

—Si llego a sentir tu respiración, te voy a dejar inválido para el resto de tu puta vida. Y estoy seguro de que este hijo de la gran perra no te va a mantener.

Los cajeros detuvieron las operaciones y los clientes se volvieron para ver de qué se trataba todo aquello que alteraba el orden sacrosanto que debe reinar en cualquier banco respetable. En ese momento, Israel Katz llegó al lado de Benítez.

—¿Qué sucede señor Benítez?

—Necesito una información de este banco sobre el asesino de Samuel Gadles, pero este buen señor Cortés nació con un apellido equivocado y no solo se niega a dármela, sino además se ha limpiado el trasero con la carta del ministro y también afirma, y lo cito literalmente, que le importa una mierda si matan a todos los judíos de este mundo. Además, me ha obligado a sacar esta pistola porque me ha amenazado con echarme a la calle a patadas por ese guardia de seguridad.

—Conque a usted no le importa si matan a todos los judíos de este mundo —se volvió hacia mí—. Señorita por favor, comuníquese con mi hijo Isaac y dígale de mi parte que localice a todas las personas de mi pueblo que tengan sus ahorros en este inmundo lugar y procedan a cambiarlos de banco inmediatamente —volvió sus ojos hacia Cortés—. Y usted, ordene ahora mismo el traslado de mi cuenta para el *National City Bank*. Esa afirmación racista y criminal le va a costar unos cuantos millones, señor Cortés. Puede guardar esa pistola Benítez. Ver un arma me pone nervioso.

—Un momento señor Katz —dijo mi padre con una humildad desconocida para mí y el color de su rostro había bajado al menos dos tonos—. Es cierto que dije lo que afirma este bastardo, pero como usted sabe, entre él, esa maldita muchacha y yo hay un montón de diferencias irreconciliables. Lo dije al calor de la discusión y no debe tomarlo en cuenta. Usted y los suyos siempre han sido muy buenos clientes y me disculpo por haber hablado sin pensar.

—¿Qué debo hacer, señor Katz? —pregunté.

—Lo que le dije —reiteró el señor Katz muy indignado—. Ningún malnacido puede desear la muerte de mi pueblo impunemente. Los asesinatos se pondrán en claro en algún momento, pero mi dinero y el de los míos no van a estar en este lugar ni un segundo más.

—Espero que usted sea más razonable la próxima vez, mi querido suegro —declaró Benítez con una sonrisa perversa—. Nos vamos, mi amada Susana. Despídame del pobre Pastrana, señor Cortés.

Como se podrán imaginar, mi padre echaba más humo por todos sus poros que un barco del Mississippi por la chimenea. Un minuto después, los dos estábamos fuera de allí. Katz se quedó para ultimar los detalles de las transacciones.

Antes de poder pronunciar una sola palabra, Benítez se apresuró a aclararme.

—No se tome al pie de la letra las estupideces que dije allá adentro. Solo fueron dichas para molestar a su ex padre.

—No se preocupe querido jefe, yo nunca me he tomado en serio las estupideces.

Benítez sonrió, arranqué el Buick y partimos.

CAPÍTULO XVI

Al salir del banco, nos dirigíamos hacia el apartamento del Vedado, cuando ocurrió uno de los hechos más imprevistos de toda esta historia.

Como estábamos a menos de una cuadra, iba conduciendo a una velocidad menor, casi en punto muerto. De pronto, vimos con horror como dos individuos golpeaban a Sara y la dejaban tendida en la acera gritándoles obscenidades a los atacantes que estaban metiendo a Manolito en el asiento trasero de un auto con un fuerte empellón y casi de cabeza. A toda prisa, se montaron y partieron cuando ya nos faltaban unos veinte metros para llegar a ellos.

—¡Sígalos Susana, no podemos dejar que se nos pierdan! —exclamó Benítez mientras el Buick comenzaba a ganar velocidad como si tuviera vida propia.

Los secuestradores se llevaron el semáforo de Línea y Malecón al comprender que eran perseguidos y hundí el pedal del acelerador hasta el fondo para no usar el claxon y alterar lo menos posible a los otros conductores y transeúntes. Mientras iba aproximándome al Chevrolet de los secuestradores, Benítez abrió la guantera, sacó de allí su pistola y la manipuló. Aquel Chevrolet estaba en buen estado, pero no podía competir con el Buick y fui reduciendo la distancia hasta que logré emparejarlos cerca de la inmensa roca del Hotel Nacional. Sus ocupantes nos miraron uno con furia y el otro con preocupación. El acompañante sacó una pistola, pero giré hacia mi derecha y se vio obligado a cubrirse del golpe.

Los adelanté más de medio vehículo y lancé un corte violento contra su guardabarros izquierdo, interponiendo el Buick. Logré que el Chevrolet se desviara y acelerando violentamente, lo hice subir por el contén y deslizarse por encima de la acera obligándolo contra la mole, aunque el golpe principal lo recibiríamos nosotros, porque íbamos a quedar entre el auto de ellos y la enorme roca. Mi propósito era cerrarles la salida para que no pudieran escapar de allí. Ambos frenamos al mismo tiempo y quedamos como a noventa grados uno del otro y contra la piedra.

El conductor sacó un arma de la sobaquera y la dirigió hacia atrás para dispararle a Manolito o para amenazarnos y hacer que nos retiráramos, pero Benítez se bajó al mismo tiempo y sin averiguar mucho, le disparó en el pecho casi a quemarropa.

El otro ocupante se bajó pistola en mano, pero después de titubear, echó a correr. Sin pensarlo, salí del auto dando un tirón a mi cartera y fui corriendo detrás de él mientras sacaba mi pequeña pistola y tiraba la cartera. El hombre era algo corpulento y fui reduciendo la distancia. Le grité que se parara y se volvió para tirarme. Puse una rodilla en la acera y le disparé cuatro veces como a doce metros de distancia. Cayó y soltó la pistola que rodó por la acera un metro más allá. Intentó recuperarla, pero ya Benítez estaba encima de él y lo golpeó dos veces con su pistola en pleno rostro con su fría expresión habitual, pero con todos los músculos contraídos. El hombre tenía una herida de bala en una pierna y el rostro ensangrentado. Benítez lo levantó por los pelos con una mano y a punta de pistola comenzó a empujarlo hacia donde estaban los autos.

Me levanté, recogí la pistola del secuestrador y mi cartera y fui cojeando ligeramente hasta alcanzar a Benítez. Me había limado la rodilla derecha con la acera y me sangraba un poco. En el Chevrolet, Manolito estaba encogido en posición de decúbito supino y gritaba y lloraba sin consuelo. Varios autos y un ómnibus se detuvieron a mirar.

—Susana, abra el maletero del Buick —ordenó Benítez. Lo hice y metió al secuestrador adentro a empujones, pistoletazos y patadas por el trasero. Luego fue al Chevrolet y sacó a Manolito con mucha delicadeza.

—Todo está bien —le decía casi con un susurro—. Todo está bien, no pasa nada, ahora te voy a llevar con Sara y con tu papá.

Manolito se le abrazó y luego de titubear por un momento, Benítez respondió a su abrazo. Así lo fue conduciendo hacia nuestro Buick y lo hizo sentar en el asiento trasero, pasó una mano sobre la cabeza del muchacho y cerró la puerta. Me senté al volante y esperé a que Benítez retirara la pistola del chofer y le tomara varias fotos, así como al auto en distintos ángulos.

—¿Todavía funciona el cacharro?

—Sí —dije encendiendo el motor—. Esto es un tanque de guerra.

—Vámonos de aquí antes de que llegue la Policía y nos eche a perder la fiesta —dijo resoplando con la respiración agitada—. Voy a hacer ejercicios en cuanto pueda. Me estoy volviendo un viejo de mierda.

Esos comentarios un tanto frívolos estaban encaminados a evitar cualquier alusión mía acerca de ese momento de debilidad paternal con Manolito, o al hecho de que acababa de matar a un hombre. En realidad, yo también sentía deseos de darle un abrazo. Después de todo, como se dice comúnmente, aquel perro no era tan fiero como demostraba.

Llegamos al edificio y Benítez decidió subir primero con nuestro prisionero ya esposado para tranquilizar a Dionisio y a Sara, y Manolito y yo lo haríamos después. También debía ocultar al asaltante, porque estaba en un deplorable estado físico.

Dionisio estaba en su apartamento. Él había llegado casi inmediatamente después, recogió a Sara y no se movió de allí porque ella vio que nosotros íbamos en persecución de los secuestradores.

—¿Qué vas a hacer con este muchacho? —le preguntó a Benítez señalando al secuestrador y haciendo un visible esfuerzo para no tundirlo.

—Le voy a aplicar el tercer grado para que me diga quién le pagó para hacer esto —el hombre lo miró preocupado.

—Si me lo entregas, te garantizo que con mi cuarto grado me va a decir hasta cuántos berridos dio cuando le dieron la primera nalgada. Y si decide no hablar, lo llevaré por toda la escala estudiantil hasta graduarlo en la universidad con diploma de oro. Además, me lo debes.

—Eres muy convincente. Es todo tuyo —miró al hombre con una sonrisa maligna—. Él es el padre del muchacho que ustedes querían secuestrar —el hombre miró a Dionisio muy preocupado, con un destello de temor—. Llévatelo, pero antes de comenzar tu conversación con este fulano, llama a cuatro de tus amigos más temibles para que se conviertan en la sombra de Manolito y de Sara desde ahora y hasta el final de esta historia. Y te repito: no te limites por el precio.

—Se hará como tú digas. Ahora llévate a Manolito y a Sara para tu apartamento. Te aviso cuando haya terminado con este comemierda.

—Susana, debemos tener una conversación.

—Jefe, me he ganado un baño más esmerado que de costumbre y una buena cura para mi rodilla limada. Es una lástima que aquí no haya una lata de galletas.

—¿Quiere que la bañe con Manolito y Sara aquí adentro? Usted se está convirtiendo en una versión femenina de Akiva —dijo con una sonrisa maliciosa fingiendo escandalizarse.

—No sea tan pretencioso. Solo estaba pensando que sería muy placentero bañarme sentada, eso es todo. Cuando me haya quitado todo el churre, le avisaré para tener esa conversación. Hasta más ver —y comencé a preparar mis cosas para bañarme.

Una hora más tarde, recibimos la desagradable visita de Mendoza, acompañado por otros dos individuos tan mal encarados como él, que irrumpieron pistolas en mano. Sara les abrió la puerta, Mendoza la hizo a un lado con un manotazo que casi la derriba y procedió a la invasión de nuestro apartamento. Benítez salió de su habitación al escuchar el grito de Manolito que intentó agredir a Mendoza para proteger a Sara. Mendoza también lo echó a un lado con un manotazo.

Benítez recogió a Manolito que había caído al suelo y tomó a Sara por una mano. Los cubrió con su cuerpo. Salí casi detrás de mi jefe con una bata de casa un tanto vaporosa y esto logró detener momentáneamente a Mendoza y sus compinches.

—Usted y su secretaria están detenidos por el asesinato de Fermín Carrasco en la Avenida del Malecón. Y les recomiendo dos cosas: la primera, no se les ocurra resistirse y la segunda, me entregan de inmediato al acompañante de Fermín, que fue secuestrado por ustedes después de que esta… señorita —y lo remarcó con mucha ironía— le diera al menos un balazo durante los hechos. No se preocupen por vestirse, se van presos así mismo como están.

En ese momento, Dionisio apareció muy silenciosamente a espaldas de Mendoza, le puso un enorme Colt 45 en la nuca y lo amartilló —les confieso que ese sonido es impresionante y me pone la carne de gallina.

—Esta ha sido tu peor idea del día —dijo con un tono sereno y me sobrecogió, porque pensé que los sesos de Mendoza iban a caer en mi cara—. Benítez, recoge la ferretería y dime qué vamos a hacer con estos tres fulanos.

Benítez se adelantó a recoger las armas, y cuando sacaba la de Mendoza de la sobaquera, se sonrió a dos palmos de su cara.

—Ese es mi gran problema, Mendoza. ¿Qué voy a hacer contigo?

—Esta vez no te vas a salir con la tuya. Sé que tienes secuestrado al otro, herido y sin atención médica y eso es un delito mayor. Te has negado a entregármelo, me estás apuntando con un arma y... —Mendoza se detuvo abruptamente.

—¿Y...? ¿Qué ibas a decir? ¿Que un oficial de la Policía, el jefe del departamento de Homicidios se ha dejado quitar su pistola reglamentaria, algo severamente sancionado por el Código? Sé que siempre llevas un pequeño revólver en tu tobillo derecho. Si lo sacaras, tendría una justificación para volarte los sesos, aunque esta habitación se llene de la mierda que tienes dentro. ¿Sabes cuál es uno de tus mayores problemas, Mendoza? Eres tan transparente que das asco —sin mirarme, dijo—: Susana, llame de inmediato al ministro. En este momento debe estar en su casa.

En tanto buscaba el número de teléfono, el rostro de Mendoza comenzó a transfigurarse y Benítez lo disfrutaba como si fuera un niño debajo de una piñata llena de caramelos.

—Buenas noches. Por favor, el señor Daniel Benítez necesita hablar con el ministro. Sí, es muy importante. Es por un encargo que le hizo el señor Israel Katz.

Cuando tuve al ministro en el teléfono, se lo pasé. Sin dejar de apuntar al pecho de Mendoza, le dijo al alto funcionario:

—Soy Daniel Benítez, señor ministro. El señor Israel Katz me entregó un documento firmado por usted, donde me da completa libertad para aclarar los asesinatos cometidos contra los judíos —hubo una pequeña pausa—. La carta dice que nadie de la Policía puede entorpecer mi trabajo. ¿Usted mantiene lo expresado en ese documento? —nueva pausa—.

Pues según parece, el capitán Mendoza no siente mucho respeto hacia usted, porque conociendo esa disposición suya, se ha presentado en mi apartamento, lo ha invadido a punta de pistola con otros dos individuos y pretende llevarnos detenidos a mi secretaria y a mí —nueva pausa—. Si estoy hablando con usted en estos momentos, es porque los hemos desarmado a los tres. Sí, ministro, tengo en mis manos las armas de los tres y, como usted sabe, eso es una falta muy grave.

Mendoza tenía los puños tan apretados, que casi estaban alcanzando un color violeta intenso. Benítez escuchó unos instantes y asintió.

—Le solicito lo siguiente con todo respeto: que usted se ponga en contacto con el teniente Mario Díaz en la Unidad de Picota. Él se puede ocupar de estos tres oficiales y a partir de ahora servirnos de puente. Por mi parte le prometo que, a través del teniente Díaz, le haré un informe bien pormenorizado de todo lo que he averiguado y de todo lo acontecido hasta este momento. Pero lo más importante es que me quite de encima a este capitán Mendoza. ¿Puedo contar con eso? —pausa— Le agradezco mucho esa decisión. Sí, se lo paso y espero la llegada del teniente.

Benítez acercó el teléfono hasta donde estaba parado Mendoza y le brindó el manófono con una sonrisa venenosa.

—El ministro quiere hablar contigo.

—Sí, dígame señor ministro —dijo respirando más aceleradamente—. ¿Cómo dice? ¡Usted no puede hacerme eso! ¡Usted no sabe...! —sus protestas fueron cortadas por la voz del ministro. No entendía lo que le estaba diciendo, pero sí me llegaban los gritos que le estaba dando—. No, no, claro, estoy a sus órdenes.

Benítez le arrancó el manófono de la temblorosa mano y colgó.

—Ahora pónganse los tres contra esa pared. No creo que ninguno de ustedes tenga todavía algún deseo de ponerse chistoso, pero por si acaso, los voy a esposar. Ojo Dionisio.

Mi jefe les fue sacando las esposas y se las colocó uno por uno a la espalda entrelazando los brazos de los tres. Luego los hizo sentar en un sofá, los tres juntos, Mendoza en el medio.

—No creas que esto se va a quedar así —dijo con una mueca vengativa—. Te arrancaré el pellejo a tiras.

—Ahora quiero que todos salgan de aquí. Déjenme solo con el trío de Los Panchos.

Yo me retiré hacia el interior para ponerme una ropa presentable y poder oír. Desde la puerta de mi habitación, podía ver todo con mucha discreción. Benítez sacó un pequeño revolver calibre 32 del tobillo de Mendoza y comprobó que estaba cargado.

—Supongo que este revólver no debe estar registrado. Por lo tanto, si te doy un balazo con él nadie me puede culpar. Me quisiste sorprender, lo sacaste de tu pierna, me apuntaste, peleamos por él, se escapó una bala y fue a parar... a ver, ¿dónde? Lo más verosímil sería en tus entrepiernas.

Benítez agarró a Mendoza por el cuello fuertemente con la mano izquierda, casi le incrustó la cabeza en la pared y metió el cañón del revólver entre las piernas del capitán.

—Tú no te atreverías —dijo Mendoza sudando miedo—. Tú no estás tan loco. Ya el ministro sabe...

—Él sabe que les quité sus armas, pero esta la llevabas oculta.

Benítez disparó y el cuerpo de Mendoza saltó en el asiento con un aullido de dolor, prácticamente levitó. Dionisio vino a toda prisa a ver qué pasaba. Mendoza se retorcía halando a sus dos acompañantes como si tuviera el Mal de San Vito y no gritaba, simplemente rugía.

—No te preocupes, solo le he pelado un poco el culo y no se podrá sentar por lo menos en un mes. Quédate aquí vigilando. Por cierto, me imagino que tu amigo no habló.

—No. Estoy seguro de que no sabe nada.

—¿Logró sobrevivir a tu cuarto grado?

—Pasó por la prueba con notas de sobresaliente con lágrimas, mocos, pucheros, juramentos y unos cuantos etcéteras. Te aseguro que no sabe. El otro hizo el contrato y ni vio al contratista.

Una media hora después, el teniente Díaz llegó a nuestras dependencias. Saludó a Benítez y me hizo una leve inclinación de cabeza, dando a entender que me recordaba. Le devolví el amable saludo de la misma forma.

—El ministro me puso a tu entera disposición y me dijo que mi primer trabajo era meter a estos tres en una celda hasta tanto tú termines de hacer una investigación. No me dio más detalles, ni yo se los pedí.

—En realidad son cuatro. El otro está en el apartamento de al lado un poco herido y chamuscado. No te va a dar ningún trabajo. Supongo que no viniste solo.

—No, traje a mis dos gorilas favoritos. Están en el pasillo esperando órdenes y con ganas de pelear con cualquiera y buscarse unos pesos.

—Eso va por mí y estoy en situación de ser espléndido con los tres, no te preocupes. Luego te paso un informe con las cosas que debes saber.

Ambos gorilas no pudieron contener la risa cuando vieron el trasero ensangrentado de Mendoza, que les echó una mirada asesina.

Quince o veinte minutos después, el ambiente había quedado en calma y Sara se dedicó a la limpieza de todo lo que se había ensuciado o roto. Habíamos llegado al final de un día interminable. Esa noche dormí nueve horas sin interrupción. Cuando me desperté, había una lata de galletas a la entrada de mi baño y pensé que podía ser un buen augurio para comenzar el nuevo día.

CAPÍTULO XVII

Cuando terminamos de desayunar, Benítez llamó a Dionisio y se incorporó con nosotros en la mesa.

—Ya llegaron los dos primeros amigos que van a ocuparse de la seguridad de Manolito y de Sara. Conocen su tarea y están bien preparados —hubo una pausa y comenzó a hacer una bolita como distraído con algunas migas de pan que habían quedado sobre la mesa—. Ayer no te di las gracias.

—Y ni siquiera lo intentes. Me parece que ha resultado ser una buena idea traerlos para acá. Mira Dionisio, esos tipos atacaron a tu hijo con el único objetivo de frenar la investigación. Ese lamentable incidente de ayer significa también que el asesino está preocupado porque nos estamos acercando a él.

—Hasta donde yo sé, nunca habías matado a un hombre —dijo Dionisio con voz queda sin mirarlo.

—Siempre hay una primera vez para todo. Susana vio a ese hombre con intenciones de matar a tu hijo, no podía detenerlo de otra forma y no me molesta haberlo hecho —desvió a propósito la conversación—. Por cierto, Susana, ayer me di cuenta de que usted se dio tremendo banquete con el gatillo.

—En ese momento pensé que era una mezcla de Annie Oakley con Bonnie Parker.

—Debería regañarla por haberse arriesgado de esa forma, pero en realidad me alegra porque no se acobardó en un momento tan difícil, sin embargo, la carrera por el Malecón me hizo pensar que iba a dejar el pellejo en la calle y recordé las pocas oraciones que me logré aprender cuando era niño.

—No se ponga sentimental porque eso me decepciona. ¿Qué vamos a hacer hoy?

—Nosotros iremos a la casa de Jacob Finkelstein y Dionisio continuará con la limpieza de los inmigrantes. El hombre que conocemos como sospechoso tiene todas las trazas de ser un ario puro.

—¿Se ha dado cuenta de que mañana harán trece días del último asesinato? —le pregunté.

—Sí, lo sé y le aseguro que en solo quince días hemos adelantado muchísimo. Esta mañana hablé con Katz. A partir de ahora, todos los que tengan un negocio, una fortuna, o cualquier cosa por el estilo, se deben cuidar de cada contacto que hagan con desconocidos y hasta con conocidos. Si hacen caso, tal vez se pueda romper la cadena del asesino.

—¿Pero por qué ese ensañamiento con los que tienen dinero?

—Porque esa idea era la que respaldaba la estrategia de Hitler. No era tanto contra los judíos por sí mismos como por su poder económico. En mi opinión, un día concluyó que el racismo era el medio ideal para desatar una guerra económica e ideológica, y casi todos sus seguidores llevaron esa funesta idea hasta las últimas consecuencias, la mayoría convencidos de que acabar con los judíos era como desatar una especie de guerra santa. Era arrancarles el poder económico para sustentar los enormes gastos de su lucha contra el mundo, porque no lo dude, su verdadero y único fin demencial era apoderarse del mundo. Esa sola arista de la conflagración costó millones de vidas. Fue la obra de un loco y nuestro asesino tiene dentro la semilla de su maldad y de su locura, puede estar convencida de eso. El dinero es poder y el poder se alcanza casi siempre con dinero. Por eso su padre es tan poderoso. Tanto a usted como a mí, intentó doblegarnos por medio de su poder económico.

La casa de Finkelstein era un chalet situado en el reparto Mañana, en las afueras de Guanabacoa. Era enorme y amplia, pero no todo lo lujosa que debería ser la vivienda de uno de los hombres más ricos de Cuba y cuyos negocios abarcaban varios renglones importantes de la economía, y muy en especial, el del tabaco. Tenía intereses en la exportación de azúcar y algunos inmuebles diseminados por la geografía cubana, en particular en la urbanización de un nuevo plan llamado Víbora Park, situado entre las zonas de La Víbora y La Palma.

Era un hombre acostumbrado a moverse mucho, a pesar de sus cincuenta y ocho años de edad. Hasta donde sabía el señor Katz, no tenía ningún tipo de vínculo con las víctimas anteriores, ni siquiera las religiosas, porque al lado de su casa había construido su propia sinagoga, a la que asistía todos los domingos, cuando estaba dispuesto a honrar a sus ritos y sus antepasados. Un rabino venía a oficiar cuando quedaba libre de su propia comunidad. Su amplia familia había sido formada en estas creencias y cuando él no se encontraba, su esposa regía con mano de hierro sobre los demás. Más que amarlo y respetarlo, Neta veneraba a su esposo. Él la había sacado de las garras de los nazis quince años atrás y la trajo a Cuba, para vivir en paz y con seguridad.

Ahora su amado Jacob estaba muerto por la mano de algún loco que no tenía idea de la clase de hombre que era y Neta estaba furiosa y ansiosa de venganza.

Nos recibió en el portal de su casa, un lugar muy fresco y donde corría una suave brisa, luego de ordenar a la familia que se mantuvieran dentro y no molestaran su conversación con nosotros. Le abrió fuego a Benítez antes de que este pudiera articular una sola palabra.

—Sé perfectamente quién es usted y quién es su acompañante. En cuanto fui informada de que ustedes se harían cargo de la investigación, le pagué una generosa suma a uno de los mejores detectives de La Habana para tener un informe completo de su persona.

—¿Por qué no contrató a este detective para investigar la muerte de su esposo? —preguntó Benítez haciendo caso omiso del evidente ataque de la todavía joven Neta.

—Lo intenté, pero me dijo que él no se dedica a los casos criminales. Y aunque le ofrecí una cantidad muy tentadora, él declinó. En mi opinión tiene miedo de llegar a encontrar a la persona o personas que están perpetrando estos asesinatos. Recibí la misma respuesta de otros tres.

—¿Podemos hablar ahora de las circunstancias que concurrieron en la muerte del señor Finkelstein?

—Antes de entrar en esos detalles, quiero ofrecerle un millón de dólares por la cabeza del que mató a mi marido.

Puse mi mejor cara de inocencia cuando escuché aquella cantidad. Por un millón de dólares hasta yo estaba dispuesta a despellejar vivo al asesino. En cambio, mi jefe replicó con suavidad:

—No se preocupe por eso, señora Finkelstein. El señor Israel Katz me paga una apreciable cantidad por encontrar al culpable. Si lo consigo, pienso ponerlo a disposición de mi empleador. Si usted quiere negociar su muerte con el señor Katz, no me voy a oponer, no es mi problema. Mi trabajo es entregarlo y alguna otra persona se encargará de matarlo, si ese es el destino final reservado para él. Soy un investigador, no un vengador público y espero que no se lo tome a mal.

—No me lo tomo a mal, pero igual podemos seguir negociando. Usted no quiere matarlo porque no es su problema, no ha sido lastimado por este criminal, está bien, lo comprendo, pero aún puedo ofrecerle esa misma cantidad por la información de su identidad. Nadie lo matará por mí, estoy dispuesta a ejecutarlo yo misma.

—Lo pensaré, es una buena proposición y no la voy a echar en el olvido. Ahora quiero que hablemos sobre la muerte de su esposo. ¿De acuerdo?

—Adelante, pregunte —dijo la decidida Neta.

—De acuerdo con nuestra información, ese día su esposo estaba en una plantación tabacalera en Pinar del Río. ¿Es así?

—Sí, él me dijo que iba a dar ese viaje y regresaría un poco tarde.

—¿Quién descubrió el cadáver?

—Yo. Su cuerpo fue dejado desnudo en la acera, pegado a ese muro —y señaló hacia el muro que limitaba la casa de la acera—, recibí una llamada anónima y me dijeron que lo podía recoger en ese lugar.

—¿Qué hora era? Más o menos.

—Un poco más de las ocho de la noche. Hacia las ocho y media.

—¿Nadie sintió el motor del automóvil que lo trajo?

—No. Este es un lugar bastante solitario, sobre todo de noche, y la gente se recoge temprano o no se mete en lo que no le importa.

—¿En su casa tampoco?

—Mi hija sintió el motor de un auto, pero no era el de Jacob y, además, no es extraño que de vez en cuando transite algún vehículo por aquí.

—En el expediente dice que el auto fue encontrado a la entrada de Mariel, un policía lo trajo y lo dejó frente a la casa.

—Así fue. Una entrega impersonal.

—¿El auto fue peritado por la Policía?

—No que yo sepa.

—¿Dónde está ahora?

—Ahí en el garaje. Es el Cadillac parqueado en la parte izquierda.

—¿Sabe si en esos últimos días sucedió algo anormal, que lo hiciera salir de la rutina de los negocios?

—No que yo recuerde. Además, Jacob no era un hombre rutinario, no se ataba a horarios ni a costumbres. Sí le gustaban las cosas en su lugar, pero, por ejemplo, si alguna razón bien justificada no le permitía asistir a las actividades de la sinagoga, ésta no debía alterar por su causa el horario establecido ni admitía que fueran suspendidas por su ausencia.

—Durante los últimos dos meses, ¿recuerda haber visto a un hombre joven, alto y rubio en la casa o fuera de ella o haciendo cualquier tipo de contacto con su esposo? Piénselo bien, porque es importante.

—¿Esa es la descripción del asesino?

—Suponemos que el asesino sea más o menos así —precisó Benítez evasivamente.

—No, no recuerdo haber visto a alguien con esas características. De todas formas, mi Jacob se relacionaba con cientos de personas por los negocios, tenía muchos trabajadores y trataba de no tener muchas amistades, pero si las aceptaba, debían convencerlo con sus actos de que valían la pena.

—¿Algún detalle de algo que él conversara con usted y le haya parecido curioso o extraño?

—No —respondió después de pensar por unos instantes—, pero si recuerdo algo le prometo hacérselo saber.

—Bien. ¿Podría ver el automóvil ahora?

—Sí, claro —fue hasta la puerta que conducía a la sala y estiró la mano. De algún lugar de la pared interior tomó unas llaves y nos precedió hasta el garaje.

Abrió la cerradura y Benítez tiró de la puerta. Ésta se deslizó con suavidad hacia atrás a través de unas cajas de bola bien engrasadas. Ante nosotros quedó expuesta su majestad, un

Cadillac El Dorado de 1954, el último de los conocidos popularmente como "Cola de Pato", convertible, de dos puertas, y al ser tan rabiosamente rojo lo convertía en un automóvil inconfundible. A través de él, comprendí que el señor Finkelstein era una persona a tono con los tiempos y con ilimitadas posibilidades económicas. Solo había visto la foto de su cadáver hecha por un mediocre fotógrafo de la Policía. Tenía el rostro contraído, pero, aun así, se veía un hombre razonablemente atractivo, si bien ese atractivo crecía con algunos millones y un auto como éste.

Benítez examinó exhaustivamente el auto de una punta a la otra, abrió el maletero y la capota.

—No fue aquí donde lo mataron. Según los peritos de la Policía, fue gaseado con monóxido de carbono y aquí no hay rastros que indiquen una ejecución de ese tipo. En este caso debió ser obligatoriamente en el maletero. No, su esposo fue interceptado de alguna forma en la carretera, sacado sin violencia de aquí y asesinado después.

—¿Eso quiere decir que bajó de buen grado porque conocía al hombre que lo detuvo? —pregunté.

—Es una posibilidad —me contestó Benítez pensativo—. Señora Finkelstein, le voy a hacer una pregunta muy incómoda, pero le aseguro que no se la hago por gusto.

—Adelante, lo escucho. He visto tanto en mi vida que alcanzaría para vivir dos veces. De todas formas, no creo que Jacob tuviera una relación fuera del matrimonio. En ese sentido él tenía una mentalidad muy puritana, pero no lo debe descartar, era humano, rico y atractivo. También era un hombre discreto y si la tuvo, se cuidó mucho de mí.

—Esa información me sirve, pero no era lo que le iba a preguntar. ¿Su esposo era un hombre capaz de enfrentar una situación violenta? ¿O era cobarde?

—No se caracterizaba por ser violento, pero un cobarde no me hubiera ayudado a salir de Alemania casi delante de las barbas de la Gestapo. Como usted debe saber, la valentía o la cobardía son muy relativas y sobre todo muy circunstanciales. ¿Responde eso a su pregunta?

—Sí, de todas formas, tengo la impresión de que salió del auto por su propia voluntad para hablar con alguien conocido, o con la suficiente autoridad como para lograr que se bajara.

—¿Un policía de carretera? —preguntó Neta.

—O un falso policía de carretera, si bien me parece más viable la idea de alguien conocido, que tal vez fingió un encuentro ocasional y tenía algún asunto de negocios pendiente con él.

—Le he demostrado que soy lo bastante fuerte como para resistir cualquier cosa. ¿Cómo cree que lo hizo el asesino?

—Los —aclaró Benítez.

—¿Cree que fue más de uno? —preguntó ella.

—Su esposo era un hombre bastante corpulento. Uno solo no hubiera podido dominarlo. En mi opinión, utilizaron alguna artimaña para detenerlo, lo hicieron bajar con algún pretexto plausible, tal vez un negocio ventajoso que no admitía dilación y entre los dos lo neutralizaron. Tal vez su conocido lo entretuvo mientras el otro lo atacaba por la espalda. Probablemente lo hayan narcotizado, pero para saberlo con certeza tendríamos que exhumar el cadáver y ese dato no aportaría nada sustancial. Lo verdaderamente importante es que para neutralizarlo debieron ser por lo menos dos personas, lo metieron en el maletero del otro auto, lo gasearon en algún lugar escogido de antemano en el camino o en el garaje de otra casa y luego lo trajeron.

—¿Por qué no ocultaron su crimen, señor Benítez?

—Porque su propósito era divulgarlo. Para el asesino es tan importante la propaganda como el asesinato en sí.

—¡Qué horrible! —exclamó Neta. Se quedó pensativa y de pronto levantó la vista hacia Benítez—. Estaba recordando que Jacob siempre llevaba un diario personal de sus actividades del día. En la casa debe haber más de veinte de estos diarios.

—¿Y tiene el último o los dos últimos?

—Pues sí. Están en su estudio—biblioteca. Los iba etiquetando en la medida en que los iniciaba. Si me dan unos minutos, se los puedo traer.

—Tal vez nos resultaría muy útil. La esperamos.

Cuando Neta se fue, salimos del garaje. Benítez iba caminando despacio con la cabeza baja y los brazos cruzados.

—¿Qué opina de esta mujer? —pregunté.

—Dicen que detrás de cualquier hombre importante, existe la mano de una gran mujer. Neta tiene coraje hasta para regalar y es muy inteligente. Los negocios de la familia han quedado en las mejores manos, se lo aseguro.

—¿Se percató de que Jacob la ayudó a salir de Alemania?

—Sí, estoy convencido de que esta mujercita le plantó cara a los nazis en su propio terreno y alguien la convenció para irse. Y sigo pensando que ella era la valiente en esa relación.

—¿Entonces cree de verdad que es capaz de matar al asesino de su esposo?

—No dude ni un momento en apostar toda esa cantidad de dinero que su buen padre le tiene secuestrada en su banco: si alguien se lo entrega, lo mata sin pensárselo dos veces y sin que eso la perturbe. Es una mujer hecha a hierro y a fuego. A lo mejor ahora no puede conciliar el sueño de noche porque la rabia y la impotencia se lo impiden, pero si lo encuentra y lo mata, esa noche va a dormir como un tronco.

Neta Finkelstein nos entregó los dos últimos diarios de su esposo, le dimos las gracias después de asegurarle que se los devolveríamos a la mayor brevedad posible y nos marchamos.

Al regreso a nuestra guarida, nos pusimos de inmediato en función de aquellos dos diarios. Sacamos de allí todos los nombres mencionados por Finkelstein en los últimos dos meses y procedí a mecanografiarlos. Después le entregamos la relación a Dionisio para hacer un cotejo con los nombres que fueron apareciendo en los libros de los demás hombres asesinados y los de los inmigrantes de los últimos diez años.

CAPÍTULO XVIII

Como ya se había convertido en una costumbre, al día siguiente por la noche fue hallado el cadáver desnudo del señor Salomón Adler, dueño de un restaurante de lujo en la zona más distinguida de Miramar, cuatro cafeterías y varios inmuebles, entre ellos un hotel que, aunque era de segunda línea, tenía una presencia y una atención de primera.

Para mí, ignorante mortal, la gradación o calificación conferida a la mayor parte de las actividades o cosas siempre ha sido un gran misterio. Por ejemplo, este. ¿Qué le faltaba al hotel Adler para ser considerado de primera? Pues no lo sé, tal vez el discreto precio de las habitaciones. ¿Quién tenía la autoridad suficiente como para determinar que *Crimen y castigo* era mejor que *Los miserables* o viceversa? A mí me gustaba más *Lo que el viento se llevó* que *El ciudadano Kane* y encontraba más hermoso el rostro de La virgen del Cobre que el de la Mona Lisa. ¡Pero en fin…!

En cuanto al restaurante, había estado allí varias veces, no solo por su buena comida, sino porque estaba a tres cuadras escasas de mi antigua casa. Ahora lo iba a visitar para encontrarme con su dueño asesinado detrás de la barra.

Al llegar nos encontramos a la *maitre* esperando por nosotros. Era una hermosa mujer, además muy elegante, llamada Chantal Castillo Sandoval, tendría unos treinta años y transpiraba eficiencia. Había sobrevivido a la visita de la Policía, porque una llamada de Israel Katz puso término a las actuaciones de los antiguos compañeros de Benítez, que se retiraron del lugar con muestras de evidente agradecimiento. La Policía no quería verse involucrada en aquel espinoso asunto. Hasta ese momento, nadie lo había podido resolver y Mendoza había salido chamuscado. Uno de ellos se quedó con Chantal para esperar a Benítez. Cuando llegamos, Rolando estaba en una mesa bebiéndose un Cuba Libre acompañado por un suculento bisté. Era, sin dudas, un desayuno muy original. Por su parte, Chantal estaba sentada en otra mesa muy cerca de la entrada. Cuando llegamos, ella nos abrió la puerta, una enorme pieza doble de vidrio de tres cuartos de pulgada. Al ver a Benítez, el policía le dijo con una sonrisa llena de carne:

—Hola Benítez. El cadáver está detrás de la barra y te puedo anunciar desde ahora que no lo mataron aquí.

—¿Dónde compraste tanta inteligencia?

—Hasta me dieron un carné de súper detective —se limpió la boca con una servilleta de tela finamente bordada y la puso con descuido sobre la mesa. Le hizo una seña a Benítez para que lo siguiera.

En efecto, detrás de la barra de la cantina, sobre una estera de listones de madera barnizados, yacía el cadáver del señor Salomón Adler con una herida de bala en la nuca.

—¿Los peritos estuvieron aquí?

—No, de acuerdo con las órdenes de los jefes más grandes, están esperando tu orden para venir a examinar y a retirar el cadáver.

—Te has ganado el carné, no fue asesinado aquí. Prácticamente fue tirado en este lugar como un fardo. Susana, llame a Arturo Salas y dígale que venga aquí con todo el equipo y el equipaje. Rolando, si ya terminaste el desayuno, te puedes retirar.

Rolando le hizo una seña de despedida y se marchó, caminando con un cierto desparpajo. Benítez tiró algunas fotos, volvió el cadáver desnudo y luego se sentó en la mesa de Chantal.

—¿Sabe algo de lo que pasó aquí anoche?

—En realidad muy poco. Hace algunos días, Salomón empezó a salir con una mujer mucho más joven. Venía a cenar aquí todas las noches y después se iban juntos. Él se veía muy enamorado y, en fin, anoche también se fue con ella después de cenar.

—¿No era casado?

—Hasta donde yo sé, nunca se casó. En más de una ocasión, dijo que la sola idea del matrimonio le producía urticaria. El señor Adler era un solterón empedernido y un mujeriego impenitente.

—¿Usted tuvo algún tipo de relación íntima con él?

—No. Yo trabajaba en un restaurante de menor categoría que este en la calle Carlos III, ganaba bastante menos, tenía cuatro años de experiencia primero como mesera, luego como cajera y finalmente como *maitre*. Estaba haciendo esa función cuando nos conocimos. Él andaba por la zona en esos días, sintió hambre y entró en aquel restaurante, mi trabajo le pareció eficiente, él andaba en busca de un buen empleado para este lugar, me propuso el puesto con varias ventajas y yo accedí, pero desde el primer momento le dejé claro que aceptaba sobre la base del mutuo respeto. Muchos patrones tienen ese tipo de acuerdo con alguna de sus empleadas, pero no es mi caso, no me gusta sentirme… comprada. Él siempre respetó ese trato, aunque en más de una ocasión sus miradas iban más allá de la relación de patrón y empleada. Yo le gustaba, lo sé, además, era para él la fruta prohibida. Eso deja en la mente de los mujeriegos como el señor Adler una especie de frustración. Solo en una ocasión hace ya bastante tiempo, me dijo que uno no debería morirse con un deseo insatisfecho. Se refería a mí, pero no le contesté y él no insistió.

—Volvamos a la enamorada de Salomón. ¿Me puede decir cómo es?

—De unos veinticinco años bien vividos, trigueña, de ojos azules, buena figura, aunque se ve un poco vulgar. Le aclaro, no sucia, no mal vestida, pero sí vulgar. Si me dijeran que trabaja en un burdel, me lo creería sin preguntar mucho más.

—¿No sabe su nombre?, ¿dónde vive, cosas así?

—No, tengo por norma no inmiscuirme en asuntos ajenos y mucho menos, como es el caso, en los de mi empleador. Su negocio estaba bien atendido por mí, pero su vida sentimental o sexual estaba fuera de mi esfera de trabajo y nunca me interesó saberlo.

—¿Recuerda que hayan tenido en los últimos quince o veinte días como cliente usual o como amigo, a un hombre joven, de unos veinticinco a treinta años, rubio, de ojos claros, alto y de buena figura?

—Hay uno que siempre viene solo y se corresponde más o menos con esa descripción. Cuando le es posible, se sienta en esa mesa del rincón. Parece que la ubicación le gusta. Incluso lo comenté un día con el dueño.

—¿En algún momento le dio la impresión de que él y Adler se conocieran?

—No me parece. Cuando estaba en el restaurante, el señor Adler solía dar una especie de recorrido por las mesas con una sonrisa muy comercial y les preguntaba a los clientes si se sentían bien servidos. Lo hacía también con este joven, pero como parte de ese recorrido, no porque lo conociera.

—¿Y vio en algún momento algún tipo de relación entre la amante del señor Adler y este hombre?

—No, aunque tal vez la hubiera. Si viene en algún día normal comprobará que el trabajo aquí es un torbellino.

—Vamos a otro punto. ¿Quién hereda los negocios del señor Adler?

—No lo sé, supongo que su hermana. No tenía muy buenas relaciones con ella y muchas veces lo hacía irritar, pero tengo entendido que era su único familiar en Cuba. Tal vez haya dejado en Europa algún otro familiar más cercano. No lo sé.

En ese momento llegó el equipo de peritos y el técnico forense. Este último tomó la temperatura del cadáver. Benítez le dijo:

—La muerte se produjo alrededor de las ocho de la noche. ¿Me equivoco?

—No del todo. Te diría tentativamente que la muerte se produjo entre las seis de la tarde y las diez de la noche. O sea, bien pudo ser a las ocho. Más tarde te lo puedo decir con mayor exactitud —hizo una breve pausa y agregó sonriendo—: ¿Pasaste un cursillo de forense aficionado?

—No estoy tratando de sacarte los frijoles de la boca. Como bien sabes, siempre gané más dinero que tú y aun así me fui. Pero sí pasé un buen cursillo de investigador de homicidios.

—Si no fuera un pensamiento demasiado cruel, te diría que ojalá no descubras la identidad de este asesino en meses o en años.

—¿Me puedes explicar eso? —indagó Benítez con una sonrisa, porque sabía que el forense lo decía en broma.

—Para que Mendoza no salga nunca de la celda donde lo metieron.

Y salió, cerrando suavemente la hoja de vidrio. Benítez se volvió hacia Chantal, en tanto dos camilleros recogían el cadáver como si fuera un fardo y se lo llevaban.

—¿Me puede dar la dirección del señor Adler?

—Sí, por supuesto.

—¿Vivía solo?

—Sí.

—¿Usted tiene alguna llave de su vivienda?

—No exactamente. Aquí, detrás de la barra hay una copia de esa llave. El señor Adler era muy descuidado y olvidadizo, durante un tiempo perdió varias llaves y eso lo decidió a dejar aquí una copia. De vez en cuando le seguía pasando lo mismo, pero tenía ésta segura. Después la devolvía a su lugar o yo se la pedía por su propio bien.

Le entregó una llave a Benítez y nos marchamos. Media hora más tarde entrábamos en el apartamento de soltero de Salomón Adler. La visita no nos aportó nada que no conociéramos, con excepción de un número de teléfono y un nombre de mujer: Mayra.

—Guarde este papelito y luego se lo pasa a Dionisio, para saber de quién se trata. Ojalá sea el número de nuestra hetaira desconocida.

—¿Hetaira? ¿Qué cosa es eso jefe?

—Muchacha de vida alegre, prostituta, mercenaria o un montón de cosas más. Escoja la que más le guste. Lo dije por delicadeza.

Por el contrario de lo que esperaba, no nos fuimos de inmediato. Benítez se dejó caer en una mullida butaca de la sala con el cuerpo hacia adelante, tal como yo hacía cuando iba al cine y me podía relajar, pero él no estaba relajado. Por el contrario, por primera vez lo vi agobiado. Pensando que él necesitaba al menos un breve descanso, me senté a sus espaldas en una silla del comedor intentando hacer el menor ruido posible.

—Siéntese aquí conmigo Susana. Necesito conversar para sacarme los diablos de adentro. Este caso ya me tiene hasta el último pelo. Dos asesinatos desde que lo tomamos y el segundo no lo pudimos evitar.

—Pero usted sabía que eso estaba dentro de las posibilidades —le dije acercándome y me senté frente a él en una esquina del sofá—. Además, hemos avanzado un buen trecho.

—Sí, pero ese buen trecho no nos ha llevado a ninguna parte en concreto todavía. No tenemos ni la más puta idea de quién es nuestro rubio misterioso, ni quién lo está ayudando.

—¿No ha pensado que puede ser al revés?

—¿Qué quiere decir?

—Tal vez nuestro rubio misterioso solo da la cara y está ayudando a alguien que se oculta en la sombra.

—Susana, usted no deja de sorprenderme.

—Es la primera vez que lo veo con el ánimo caído —sonreí con descaro—. Tal vez necesita un estímulo bien fuerte para ponerlo otra vez en pie.

Lo que hice a continuación no se los voy a relatar, pero sí les diré que el estímulo fue tan fuerte, que casi no tuvo fuerzas para levantarse después de la butaca y yo solté casi todas las costras de mi rodilla.

CAPÍTULO XIX

Cuando llegamos al apartamento, muy cansados, nos estaba esperando el señor Israel Katz en el asiento trasero de su auto. Subió con nosotros y se sentó en una de las butacas de la sala, en tanto me fui a la cocina a prepararle un buen café. Después de todo, Israel Katz era quien lo pagaba y debíamos ser lo más atentos posibles con él. Otra vez venía solo, sin su hijo Isaac.

—¿Cómo va la investigación? —preguntó con un tono cansado.

—Hemos adelantado bastante en los últimos quince días, aunque todavía no puedo decir que vea la luz al final del túnel. Sabemos cómo es físicamente el supuesto asesino, pero no tenemos una ubicación suya. Y lo más importante, no sabemos qué motivos tiene. Algunas personas lo han visto, sin embargo, ninguna lo conoce. Por esta misma razón se ha arriesgado a dejarse ver unas cuantas veces. No se siente en peligro precisamente por esto —Benítez hizo una pequeña pausa y bajó la cabeza intrigado—. Una de las muertes nos tiene un poco desconcertados.

—¿Cuál?

—La del señor Samuel Gadles, el sastre.

—¿Por qué?

—Porque no encaja por ninguna parte en el esquema que hemos hecho del asesino.

—Era judío y tenía dinero y un negocio como los demás —apuntó Katz.

—Solo eso, porque no fue asesinado al modo nazi ni en la secuencia impuesta por el criminal. Hasta ese momento, e incluso después, cada uno fue asesinado cada trece días. Gadles, en cambio, fue baleado seis días después de Mizrahi y siete antes de Finkelstein y eso mantiene la secuencia de los trece días entre Mizrahi y Finkelstein. Todos fueron asesinados alrededor de las ocho de la noche, Gadles murió a las seis y media y no lo desnudaron como a los demás. ¿Tiene alguna idea que nos pueda aclarar o al menos encaminar?

—De momento no —dijo después de pensarlo un poco—. Gadles era un tipo un poco raro.

—¿En qué sentido?

—Los judíos tenemos una fama adquirida según la cual lo más importante para nosotros es el dinero, ganar y acumular dinero. No puedo hablar por todos los judíos, pero los que conozco y me incluyo en el grupo, sí, somos muy amantes del dinero, nos gusta sobre todo la emoción de ganar dinero, tal vez nos hace sentirnos seguros, pero no lo hacemos de una manera enfermiza. Gadles sí amaba el dinero de una manera enfermiza. Incluso tengo entendido que unos años atrás tuvo una relación sentimental profunda con una hermosa mulata gentil, dispuesta a convertirse a nuestras creencias para seguirlo en la vida, pero cuando se vio en la disyuntiva de casarse y tener que invertir algo de su dinero en los gastos naturales de una relación, decidió renunciar. A mí siempre me recordó a un personaje de la literatura inglesa, creo que de Dickens.

—Scrooge —dije saliendo con tres tazas de café que pelaban la lengua—, el de los *Cuentos de navidad*.

—Exacto. ¿Hay algo más que me pueda decir de sus investigaciones?

—Le he dicho las cosas más importantes, aunque en una investigación criminal todo es importante.

—Está bien. Sé que está trabajando bastante. Venía a decirle que, en la noche de ayer, recibí una llamada telefónica de sus proveedores en París. Dentro de diez días debo encontrarme con ellos en la sede de su empresa para ultimar los detalles de la primera compra.

—Haga hincapié sobre todo en el oro de 14, 18 y 22 quilates y en el platino. En el caso de que me las puedan vender con las mismas ventajas, algunas piedras como diamantes, esmeraldas y rubíes en bruto, yo me encargo de engastarlas. Así me saldrán más baratas. Susana y yo le haremos llegar un listado del precio *standard* de cada una de estas mercancías. El resto lo dejo a su discreción de comprador judío experimentado en exprimir al contrario. Y de paso, le da un beso a la torre Eiffel de mi parte, ya que usted y el misterioso asesino me han robado el placer de hacerlo personalmente.

—¿Qué opinión tiene de todo este asunto?

—No le niego que me tiene un poco desconcertado —declaró poniéndose muy serio de repente—, pero todos los asesinos en serie, sin excepción, cometen errores, sobre todo, porque en la medida en que van matando con cierta aparente impunidad, se van haciendo la idea de que son incapturables, se descuidan y eso los vuelve vulnerables. De hecho, ya han cometido varios errores, pequeños, pero errores, al fin y al cabo.

—Usted acaba de hablar en plural. ¿Es más de uno?

—En esencia, creemos que es solo uno, pero alguien lo está ayudando. ¿No recuerda el ahorcamiento del señor Mahler? Dudo mucho que un solo hombre haya podido colgarlo de esa viga sin ayuda. Me considero un hombre bastante fuerte, debo estar pesando unas doscientas libras, es más fácil bajar un cuerpo muerto que subirlo y en dos o tres momentos casi se me escurre de las manos.

—Entiendo.

—¿Qué me puede decir del señor Prager? Es el único que nos falta por investigar y me gustaría saber si tiene algún dato que nos pueda resultar interesante.

—A Prager lo conocí poco. Era un hombre taciturno, de pequeña estatura y bastante delgado, pero muy activo y muy listo para los negocios, si bien no tuvo suerte para su familia. Según he oído, su esposa cubana lo engañaba hasta con su sombra, pero nunca hubo una certeza o tal vez él prefería ignorar las infidelidades. Los hijos son unos vividores que en el fondo se debieron alegrar de la muerte del padre.

—¿Por qué?

—Porque les imponía límites, sobre todo económicos. Estudiaron una carrera porque él los tenía amenazados con cortar de raíz sus respectivas mesadas y con desheredarlos. Y créame, fue un hombre tan tozudo que era capaz de dejarle su dinero a cualquier obra de caridad si no se cumplían sus deseos. Al principio del nazismo, pero ya desatada la ofensiva contra mi pueblo, Prager fue golpeado y encarcelado varias veces porque se negó a ponerse la Estrella de David en la ropa. Les dijo a los hombres de la Gestapo que él no era ninguna res para andar marcado por el mundo. Y nunca se la puso. En "La noche de los cristales rotos", rompieron y quemaron su librería, pero al día siguiente la estaba reconstruyendo en el mismo lugar. Se la destruyeron otras dos veces y lo metieron en un sótano. Lo golpearon casi hasta matarlo a palos. Dicen que cuando lo soltaron ni su familia lo reconoció, pero al día siguiente salió a la calle dando tumbos, pero sin la Estrella y dispuesto a seguir desafiándolos. Según parece, los hombres de la Gestapo, que habían sido vecinos suyos, terminaron dejándolo por incorregible. Al final, lo hubieran metido en un campo de concentración o lo hubieran matado.

—¿Cómo y cuándo vino a parar a Cuba?

—Tengo entendido que a través de amistades de Erich María Remarque. Fue colega suyo como profesor en Osnabrück y era su amigo personal. Estos amigos lo convencieron para que él y sus dos pequeños hijos salieran de Alemania y le facilitaron la escapada. Su esposa había muerto en el segundo parto. Llegó aquí en 1934, su amigo Remarque le hizo llegar un pequeño préstamo, puso una librería, se fue ampliando y adquiriendo otras propiedades y no era un hombre rico, pero sí tenía un cierto capital. Como le dije a usted en una ocasión, los judíos casi nunca confesamos todo lo que tenemos y Prager no era una excepción. Y si lograba chantajear a sus hijos, es porque éstos sabían o intuían que la herencia no sería despreciable.

—Tengo entendido que fue muerto de un balazo en la nuca en su librería principal, en La Habana Vieja, alrededor de las ocho de la noche. No sé todavía cómo el asesino pudo llegar hasta él.

Me levanté y fui hacia el trinchante del comedor. Sobre él había un pequeño block de notas. Escribí en él "Cherchez la femme" y se lo pasé. Katz levantó la vista hacia mí. Benítez lo leyó y se quedó pensativo.

—Es posible que Susana tenga razón y hayan llegado a él a través de la esposa. Una mujer liviana, un joven atractivo… sí, puede ser una mezcla letal —Benítez me miró—. Es una explicación plausible. Lo vamos a investigar. Gracias Susana.

—¿Cree de verdad que haya posibilidades para detener esta desenfrenada cadena de muertes?

—Sí, señor Katz, sí lo creo. Con mucha frecuencia la Policía deja de investigar casos porque no han sido capaces de llegar a la verdad, o porque los presionan con otros trabajos que los jefes consideran más importantes, y van dejando esos a un lado, porque involucran a personas insignificantes para ellos o porque no les interesan, por pura vagancia. Pero en este caso, solo yo estoy investigando, le dedico todo el tiempo posible y no lo voy a dejar hasta llegar al fondo.

—Bien —dijo Katz poniéndose de pie—. Ahora debo retirarme. Confío en usted y en su palabra. Buenas tardes a los dos —me miró con una sonrisa. Era la primera vez que lo veía sonreír y se sentía como algo cálido y agradable—. ¿Sabe señorita Cortés? Cada vez que la veo lamento haber nacido veinticinco años antes. Hasta más ver.

Benítez sonrió y cerró la puerta suavemente detrás del señor Katz.

—Bueno Susana, usted ha logrado perturbar un viejo corazón. Eso es lo que yo llamo un disparo al pecho y a quemarropa.

—Yo también lamento que no tenga veinticinco años menos. Caería rendida de amor en sus brazos.

—Eso debe haberlo sacado de una novelita de Corín Tellado.

CAPÍTULO XX

Esa noche, Dionisio vino a despachar con nosotros después de comer unos deliciosos frijoles negros dormidos con un arroz blanco bien desgranadito, un escandaloso bisté con papas fritas, unos casquitos de guayaba con queso amarillo y café. Si alguien pedía más tenía que estar loco de remate.

Se dejó caer en el sofá y tenía la expresión de quien lleva muchos años sin dormir decentemente.

—No sé cuánto dinero me va a tocar en este negocio, pero sospecho que me estoy ganando hasta el último centavo con sangre.

—¿Qué has averiguado?

—Hay un nombre que me ha salido varias veces en el transcurso de esta investigación: el de un ciudadano suizo llamado Friedrich von Veidt.

—¿Me puedes explicar?

—Su nombre salió en primer lugar en el libro de las compraventas del prestamista Josef Mahler, al que hace un año le vendió un cuadro llamado "Autorretrato" de un pintor de Ucrania llamado Taras Shevchenko, que vivió hace más o menos un siglo. Lo sé porque en el libro, Mahler escribía el nombre de las pinturas, el de sus autores y las fechas en que fueron pintadas. Es lo único que he logrado sacar en limpio del pintor y la pintura. Me disculpo por la ignorancia.

—Fue una suerte que Mahler nos hiciera llegar sus libros un día antes de su muerte. Debió ser frustrante para el asesino si lo buscó. ¿Registraste bien para cerciorarte de que no lo vendió más adelante?

—Si lo revendió no consta en el libro.

—Debemos averiguar con los especialistas de las Galerías de Arte de La Habana, dónde está oficialmente ese cuadro ahora, o por lo menos dónde se supone que debe estar.

—¿Crees que haya cometido la imprudencia de utilizar su verdadero nombre?

—Un cuadro valioso no se compra ni se vende todos los días y toda persona vinculada de alguna manera con un negocio como ese, sabe que no puede mover su mercancía con una identidad dudosa. Antes de comprar, Mahler debe haber averiguado y este von Veidt pudo estar seguro de que lo haría. Por eso debe haber utilizado su verdadero nombre. Además, si es nuestro hombre, es posible que hace un año no se le hubiera ocurrido todavía la idea de los asesinatos.

—¿Conoces al pintor?

—No, pero debe ser bastante valioso o de lo contrario Mahler no se hubiera interesado, porque él sí conocía muy bien ese negocio, y, por otra parte, va a resultar muy difícil ponerse en contacto con los museos de la Unión Soviética, en el caso de que la pintura provenga de allí. En Cuba no hay embajada y para cuando logremos hacer la averiguación, habrán asesinado a unos cuantos judíos más. ¡Espera! En su trastienda, Mahler tiene un montón de pinturas, aquello está cerrado, y si el cuadro está, es porque no fue vendido legalmente ni por trasmano. Si no está, y no fue vendido, puede ser una evidencia de que se la llevó el asesino.

—¿Tienes acceso a su trastienda?

—Sí, llamaré al señor Katz para que nos facilite entrar allí de nuevo. Iré contigo.

—Y conmigo —precisé.

—Es cierto, con la excitación olvidé momentáneamente que usted piensa, luego existe. Dime qué más tienes de este individuo.

—En el último diario de Finkelstein aparece un individuo con mucho dinero para invertir en el reparto Víbora Park, a quien él llama Fred. Me ha parecido interesante, porque Finkelstein dice que habla un inglés bastante fluido, pero su alemán no era de Suiza, y un día, en una conversación, le dijo una palabra solo usada por los trabajadores portuarios de Kiel, en Alemania, donde vivió durante veinte años. Y, por último, aparece en las entradas a la isla hace cerca de cuatro años, proveniente de Inglaterra. ¿Cuéntame?

—Dionisio, si este es nuestro hombre, tenemos doce días por delante para investigar hasta a qué hora hace su caquita, porque debemos tener una seguridad absoluta para actuar contra él y su cómplice. Este es un asunto demasiado delicado y no podemos tirar piedras. Si es inocente y protesta, podemos buscarnos un buen problema con la embajada de su país, perderemos toda credibilidad, y esa es una de las cosas más importantes de este trabajo, tú debes saberlo mejor que yo. ¿Sabemos dónde vive este señor von Veidt?

—Pues sí. En el registro de Mahler está la dirección.

—Lo primero es verificar si todavía vive en ese lugar y de ser así, le vamos a poner una vigilancia.

—¿Vas a contratar gente para eso? Recuerda que una vigilancia es cosa de especialistas.

—No quiero confiar en persona alguna. Como tú bien sabes, no todos los hombres que se dedican a los seguimientos son honrados, una información como esta puede valer mucho dinero para nuestro supuesto enemigo y si este individuo es el asesino que andamos buscando, ninguno de nosotros quiere tener a un hombre tan peligroso detrás de los talones. Cuando consigas la dirección, tú y yo nos turnaremos para el chequeo.

—Y yo —interpuse—, que tengo ojos y veo muy bien, luego existo.

—Es una buena idea —dijo Benítez luego de pensarlo por un buen espacio de tiempo—. Una mujer generalmente resulta menos sospechosa. De todas formas, no es un sí, es un lo pensaré y le contestaré cuando llegue el momento.

Esa tarde fuimos al negocio de Mahler. El cuadro no estaba allí.

Al día siguiente, Dionisio llegó como a las dos de la tarde y después de verificar que Manolito estaba bien, debidamente escoltado y alimentado, golpeó la puerta de nuestro apartamento.

Benítez se había pasado casi todo el día sentado en una cómoda butaca mirando por el balcón hacia la calle y solo se había levantado dos veces para tomar café y otra para ir al baño y almorzar. El resto del tiempo se mantuvo casi estático en su observatorio profundamente concentrado. En su mente estaba dándole vueltas y más vueltas a todo lo que había podido averiguar sobre el caso. Lo sabía porque en menor escala, yo también hacía lo mismo.

Dionisio y yo llegamos al balcón y el investigador le extendió un pequeño papel a Benítez.

—Esta es la dirección del señor von Veidt. Se había mudado de su dirección original, pero cuando había dado más vueltas que un perro intentando morderse el rabo, recordé que conozco a una mujer en la embajada de Suiza. Trabaja como secretaria en una oficina de poca importancia, le prometí cierta cantidad de dinero si me conseguía la dirección y ahí está. Por supuesto, verifiqué la dirección. Ahora debo irme para entregarle la cantidad prometida.

—¿Cuánto?

—Mil pesos.

—Susana.

—Sí, ya voy —partí por un momento hacia mi habitación donde Benítez guardaba el dinero. Tenía que hablar con él, porque el salario de secretaria es bastante inferior al de una tesorera.

—¿Obtuviste alguna otra información de esa amiga tuya?

—Una descripción del señor von Veidt. Es un hombre de 47 años, de piel ligeramente morena, pelo negro, estatura entre mediana y alta, más bien sobre lo delgado, de nariz aguileña y de pocas palabras.

—¿Y de dónde sacó tu amiga tanta información?

—Ella recibe los pasaportes de los suizos residentes en Cuba, éstos deben presentarse una vez al año para mantener actualizada su situación en nuestro país, si cambian de domicilio están obligados a informarlo de inmediato y si éste von Veidt está en algo, no le conviene señalarse.

—Susana, dele mil quinientos. Esa información vale más que el precio prometido. Además, podemos darnos el lujo de ser generosos. Después de todo, el dinero no sale de nuestros bolsillos.

—Este von Veidt no se corresponde con el hombre que estamos buscando —dije—. No se parece al hombre…

—Con nuestro Adonis rubio no, pero puede ser el cómplice e incluso, el promotor de todo este asunto —se volteó hacia Dionisio—. Tal vez tu amiga nos pueda ampliar la información sobre este individuo y si hace falta, de donde vino ese dinero hay mucho más.

Me retiré rumbo a mi habitación, pero dejé la puerta abierta para poder escuchar. Esta era una nueva faceta de mi carácter desconocida para mí: no me imaginé que en el futuro iba a llegar a ser una vieja chismosa y entrometida. Pero la vida nunca deja de sorprenderte y todos los días aprendes algo nuevo de ti.

—¿Qué otra cosa crees que nos puede decir?

—Pues no sé. Simplemente sácale todo lo que sabe de este personaje. Mucha gente habla poco porque tiene cosas que ocultar, ¿no te parece?

—Nunca he conocido a ningún suizo. A la mejor es parte de su temperamento. Allí hace mucho frío y se te pueden congelar las palabras.

Traje el dinero y se lo entregué a Dionisio.

Al día siguiente a las ocho de la mañana, Benítez estaba haciendo la primera guardia a una distancia prudencial de la entrada del edificio donde vivía el señor Friedrich von Veidt. Estuvo allí hasta las cuatro de la tarde y Dionisio lo relevó hasta las doce de la noche. Al día siguiente hicieron lo mismo y así siguió por espacio de cuatro días sin obtener ningún resultado. Al quinto, ya estaban pidiendo el agua por señas. No es fácil estar dentro de un automóvil durante ocho horas diarias y en tensión porque no podían distraer la vista. Su única compañía era un termo con café y unos sándwiches. En cualquier momento este señor von Veidt salía de su edificio y necesitaban fotografiarlo y seguirlo si fuera el caso.

Esa noche, Dionisio nos informó que en el Palacio de Bellas Artes le habían dicho que el "Autorretrato" de Shevchenko había desaparecido del museo de Kiev, como muchas otras obras durante la guerra. Su valor se calculaba en unos cincuenta mil dólares.

Entretanto, los días iban pasando y nos acercaban cada vez más a la fecha del próximo asesinato. A solas en el apartamento, la cabeza me daba vueltas como un tiovivo. Cuando llegaba Benítez comprendía que no había obtenido ningún resultado de acuerdo con la expresión de su rostro. Además, si se cometía otro asesinato sin que pudiera impedirlo, sería un serio golpe a su amor propio como investigador y eso lo tenía preocupado. No creía que fuera por la muerte de otra persona. Cuando Dionisio vino el cuarto día por la noche, daba la impresión de que hubiera chocado con un tren a toda máquina. Ya sus huesos no estaban en condiciones de resistir una noche más.

—Está bien, Susana, mañana a las ocho de la mañana nos llegaremos allí. Iré con usted para enseñarle en qué lugar exacto se debe situar y regresaré a descansar. Dionisio y yo necesitamos una buena tregua. Si quiere le pido de rodillas, le suplico que no vaya más allá de nuestro objetivo: vigilar ese edificio desde la calle y ver si este hombre sale o si el supuesto amigo lo visita.

—¿No ha pensado que podemos estar siguiendo una pista falsa?

—Por supuesto que lo sé, me paso las ocho horas allí y luego unas cuantas de mi descanso intentando analizar y repasar una y otra vez todo el condenado asunto. Si me equivoco, le estaré allanando el camino al criminal para que cometa otro asesinato con entera libertad —y me estaba diciendo aquello con un inconfundible tono de amargura en la voz.

Al día siguiente por la mañana, Benítez me dejó en el lugar de vigilancia armada con su cámara, el termo, un par de bocaditos que yo misma me había preparado con mucho atún y mayonesa y un par de refrescos congelados. Por mi propia iniciativa, cargué con mi pequeña pero efectiva pistola.

En su turno de relevo y aún de día, Benítez vio salir a von Veidt y lo fotografió dos veces. El hombre iba a pie y Benítez decidió seguirlo. El alemán entró en el restaurante La Roca y se sentó en una de las mesas. Le trajeron la carta, seleccionó y estaba ordenando cuando Benítez entró sin mirar en su dirección. Se sentó en la barra, pidió una cerveza y quedó de espaldas a von Veidt, pero en un lugar desde donde podía ver la puerta. No le interesaba mirarlo, sino controlarlo. No debía darse cuenta de que estaba allí. El restaurante estaba casi lleno. Por suerte una joven se sentó a su izquierda y pidió un daiquirí. Al principio no le hizo mucho caso, pero comprendió que le podía servir de tapadera para poder mirarla de vez en cuando y observar al alemán periféricamente, para poder descubrir si estaba citado allí con alguien, pero no fue así. Al cabo de una hora, von Veidt se levantó después de pagar la cuenta y salió del restaurante. Benítez salió un minuto después y lo siguió de regreso. El objetivo regresó a su apartamento sin volver la vista en las cuatro cuadras que lo separaban de su edificio.

No hubo otras novedades esa noche. Al llegar, me encomendó llevar el rollo a revelar lo más temprano posible. Éste solo contenía las dos fotos de von Veidt y me encareció pagar cualquier cantidad de dinero para que las trajera al regresar. Al volver, como a las once de la mañana, Benítez casi me arrebató las fotos. Se veían bastante nítidas, a pesar de haber sido tomadas en unas condiciones bastante desfavorables. Se quedó mirándolas una a otra, alternativamente.

—Anoche no pude pegar un ojo. Me la he pasado pensando de dónde lo conozco. Sé que he visto esa cara antes, pero no recuerdo dónde ni cuándo.

—¿Qué impresión le causó?

—Un hombre tranquilo, camina con calma, come sin prisas y al contrario de la mayoría de los europeos, no se bebió ni siquiera una cerveza. Se acompañó la comida con dos Coca Colas.

—A lo mejor tiene miedo de beber y ser indiscreto.

—Puede ser, pero me pareció un hombre con mucho aplomo, muy seguro de sí mismo. Las personas así no suelen tener miedo.

CAPÍTULO XXI

Al octavo día por la mañana, estaba en mi puesto detrás del volante bebiendo café. En mi primera guardia me había recogido el pelo en una cola de caballo, ahora tenía una gruesa trenza cuya punta descansaba sobre mi seno izquierdo. La llave estaba en el contacto, debajo de mi muslo izquierdo sentía el frío de mi pistola y en mi cuello colgaba la cámara Zeiss de Benítez lista, solo tenía que oprimir el obturador. La cuidaba como si fuera el tesoro de Montecristo, porque probablemente fuera lo único que Benítez amaba en este mundo.

Estaba divagando sobre estas cosas, pero sin quitar la vista de la entrada de aquel edificio, cuando me rebasó el señor Adonis caminando por la acera. Desde el primer momento supe que era él. Ya los dos nos habíamos visto a la salida de la casa de Dov y lo reconocí, pero no podía estar segura de si él me pudiera reconocer. Pensé a toda velocidad. No podía usar la cámara sin que me viera. Cuando fue a cruzar la calle por delante de mi automóvil, miró hacia su costado derecho para cerciorarse de que no venía nada y entonces reparó en mí.

Como lo estaba mirando y no podía apartar los ojos de él, tuve la esperanza de que mi fijación no le resultara demasiado extraña. Él debía estar acostumbrado a llamar la atención, porque tenía una belleza realmente fulminante. Rock Hudson, Tony Curtis y Marlon Brando juntos no le llegaban a la suela de los zapatos. Hollywood no sabía lo que se estaba perdiendo. Comprendí por qué Edelman cayó a sus pies como una mosca en picado profundo. Aquel hombre debía tener mal olor en la boca, porque lo perfecto no existe. Hice lo que normalmente haría cualquier mujer en mi lugar: le sonreí y puse todo mi encanto personal en el empeño. Él frunció el entrecejo y me sonrió a su vez tras un breve instante de vacilación. Sospechaba, pero no estaba seguro.

Él entró al edificio y yo debí irme de allí a toda carrera, porque estaba prácticamente descubierta, pero no había podido fotografiarlo. Después de sonreírme, lo tuve todo el tiempo de espaldas.

Dentro del apartamento, Werner y Fuch conversaban sentados a la mesa del comedor. Tenían sendas tazas de café cubano ante ellos. Werner se veía preocupado.

—Estoy casi seguro de que fue esa la muchacha que me vio en la esquina del mudo.

—Hace unos días salí de aquí a comer y tuve la sensación de que alguien me estaba siguiendo, pero en ningún momento vi algo sospechoso. Sin embargo, he visto con demasiada frecuencia un auto que esa noche estaba aparcado discretamente veinticinco o treinta metros más allá con alguien al volante y antes no estaba.

—¿Qué marca, año y color? —preguntó Werner.

—Un auto negro, no muy viejo, uno o dos años atrás y me parece que era un Ford.

—No se corresponden. Este es un Chevrolet de 1951 verde claro.

—Me parece que ya es el momento de parar. Por ahora.

—¡No Friedrich!, ¡Ahora no! —protestó Werner apasionadamente—. Ya estamos en el final. Solo uno más y paramos durante un año, como hemos acordado.

—Es estúpido arriesgarse ahora. Tiene que entenderlo, mi estimado Werner. Hasta aquí no hemos sido descubiertos y si paramos se quedan con un palmo de narices. Después, cuando pase un tiempo, podemos terminar la tarea. Lo importante es terminar el trabajo, no arriesgarse por seguir una pauta. Eso es un capricho.

—Prefiero arriesgarme que dejarlo todo inconcluso.

—Esa no es la cuestión. Es preferible parar a tiempo que terminar muertos o presos. Y no quiero ni imaginarme cómo es una cárcel en este país. Debe ser algo inmundo, peor que los sótanos de la Gestapo.

—En conclusión, Friedrich, ¿sigue conmigo o no?

—Ahora no. He logrado salir vivo de la Gestapo, de las tropas soviéticas, de los partisanos de varios países y de los aliados. No estoy dispuesto a dejar mi piel en manos de un policía cubano. Es mejor que lo entienda y se lo meta en la cabeza de una buena vez: si estamos a punto de ser descubiertos, es porque nos enfrentamos con un policía de verdad, que sabe lo que está haciendo, que sabe dónde y cómo buscar. No sea tonto, Werner, le han dado la señal de alarma. No se tape los oídos.

—Podemos eliminar al tal Benítez.

—Ya hizo un intento para detenerlo y fracasó. Sus enviados eran profesionales y no fueron capaces de secuestrar a un estúpido niño. Eso debió servirle de experiencia. Uno de ellos terminó muerto y el otro herido, no pudieron terminar el secuestro y puso sobre aviso a ese Benítez. En este momento nosotros tenemos la ventaja. Si hacemos esa última ejecución, corremos el riesgo de que nos pongan la soga al cuello. Piénselo, no sea obstinado.

—¿Por qué quiere detenerse ahora? Usted solo tuvo la sensación de que era seguido y yo no tengo la seguridad de que esa joven sea la misma que vi en la esquina de la casa de Mizrahi. Estamos haciendo una tormenta en un vaso de agua.

—Haga lo que quiera. Usted es libre y mayor de edad. ¿No vino a mí en busca de consejo? Se lo estoy dando. Abandone ahora, todavía está a tiempo, no se deje matar por un asqueroso judío más o menos.

—Lo voy a pensar y no se preocupe, si decido continuar no voy a venir a pedirle que me acompañe —le dijo molesto—. En definitiva, este último golpe ya está bien planeado por los dos.

—Me parece bien. ¿Qué piensa hacer con la muchacha?

Lo vi salir y se encaminaba en mi dirección, tal como había pensado que podía hacer cuando saliera. Encendí el auto, coloqué la marcha atrás y puse suavemente el pie sobre el acelerador. Aprisioné con fuerza la pistola en mi mano izquierda colocando el dedo fuera del gatillo y dejé de mirarlo directamente. Hice como que me reacomodaba en el asiento y me deslicé un poco hacia abajo, como solía hacer en las butacas de los cines. El rubio llegó a mi ventana derecha y se apoyó en ella.

—¿Puedo saber qué haces aquí, belleza?

—No trates de ligarme que no estoy aquí para eso. Mira, para que te ahorres toda la saliva, le estoy montando una guardia a mi marido y en cuanto salga de ese edificio donde tiene una amante, le voy a tirar fotos de todos los colores y tamaños para meterlo en los tribunales y que el muy cabrón no lo pueda negar. Mejor te vas, porque este horno no está para galleticas.

—¿Por qué no me dejas hacerte compañía?

—Te vas a arrepentir si no me dejas tranquila —le advertí.

Comenzó a abrir la puerta y esperé a que tuviera una pierna adentro. Apreté el acelerador, el auto dio un respingo hacia atrás y las gomas chillaron cuando frené como a los dos metros. El rubio salió despedido rumbo a la calle y cayó a todo lo largo un poco atontado por el golpe que había recibido en la frente con el borde superior de la ventanilla. Salí por mi puerta a toda prisa y le di la vuelta al auto casi corriendo por delante. Me detuve a cuatro o cinco pasos. El rubio empezaba a levantarse cuando le disparé al lado de una pierna y eso lo hizo detenerse en seco.

—¡Quédate ahí! ¡Si intentas algo raro te parto el alma! ¡No estoy jugando! —Se lo dije tan firmemente que el rubio se quedó en el suelo. Sin dejar de apuntarle, apreté el obturador de la cámara y cerré la puerta del pasajero con una patada como había visto hacer en el cine—. Voy a tener bien guardada tu foto. Si tratas de joderme la vida te vas a arrepentir. Ahora vete y ni mires para atrás, porque me puedo hacer la idea de que eres mi marido, te vacío esta mierda en esa carita linda y no te va a reconocer en la morgue ni la puta que te parió.

El rubio se levantó y echó a caminar limpiándose los pantalones a manotazos y tocándose la frente. No miró hacia atrás y le fui dando la vuelta a mi auto suavemente sin perderlo de vista. Me pareció ver a von Veidt retirándose de su balcón, pero no estaba segura. Entré, puse la primera y me alejé un poco, unos cuarenta o cincuenta metros, porque estaba convencida de que se volvería en algún momento, y si lo hacía, pudiera comprobar que no había abandonado mi observatorio y le había dicho la verdad sobre mi supuesto marido.

Acomodé el retrovisor para evitar una segunda sorpresa y empecé a reírme. Desde que nací no había dicho tantas palabrotas de una sola vez y, además, me prometí tener mucho cuidado en el futuro, porque me parecía evidente, tal como me había dicho Benítez, que le estaba cogiendo el gusto al gatillo. No volví a ver al Adonis. Me marché una hora después y fui directamente al laboratorio privado donde Benítez revelaba sus fotos. Le di al dependiente un billete de cincuenta pesos y cuando le dije que se quedara con el vuelto, casi tuve que meterle los ojos de regreso en las cuencas. Antes de una hora tenía una foto bastante nítida, aunque poco profesional de mi amiguito, rubio como un Adonis. Al verla, me cruzó por la mente la idea de que, si era nuestro hombre, y tenía casi la certeza, podía haberle dado fin a esa historia con un solo disparo, pero, aunque me gusta darle diversión al gatillo, no creo tener vocación de asesina.

Al llegar al apartamento Benítez no estaba y aproveché para darme un buen baño con un oloroso Palmolive, me puse otras ropas y me perfumé con mi Chanel número 5, un mal hábito adquirido durante mi vida anterior y no pude resistir la tentación cuando mi liquidez empezó a ser decente. Después me fui a la cocina porque tenía hambre, calenté arroz del día anterior, me freí un par de huevos, los acompañé con dos gruesas lascas de jamón, dos plátanos manzanos y leche hervida fría con sal, mi fórmula preferida.

Mi jefe apareció dos horas más tarde, cuando suponía que acababa de llegar. Al verme tan fresca y sosegada viendo la televisión, frunció el entrecejo.

Apagué el equipo y le conté mi extraña aventura. Estaba sentado en el sofá, miró la foto con cierto detenimiento y se cubrió el rostro con ambas manos en un gesto de cansancio.

—Debería decir lo contrario, pero eso no cambiaría nada. Se arriesgó para tomar esa foto y espero que nuestro rubio se haya tragado el cuento, aunque ya no es importante, pero nos deja algo bueno y algo malo: en el primer caso, ahora tenemos casi la certeza de que estos dos están involucrados en los asesinatos; en el segundo, perdimos la oportunidad de seguirlo para saber quién es y dónde vive, de tenerlo controlado y poderlo detener en el momento en que nos parezca más adecuado, como por ejemplo, el día del próximo asesinato y poder frustrar sus planes.

En fin, me estaba diciendo que había metido el delicado pie.

—¿Qué debí hacer? —pregunté.

—No arriesgarse. En cuanto ese hombre la vio por primera vez y entró al edificio, tenía que haberse ido y él hubiera seguido yendo más confiado. Si no creyó su historia, probablemente no regrese otra vez a ese lugar. Usted ha tomado una foto capital, no lo voy a negar, porque ahora tenemos un rostro que podemos circular. Voy a mandar a Dionisio para imprimir cincuenta o sesenta fotos. ¿Tiene el negativo?

—Claro, no soy tan idiota como parezco —dije a punto de llorar.

—No se moleste conmigo Susana. Yo no lo estoy con usted porque comprendo su inexperiencia en este tipo de trabajo. Ya se lo dije una vez, cuando la atacaron en la entrada de su casa: nada vale el peligro que usted ha corrido. En este trabajo, el ABC es que los muertos los pongan otros. ¿Asesinan a otro o a otros judíos? Lamentable, de verdad, pero no tanto como tener que ir a su funeral a llevarle flores y a poner cara de llanto.

—¿Lloraría por mí?

—Dije que pondría cara de llanto, no que lloraría.

Intenté fulminarlo con mi más incendiaria mirada verde.

Cuando vino Dionisio una hora más tarde y se reunió con nosotros, Benítez le hizo el encargo de las fotos y le entregó el negativo.

—Dionisio, llevo varios días tratando de recordar dónde he visto antes a este Friederich von Veidt. Tengo ese rostro en mi archivo mental de policía, pero, aunque me he estrujado el cerebro, no logro situarlo.

—Me imagino que tienes algún plan en mente.

—Sí, a la primera oportunidad voy a entrar a ese apartamento.

—¿Esperas encontrar allí una respuesta?

321

—No tengo ni idea de qué voy a buscar, quizás algún indicio de eso o de los asesinatos, tal vez el cuadro de Shevchenko, no lo sé, pero llevo días con esa idea metida en mi obstinada cabezota.

—Está de más recordarte lo peligroso que puede ser si este hombre te sorprende allí adentro.

—Sería muy desagradable. Debo extremar el cuidado para no dejar nada fuera de lugar o en otra posición de donde está. Llévale las fotos a Chantal, a Rachel, a Ana María y a la esposa de Prager. Después te reúnes conmigo en la esquina del edificio.

—¿Y yo qué hago?

—Usted no puede aparecer por allí porque sería como un *out* vestido de pelotero, no conoce a los soplones y delincuentes de la ciudad y, por lo tanto, no puede repartir las fotos, y, por si fuera poco, no quiero que le meta una bala en la cabeza a este von Veidt. Al menos, todavía no.

No le contesté, porque si se iba para donde estaba pensando mandarlo, ni con las migas de pan de Pulgarcito encontraría el camino de regreso. Su sonrisa me reveló que al menos tenía una lejana idea de lo que estaba pensando. En fin, opté por descansar un poco, comer otro poco y luego ver un rato las novelas del canal de CMQ donde reinaban las parejas de Gina Cabrera y Alberto González Rubio o la de Raquel Revuelta y Manolo Coego. Cuando me hubiera cansado de ver estupideces, me iría a dormir.

CAPÍTULO XXII

Ese día no tuvieron suerte. Benítez se apostó a una distancia aún más prudencial del edificio hasta que Dionisio se le unió unas horas después y vigiló mientras Benítez dormía en el asiento trasero, pero como algo positivo, Dionisio le informó que las cuatro habían reconocido a Werner.

Al día siguiente, alrededor de las tres de la tarde, un auto de alquiler se detuvo ante el edificio y el chofer sonó el claxon dos veces. Von Veidt salió y lo abordó.

Tal como habían convenido, Dionisio se quedó vigilando y entretanto Benítez entró en el edificio caminando de prisa. Al llegar al segundo piso, frente a la entrada del apartamento, miró en todo el contorno de la hoja y vio un diminuto hilo casi del mismo color entre la puerta y el marco, sobresaliendo una pulgada en la zona de las bisagras, llegando al borde superior. Benítez sonrió y con su ganzúa abrió la puerta al tiempo que sostenía el hilo. Lo retiró y se lo echó en el bolsillo de la camisa.

Comenzó su búsqueda por el dormitorio con sumo cuidado, artículo por artículo dejando todo escrupulosamente en su lugar. No era la primera vez que hacía un trabajito como este. No encontró nada. Fue hacia la habitación de al lado. Era como un estudio—biblioteca—cuarto de desahogo a un tiempo. El alemán era un tipo prolijo y todo estaba tan limpio y en un orden tan absoluto que lo hizo enarcar las cejas con admiración. Dejó la breve biblioteca para el final. Breve, aunque había unos doscientos tomos. Primero fue examinando uno por uno los lomos de los libros, a su vez ordenados por el orden alfabético de los autores. Por lo general, primaban los alemanes, traducidos al inglés y al español, si bien eso no le extrañaba a Benítez. Era lógico que el inquilino de aquel lugar les diera preferencia a los escritores de su lengua.

Había varias obras de Goethe, Nietzsche, una biografía de Otto von Bismark y cuatro tomos muy ortodoxos sobre la historia de Cuba. El resto eran novelas de misterio, en su mayoría inglesas. Vio la omisión de escritores alemanes muy famosos como Erich María Remarque, Stefan Zweig, Hermann Hesse, Bertolt Bretch y Thomas Mann, en algunos casos judíos y todos contrarios al Tercer Reich. Muchas de las obras estaban en inglés. Una de ellas llamó mucho su atención. Era un libro encuadernado en piel y sin membretes en el lomo ni en el frente. Lo abrió y casi se le cae de las manos al leer el título: *My Struggle (Mi lucha)*, escrito por un individuo mundialmente conocido, amado por algunos y odiado por millones: Adolf Hitler. Lo devolvió a su lugar luego de hojear sus páginas en busca de alguna nota, pero fue algo infructuoso. Miró su crédito. Una editorial inglesa. Ya pensaría en esto más tarde. No era nada extraño tampoco que un ciudadano suizo y evidente lector, tuviera uno de los libros más famosos escritos en alemán a lo largo de la historia.

Recorrió el resto del apartamento, buscó con mucho cuidado en la alacena, en un trinchante que había en el comedor, examinó lentamente las paredes, el fondo de los cuadros y vio uno firmado por Renoir, pero como él no era un especialista en arte, no pudo determinar si era verdadero o una buena copia. No había fotos de ningún tipo, ni de familia o mujeres, en fin, ninguna. Aparentemente era un hombre sin pasado.

Decidió irse. Había estado más de media hora dentro de aquel lugar y permanecer allí más tiempo podía resultar peligroso. Abrió la puerta y colocó el pedazo de hilo cuidadosamente en su lugar. Cuando la estaba cerrando, sintió un breve toque de claxon. Dionisio le estaba avisando de la llegada de von Veidt. Terminó de cerrar la puerta y se encaminó al piso superior por la escalera. No se cruzó con nadie. Pudo ver por un pequeño ángulo de la escalera cómo el alemán retiraba el hilo y entraba al apartamento. Aunque vio su rostro de una forma sesgada, volvió a pensar que lo había visto antes, pero de seguro muchos años atrás.

Respiró con alivio, esperó dos minutos y bajó intentando no hacer ningún tipo de ruido. Cuando salió afuera, inspiró una gran cantidad de aire. Le parecía que llevaba más de media hora sin respirar.

Cuando Dionisio lo vio salir, apoyó la frente en el volante de su auto y movió la cabeza hacia ambos lados. Era un hombre que había vivido una gran parte de su vida del peligro, pero aquellos últimos cinco minutos le habían parecido interminables.

Cuando llegaron, Benítez venía muy ensimismado. Dionisio se fue a ver a Manolito y yo le serví café. Me dio la impresión de que no tenía deseos de hablar y no quise preguntar para no molestarlo, pero él decidió relatarme lo que había sucedido. Era como si estuviera hablando consigo mismo.

—Tiré un montón de fotos dentro del apartamento. Este hombre aparenta vivir con mucha frugalidad, pero debe tener bastante dinero, de acuerdo con lo del cuadro que le vendió al señor Mahler, un posible Renoir colgado en una pared y no vi el de Shevchenko. El apartamento causa la impresión de que lo habita un asceta, pero los libros de esa biblioteca apuntan hacia este hombre como un nazi o con ideales nazis.

—¿Por qué cree eso?

—Porque tiene allí unos cuantos libros de Arthur Schopenhauer y Friedrich Nietzsche —al menos los más importantes, hasta donde yo sé—, y que, según algunos especialistas en la materia, son los padres de la ideología nazi. El libro que escribió Hitler, *Mi lucha*, no es una obra escrita para adquirir cultura, como lo es casi todo el resto de su biblioteca. Es su programa político y su auto de fe.

—¿Y no tiene libros escritos por judíos o de otros autores alemanes que pensaran lo contrario del antisemitismo?

—No, ni uno solo. Siempre recuerde que solo soy un pobre ex policía, no un ideólogo ni un especialista en esas profundas materias literarias y filosóficas.

—Pero tal vez podría consultar con Katz. Es posible que él sepa más sobre el tema.

—Con lo que vi, para mí es suficiente. No tengo interés en meterme en cuestiones raciales o políticas porque no me interesan. Ese hombre lleva un convencido nazi metido dentro. Y que un rayo me parta si no lo he visto antes.

—Bueno, de acuerdo con lo que ha investigado Dionisio, ese hombre lleva más de cuatro años en Cuba. Pudo haberlo visto en cualquier lugar, incluso en alguno de sus negocios.

—No sé, Susana, pero tengo la impresión de haberlo visto más joven.

—De ser así, lo debe estar confundiendo con alguna otra persona que se le parece.

En ese momento se nos incorporó Dionisio. Se le notaba fatigado. Ya no era un hombre tan joven y entre Manolito y las carreras de Benítez, lo llevaban al galope.

—¿Entre lo que vio no había nada vinculado con el rubio?

—No. Incluso lleva un diario. Lo estuve hojeando y lo comenzó hace cuatro años, más o menos por la fecha en que ingresó a Cuba. Sus notas se refieren a una pequeña tienda de su propiedad en una calle poco frecuentada y no tiene nada que ver con los negocios de los hombres asesinados, excepto quizá con Mahler, cómo la montó, el papeleo que hizo, etcétera. Vi otras notas acerca de algunos lugares para ir a comer y todos son de segunda o de tercera. No menciona a ninguna mujer, ni siquiera un prostíbulo. En fin, todo en su vida parece estar encaminado a mantenerse en la sombra.

—Pero Benítez, ahí hay algo que no concuerda —dijo Dionisio.

—Ilústrame.

—Si este personaje ha hecho de todo durante cuatro años para volverse invisible, ¿por qué iba a salir a la luz con estos asesinatos?

—Te diré el posible por qué. Cuando naces ladrón, donde veas algo mal puesto no puedes resistir la tentación de llevártelo, y lo más seguro es que te mueras siendo un ladrón. Recuerda ese refrán tan cubano: el perro huevero, aunque le quemen el hocico, sigue comiendo huevos. Este hombre todavía es joven, lleva una vida a todas luces muy aburrida, tiene dinero y no lo utiliza para divertirse, ni para vivir mejor ni para ganar más dinero, porque esa tiendecita solo es una fachada o un entretenimiento y a eso, te puedes jugar hasta el último centavo. Quizás le produce una suma de mantenimiento, pero no más. Con dinero y en La Habana, se le pudo ocurrir la idea de matar judíos porque para las bestias de la Gestapo, asesinarlos llegó a convertirse como un juego o como un deporte.

—Es muy probable que tengas razón, aunque es un cuadro desolador —apuntó Dionisio.

—Hace un rato le dije a Susana lo que te conté por el camino.

—¿Que crees haberlo visto antes?

—No creo Dionisio, lo sé, y te voy a encargar algo bastante difícil. Lleva otra buena tajada para tu amiga y que me averigüe si esta es la primera vez que este individuo ha venido a Cuba, y si no es así, por supuesto, la fecha de su entrada y de su salida anterior. Que comience a buscar veinte años atrás. ¿Conoces a alguien en la Interpol?

—Sí, tengo un par de amigos en Europa trabajando para esa agencia. ¿Qué quieres de ellos?

—Que me averigüen si este Friederich von Veidt es real, si existe o existió alguien con ese nombre en Suiza.

—¿Para cuándo te hacen falta las dos informaciones?

—Para ayer.

En los dos días siguientes, Benítez se apostó como siempre cerca del edificio y en uno de ellos el objetivo se movió en un auto de alquiler, pero solo fue hasta su tienda, dejó el auto esperando afuera y al cabo de una hora regresó. El rubio no volvió a aparecer y faltaban solo dos días para el próximo atentado.

CAPÍTULO XXIII

Ese día por la noche, Dionisio trajo noticias de sus gestiones. La primera, en Suiza existió un individuo con ese nombre, pero había fallecido en 1916, durante la primera guerra mundial, en la batalla del Somme. Estaba enterrado en el cementerio de Zurich. Había nacido en 1888.

—O sea que, de existir, ahora tendría sesenta y seis años y este no llega a los cincuenta —apuntó Benítez.

—Así es. De seguro hubo alguna conexión en algún momento entre el verdadero y el falso von Veidt, pero la desconocemos y no nos aportaría nada. En conclusión, no sabemos quién es nuestro von Veidt.

—¿Has tenido algún resultado de tu amiga?

—Pues sí y te voy a sorprender. Tenías razón, sí estuvo antes en Cuba, entre el 24 de mayo y el 12 de junio de 1939.

Nunca había visto y nunca volví a ver una transfiguración tan terrible y repentina en el rostro de Benítez. Estaba de pie y se tuvo que agarrar con las dos manos del espaldar de una de las butacas para no caer, como si hubiera sido fulminado por un rayo. Dionisio y yo acudimos alarmados para auxiliarlo, lo sentamos en el sofá donde cayó como un cuerpo muerto y a continuación, ocurrió algo impensable tanto para Dionisio como para mí: Benítez comenzó a llorar de una manera incontenible, con profundos sollozos y el rostro congestionado por un abatimiento sin explicación para nosotros.

Ambos reaccionamos al mismo tiempo y nos sentamos a cada uno de sus lados intentando detener no sabíamos qué. Aquel impresionante sentimiento conque lloraba un hombre que parecía de piedra nos desconcertó. Cuando fuimos a tocarlo para hablarle, levantó las manos hacia ambos y nos dijo enérgicamente, pero con un profundo dolor en la voz y el rostro contraído:

—¡Déjenme! ¡Por favor, déjenme solo y no me pregunten nada! —Y agregó con los puños muy apretados—: ¡Ya sé dónde lo vi! ¡Voy a matar a ese hijo de puta!

Se levantó, fue directo hacia su habitación y cerró la puerta. Dionisio y yo nos miramos sin comprender.

—Espero que se le pase pronto. Él es un hombre muy fuerte de carácter —dijo el detective—. Ahora me voy a comer algo, a jugar un rato con Manolito y a descansar. Necesito dormir por lo menos seis meses. Cualquier cosa, no dudes en llamarme sin importar la hora. Benítez no es un tipo de los que te dejan entrar en su vida, pero yo lo aprecio muchísimo —dijo Dionisio rumbo a la puerta. Un comentario aún más desconcertante.

Después de pensarlo durante horas, entré esa noche en su habitación sin siquiera tocar. Iba preparada con las armas de guerra de toda mujer: una ligera bata de casa era todo mi atuendo. La habitación estaba completamente a oscuras, pero podía ver su cuerpo sobre la cama. Me saqué la bata de casa por encima de la cabeza y me senté en el borde, a la altura de su cadera. Aún en la oscuridad percibí su penetrante mirada.

—No necesito compasión Susana —me dijo en voz baja.

—Sé que no necesitas ni mereces compasión. Estoy aquí porque te amo a pesar de todo eso —lo besé y me acosté a su lado.

Al día siguiente estaba preparando el desayuno en la cocina del apartamento, cuando me asaltó un pensamiento de lo más curioso:

"En mi cuerpo no he sentido un gran cambio, quizás un poco de ardentía en algunos lugares por la pérdida de todos mis sellos, pero nunca he sido más feliz". Tal vez un hombre tan brutal como él me pudo destrozar encima de la cama; sin embargo, me había tratado con mucha suavidad, hasta me aventuraba a decir que con un poco de ternura. Allí, en aquel campo de batalla, nos tuteamos por primera vez. Hicimos el amor tres veces y logró sacar de mi cuerpo unos cuantos arpegios.

Se paró en la puerta y se apoyó con un hombro en el marco. Cruzó los brazos, y me miró como pensando lo que iba a decir. Me volví sin prisas y decidí tomar el toro por los cuernos.

—Lo sucedido anoche es de mi entera responsabilidad y no te compromete a nada. Quiero que eso quede bien claro.

—Las cosas que suceden encima de una cama y en una noche borrascosa, son responsabilidad de los dos, pero no era eso lo que venía a decirte. Quería darte las gracias por tomar la iniciativa y por hacerme olvidar muchas cosas feas durante todo ese tiempo.

—Me alegra que lo hayas tomado así.

—¿Qué vamos a desayunar?

Y con aquella sencilla pregunta dejó zanjada la cuestión.

El día anterior por la mañana nos había visitado brevemente el señor Israel Katz para despedirse y Benítez lo puso al corriente de las investigaciones. Opinó que habíamos adelantado mucho y esperaba que aquel terrible asunto pudiera llegar a su fin lo más pronto posible. Le deseamos un buen viaje.

Aquel día, en la víspera del próximo asesinato, Benítez se sentó en el balcón con toda la documentación inherente a las víctimas. Tenía por delante unas treinta horas para impedir algo que se intentaría llevar a cabo religiosamente. Dionisio se nos unió en la ronda del café, alrededor de las dos de la tarde. Nos intrigaba mucho la ausencia del rubio del apartamento de von Veidt.

—Hay dos posibles explicaciones —opinó Benítez—: la primera, reconoció a Susana y prefirió mantenerse lejos de aquel lugar, y la segunda, por alguna razón desconocida tuvieron una ruptura, o von Veidt se negó a continuar porque sabe que nos estamos acercando y es un hombre con mucha percepción del peligro.

Nos había quedado claro que el rubio era quien estaba detrás del intento de secuestro de Manolito, porque era cubano y resultaba bastante improbable que el otro, con su modo de vivir, hubiera hecho amistades o relaciones en los bajos fondos de la ciudad.

A las dos de la madrugada, le llevé una hamburguesa con papas fritas bien finas y crujientes y cebollas también fritas con una malta. Le entregué el plato y me senté en la otra butaca.

—Deberías descansar un poco. En la mañana puedes seguir.

—No es necesario Susana. Hace un par de horas lo he comprendido todo y no me he ido a dormir porque estoy tratando de asimilar como policía cómo han sido capaces de elucubrar un plan tan ingenioso y a la vez tan macabro.

—Y monstruoso —agregué—. ¿Me puedes explicar?

—La clave fundamental está en el apellido de las víctimas, unido a su condición de hombres de variada fortuna. La respuesta me la dio la visita al apartamento de von Veidt, algo que vi, pero no lo comprendí en ese momento.

—No entiendo.

—Toma papel y escribe, en el orden en que fueron ejecutados, los apellidos de las víctimas.

Newmayer
Israel
Edelman
Mizrahi
Gadles
Finkelstein
Prager
Mahler
Adler
K ¿?

—Todavía no entiendo a dónde quieres llegar.

—En la línea siguiente de Adler escribe una K con una interrogante al lado. ¿Todavía no lo ves? No te preocupes, esta ha sido mi profesión de muchos años, tardé veintiocho días para comprenderlo y todo el tiempo estuvo delante de mis ojos. El o los asesinos se han estado burlando de nosotros y de sus víctimas. Invierte ahora el orden completo de todo el listado. Elimina el nombre de Gadles, pero mantén el espacio que dejaste entre uno y otro grupo. Ahora lo vamos a invertir así: escribe.

Mizhrahi
Edelman
Israel
Newmayer
K ¿?
Adler
Mahler
Prager
Finkelstein

—¿Ya? ¿Todavía no lo captas? Es una especie de acróstico. Las primeras letras de sus apellidos forman dos palabras, que son…

—¡Dios mío! —exclamé golpeada por la idea que se iba abriendo paso en mi cerebro— *MEIN KAMPF*, el título del libro de Hitler.

—Así es, mi dulce Susana. Aunque te parezca increíble, todo esto se trata de un homenaje a su *führer*, encaminado a mantener vivas sus ideas de un mundo ario. Nunca se sabe hasta dónde puede llegar la mente enfermiza de algunas personas. Es por eso que Gadles aparece atravesado en la lista, porque el ansia de perfección ha llegado tan lejos que fue escogido para morir, única y exclusivamente para establecer el espacio entre los dos grupos.

—¿Y entonces quién es K?

—K debe morir hoy alrededor de las ocho de la noche. Puede ser una de estas dos opciones: Katz o Abraham Klein. Hasta donde he podido saber, son los únicos que se corresponden con la letra dada y la posición económica.

—Israel Katz está en Francia y no regresa hasta dentro de cuatro días.

—Sí, pero Isaac está en La Habana. Él es el que tiene todas las papeletas para recibir ese golpe final, es el ideal.

—¿Para herir al hombre más importante de la comunidad judía?

—Exactamente. Herirlo de muerte. No existe nada ni nadie más importante para Israel Katz en este mundo que su único hijo. La muerte de Isaac sería la piedra de toque de todo el diabólico plan.

—¿Crees que desde un principio Isaac era el marcado para morir en la letra K?

—Sí. Claro, estamos asumiendo que él va a ser la víctima de esta noche. No pienso dejar a un lado a Klein. No quiero sorpresas por no haber previsto la alternativa y Katz solo sea el señalado para confundir.

Benítez pasó el resto del tiempo, hasta las cinco de la tarde, preparando las condiciones para tender su trampa. Cuando supe su plan, comprendí una vez más que era un hombre tan retorcido y sin piedad como sus enemigos. En algún momento, rogué en silencio que este hombre nunca se volviera contra mí. Con lo que había visto, para mí era suficiente.

A las cinco y media de la tarde, Neta Finkelstein se encontraba en la casa de la familia Katz —aparte de Benítez, de mí y de Isaac—. Ella había sido avisada desde esa mañana por mi jefe.

Todas las condiciones estaban preparadas para la captura. Isaac había permanecido en un silencio escéptico. Estuvo todo el tiempo dispuesto a seguir de buen grado las indicaciones de Benítez, pero no creía en la posibilidad de su asesinato.

CAPÍTULO XXIV

A partir de las siete, los nervios de todos comenzaron a tensarse. Todos los asesinatos se habían cometido alrededor de las ocho de la noche, pero este era un criterio un tanto arbitrario de Benítez, basado sobre todo en la ciencia inexacta de la medicina forense. Por esa razón estuvimos reunidos en la casa de Isaac desde las cinco de la tarde, más o menos.

A las siete y media estábamos al borde del paroxismo, sobre todo Neta y yo, por diferentes motivos. Cuando sonó el timbre de la puerta, nos ocultamos, tal como habíamos convenido. Benítez le hizo una seña al mayordomo. Éste, envarado, con cara de póker y con nervios de acero como todos los mayordomos que se respeten, abrió la puerta solo a medias. Yo estaba oculta en línea recta con la abertura de la puerta. Se me erizaron todos los pelos cuando reconocí al rubio de nuestras pesadillas. Venía elegantemente vestido con un traje beige que le sentaba de maravilla.

—Sí, dígame —le dijo de una manera muy profesional y aplomada el guardián de la puerta.

—Mire señor, soy detective privado —sacó una tarjeta del bolsillo de su camisa y se la entregó. El mayordomo ni siquiera se dignó a mirarla, como hubiera hecho con cualquier otro mortal que osara aparecer en aquella puerta—. Necesito que le entregue esta nota al señor Isaac Katz. No preciso pasar, puedo esperar su respuesta aquí afuera.

El mayordomo cerró la puerta y Benítez se acercó a recibir la nota. La abrió y leyó:

Señor Katz:

Soy investigador privado como dice mi tarjeta
y tengo información confidencial sobre el asesinato del señor Jacob
Finkelstein. Sé que su padre contrató a otro investigador para esclarecer

*las muertes y hubiera querido ponerme en contacto con alguno de los dos,
pero supe que su padre está en el extranjero y no he podido contactar con
el señor Benítez. Por supuesto, si la información que le traigo le parece
importante, espero ser recompensado.*

*Suyo,
Rogelio Villamil.*

—Una carta muy hábil —opinó Benítez en voz baja—.
Diría que es un buen anzuelo —se volvió hacia el mayordomo—. Dentro de un minuto le abre la puerta y le allana el
camino hacia la biblioteca. Usted lo dejará entrar, pero cerrará
la puerta y se apartará hacia el comedor. ¿Está bien?

—Sí señor, entendí —y se quedó mirando su reloj. Había
conocido a varios mayordomos en mi vida y éste puntualmente
no abriría la puerta hasta que hubiera pasado un minuto exacto.

Una vez transcurrido el tiempo marcado, el mayordomo
volvió a abrir la puerta y carraspeó para hacerse atender.

—El señor Isaac lo espera en la biblioteca. Si tiene la bondad de seguirme…

Werner Ott lo siguió a través de la amplia sala recibidor. El
mayordomo abrió la puerta de la biblioteca que se encontraba
anexa y le cedió el paso al visitante.

Al penetrar en la habitación, Werner se encontró con
Benítez sentado en una amplia butaca que había situado sesgada en relación con la puerta. Ésta se cerró a espaldas del
visitante con la discreción propia de un mayordomo profesional.

Se quedaron mirándose por un momento.

—¿Y bien señor Villamil? ¿Me puede decir cuál es esa
información tan importante que lo ha traído a mi casa a estas
horas de la noche y no podía esperar a un horario de oficinas?

—preguntó Benítez con la misma arrogancia conque lo hubiera hecho Isaac.

—La traigo aquí, por escrito —y llevó la mano derecha hacia el interior de su chaqueta de sport.

Benítez no le dio tiempo de completar el movimiento. Del costado de su muslo derecho sacó su pistola y le disparó en una pierna a menos de dos metros de distancia.

—¿Qué coño…? —casi gritó Werner cayendo al suelo y agarrándose el muslo con ambas manos. Antes de que pudiera recuperarse, Benítez le estaba apuntando a la cabeza.

—Ahora te voy a liberar de tu arma, y si se te ocurre alguna idea extraña, también te voy a liberar de tu alma. Tu aventura acaba de terminar, señor… —y le sacó una Colt 38 de una sobaquera. Le extrajo la billetera y la abrió— Werner Ott.

En ese momento, entramos todos. Isaac fue el primero. Yo venía empuñando mi pequeña pero mortífera pistola y Neta me seguía los pasos. También estaba armada.

—Conque este es el hombre que venía a matarme —dijo Isaac y había un cierto tono de burla y nerviosismo en su voz.

—¡Maldito seas! —le gritó Werner a Benítez al comprender—. ¿Quién coño eres tú?

—La versión masculina de tu Némesis. Mi nombre es Daniel Benítez y debiste abandonar cuando supiste que me iba a encargar de esta investigación —se volvió hacia Isaac—. Sí, este es el hombre. Te apuesto a que entre sus pertenencias hay algún tipo de combustible, porque tenía una linda pira especialmente destinada para ti —Benítez sonrió y le puso una mano sobre un hombro. Me extrañó sobremanera después de la escena que había presenciado en la oficina casi un mes atrás—. Pensaba convertirte en una versión judía de Juana de Arco. Ahora mientras lo vigilo, busca algo para atarlo.

Isaac fue hasta la puerta, llamó al mayordomo y le hizo el encargo de buscar un pedazo de cuerda o cualquier otra cosa de dos metros que estuviera en buen estado. Después regresó hacia nosotros.

El movimiento de reacción de Isaac me sorprendió todavía más. Dio una palmada en la espalda de Benítez y le dijo muy serio:

—Gracias Daniel. Te debo una.

¡Daniel! ¡Era la primera persona a la que había oído llamar a mi jefe por su nombre de pila!

—No me debes nada ni tu padre tampoco —le contestó y no había ni una nota de ironía en su voz. Todo aquello me escocía muchísimo porque no entendía nada, evidentemente había algún nexo entre ellos para mí desconocido, y siempre creí tener una inteligencia normal.

El mayordomo trajo un pedazo de cuerda casi nueva y se la entregó a Isaac, que lo ató esmeradamente bien de pies y manos, como si fuera una res y Benítez le metió un pañuelo en la boca para hacerlo callar. Después Isaac lo registró y de un bolsillo interior sacó un envase aplastado como una caneca, si bien un poco más grande. Lo destapó y lo olisqueó.

—Gasolina —concluyó—. ¿Lo vas a entregar a la Policía?

—No —intervino Neta con mucho aplomo—. Yo me haré cargo de él.

—¿No lo vas a interrogar para saber los por qué? —preguntó Isaac.

—¿Para qué? Los por qué los conozco y ya no son importantes. Lo verdaderamente vital era detener su carrera criminal y su cruzada antisemita. Si lo entrego a la policía, a lo mejor un abogado inteligente le hará creer a unos estúpidos o comprados jueces que está loco y escapa a su justo castigo. La señora

Finkelstein se hará cargo de él y yo estaré allí para evitar errores, aunque todo está debidamente preparado.

Entre Benítez e Isaac cargaron el fardo en que se había convertido el hermoso rubio y lo metieron en el maletero del Cadillac de Jacob Finkelstein y que Neta había hecho preparar con una conexión desde el tubo de escape hacia el maletero.

Entraron al garaje de la familia de Neta y se bajaron Benítez y ella. Cerraron las portezuelas, pero dejaron el motor encendido y abrieron la conexión al maletero. Cerraron también las puertas del garaje y se quedaron observando y oyendo los gritos ahogados y las patadas cada vez menos fuertes del condenado.

Werner Ott murió esa noche gaseado, tal como había hecho con algunas de sus víctimas. Era como un acto de justicia poética.

Tiempo después, supe que Neta le tenía preparado un maletín a Benítez con el millón prometido, pero él generosamente y a mucho ruego de la viuda, aceptó solo la mitad y, según me dijo descaradamente, lo hizo para no desairarla.

No quería ningún tipo de explicaciones ni malentendidos entre Isaac y yo, y me fui en mi auto hacia el apartamento. Aquel capítulo estaba aparentemente terminado, pero para mí, quedaban algunas cosas por resolver y por explicar.

A su regreso, Benítez recogió a Dionisio en la casa de Klein y llegaron juntos. Muerta de cansancio, había tomado un baño, un vaso grande de leche fría con una pizca de sal y me acosté a descansar. Con todo el torbellino que tenía en mi cabeza no podría pegar un ojo esa noche.

Le oí entrar, pero no quise violentar su estado de ánimo, porque ni siquiera sabía cuál era. Benítez lo mismo podía sentirse cansado de todo el ajetreo a que había estado sometido en el último mes, como estar tan feliz y contento como si se hubiera sacado el premio gordo en la lotería.

Sentí el sonido de la ducha porque nuestro baño estaba intercalado. Al cerrar la entrada de agua, me imaginé verlo secándose todo el cuerpo y me entró una gran aflicción. Me volví de un lado y me cubrí la cabeza con una almohada para intentar no seguir pensando en el asunto. Estaba en camino de convertirme en una gran pecadora con una mentalidad ninfo-maníaca.

Al día siguiente, él me confesó que sintió deseos de entrar en mi habitación y no lo había hecho para respetar mi sueño. ¡Ironías de la vida!

CAPÍTULO XXV

Un día después, se mantuvo desde las ocho de la mañana frente al edificio donde vivía Friedrich von Veidt. Ese día no lo vio salir, pero al siguiente, la suerte le sonrió y a las dos de la tarde el supuesto ciudadano suizo se subió a un taxi que lo esperaba en la entrada del edificio. En una conversación anterior, Benítez y yo habíamos llegado a la conclusión de que, aunque este hombre tenía suficiente dinero, no se había comprado un auto, por lo tanto, no sabía conducir.

Benítez entró al apartamento sin cuidarse del hilo y se dirigió directamente hacia la biblioteca. De allí extrajo el tomo de *Mi lucha* y después de registrar todo el comedor, se sentó ante la mesa, desde donde podía ver la puerta de entrada situada a unos tres metros de distancia. Sacó su pistola, la manipuló y la puso al alcance de su mano. Se dispuso a esperar pacientemente la llegada del misterioso inquilino.

Von Veidt regresó dos horas más tarde y vio la ausencia del hilo, que estaba en el suelo, a sus pies. Lo recogió intrigado y volvió a mirar la unión de la puerta con el marco. Evidentemente, alguien había entrado en su santuario o estaba dentro. No le hubiera gustado pasar el mal rato de encontrar un intruso, pero al mismo tiempo sentía que era hora de acabar con todo.

Abrió la puerta lentamente, sin prisas. Vio a Benítez sentado con su ejemplar de *Mi lucha* sobre la mesa y la pistola al lado y comprendió que aquel condenado policía lo había descubierto todo. El hombre no podía ser otro que Daniel Benítez.

Cerró la puerta suavemente procurando con estudiada calma que su visitante pudiera ver bien sus dos manos.

—¿Puedo saber a qué debo el honor de su visita? —preguntó.

—Esta no es una visita de cortesía. Entre otras cosas, vengo a informarle que su cómplice Werner Ott falleció en una cámara de gas improvisada por una mujer judía.

—Es lamentable. Me gustaba el carácter entusiasta de ese joven, pero bueno... ¿Me puedo sentar?

—¿Por qué no? Está en su casa, señor von Veidt. Pero ese no es su verdadero nombre, ¿no es así?

Con deliberada lentitud, como calculando cada uno de sus pasos, Dieter Fuch se sentó ante la mesa, justo enfrente de su adversario. Ambos estaban muy calmados, pero con todos sus sentidos en alerta.

—Efectivamente. No es el verdadero y sería muy difícil que llegara a conocerlo, por muy buen investigador que sea.

—Para mí no es muy importante. Hay algunas preguntas que me gustaría hacerle antes de matarlo, o mejor, antes de ejecutarlo.

—Adelante. Le prometo contestarlas, por supuesto, siempre que conozca las respuestas.

—¿Su estancia en La Habana entre mayo y junio de 1939, tuvo que ver con el viaje del crucero "San Luis"?

—Sí, y no me molesta para nada ampliarle mi respuesta. Fui enviado por el *Obergruppenführer* Reinhard Heydrich, con la misión de hacer abortar el desembarco de sus viajeros.

—Como uno solo de los dos va a salir vivo de este apartamento, me gustaría saber un poco más. Manías de investigador —aclaró.

—Es decir, ¿comprende que usted también se encuentra en un peligro mortal?

—No descarto esa posibilidad. Estuve los suficientes años en la policía como para comprender que descartar cualquier posibilidad es demasiado arriesgado. ¿Cómo logró abortar el desembarco?

—Comprando a *herr* Batista, que actualmente es el presidente de su país, pero por entonces era el jefe del Ejército, aunque según me dijeron y lo comprobé en el terreno, era quien mandaba en realidad.

—¿En cuántos de los asesinatos perpetrados por Ott participó usted?

—En realidad, no estuve en todos. Cooperé en el de algunos porque eran hombres muy corpulentos y Werner solo no hubiera podido manipularlos, como era su pretensión o su plan, en el de Edelman por su condición de homosexual y en el de Newmayer porque era gordo. Son tres cosas que he odiado siempre, los judíos, los gordos y los homosexuales —declaró llanamente—. En los demás colaboré como consultor o como ayudante. Según parece, el bueno de Werner no pudo terminar el plan que tenía en mente.

—Así es. No pudo asesinar a Isaac Katz. Cometió varios errores muy costosos.

—Ahora soy yo quien le pide que me ilustre. También soy un hombre con curiosidades.

—Un asesino que se propone un plan como el suyo, no puede atenerse a constantes, y Ott asesinaba cada trece días puntualmente y siempre alrededor de las ocho de la noche. Con esas cosas solo pretendía despistar a la policía, pero a un policía con dos dedos de frente no se le puede despistar todo el tiempo. Otro error inexcusable fue dejarse ver la cara por varias personas, entre ellas por mi secretaria. Una indiscreción fatal, porque ella tiene una vista increíblemente buena. Y por último el acróstico. Muy ingenioso, pero no imposible de resolver, siempre que uno estuviera atento a las señales.

—¿Cuáles señales? —preguntó Fuch reclinándose en la silla con todo propósito como un primer movimiento. Benítez sonrió.

—Por ejemplo, Akiva Israel era un hombre un tanto disoluto y Edelman un homosexual que ni siquiera tenía negocios, sino solo un capital. A Gadles le dieron dos balazos en el pecho y no lo desvistieron. No encajaban con el resto de los hombres asesinados y le confieso que eso me desconcertó bastante desde el principio. ¿Por qué estaban allí de una forma forzada o impuesta? Cuando comprendí lo de sus nombres, todo quedó muy claro para mí. Su importancia para el asesino eran los apellidos, porque encajaban en el acróstico, independientemente de que fueran personas con recursos económicos. El resto fue solo esperar al próximo golpe y tenderle una buena trampa. Su querido señor Ott cayó en ella como un pajarillo creyendo que había encontrado un pretexto inteligente. Una última pregunta. Ya que tal vez muera por su mano, me gustaría saber su nombre, el verdadero —Benítez sonrió—. Le prometo que no voy a salir de la tumba para irlo pregonando por ahí.

—Dieter Fuch —se inclinó hacia adelante y en un movimiento muy rápido metió la mano debajo de la mesa y oprimió el gatillo de una pequeña pistola que tenía fijada a la tabla con un soporte de metal atornillado. Miró desconcertado a Benítez, porque su arma solo hizo el inconfundible clic de vacía.

Con la misma celeridad y sin darle tiempo a recuperarse de la sorpresa, Benítez le disparó a la boca del estómago. Fuch salió despedido hacia atrás y cayó al suelo arrastrando su silla con él. Con toda la calma de que era capaz, el ex policía corrió la mesa a un lado, se levantó y se acercó al alemán que se retorcía en el suelo. Tosió y un buche de sangre salió de su boca.

—¿De veras creyó que me iba a sentar en ese lugar inocentemente sin haber registrado cada pulgada de este comedor? Las cuatro pistolas que tiene debajo de la mesa, una para cada asiento, fueron convenientemente vaciadas. No podía correr riesgos.

—¿Por qué? —Preguntó Fuch con la voz entrecortada—. ¿Por qué?

Benítez puso su pistola en su cintura, se abrió la bragueta y le mostró su pene. Estaba circuncidado. El rostro de Fuch se contrajo en una mueca de ira.

—¡Un maldito judío! —exclamó con tal rabia que lo hizo expulsar otro buche de sangre.

—Benítez solo es una degeneración de mi verdadero apellido. Mi nombre es Daniel Bernstein y mi padre era uno de los pasajeros del buque "San Luis". Esa es la razón principal por la que usted va a morir. Lo he dejado para el final porque me prometí disfrutar de estos minutos de justicia o de venganza, me da igual. Le di un balazo en el estómago solo para neutralizarlo y debilitarlo, para poder restregarle todo esto en la cara, pero ahora no queda nada de qué hablar entre nosotros, lo remataré con una bala en la nuca, como usted debió hacer tantas veces durante la guerra asesina de los nazis contra el mundo. Después lo dejaré desnudo. Por eso ni usted ni Ott fueron entregados a la Policía. Los dos han tenido en mí juez, jurado y verdugo. Adiós, *herr* Fuch, espéreme en el infierno.

Lo volteó y le hizo un disparo a quemarropa en la nuca. Con esta ejecución, Benítez se sintió en paz por primera vez en quince largos años. Liberado de una fracción de su odio hasta entonces impotente.

CAPÍTULO XXVI

No regresó al apartamento de inmediato. Estuvo deambulando por el Malecón durante horas, intentando exorcizar a sus demonios. Se sentó en el muro a contemplar el mar con la espalda apoyada en una de sus medias columnas. Miró su reloj porque estaba comenzando a anochecer y una fina y fría llovizna le humedeció el rostro. Regresó frente al apartamento de Fuch para recoger mi auto y se marchó conduciendo lentamente y disfrutando de aquel olor típico de una posible lluvia.

Cuando entró, ya me encontraba al borde del paroxismo, pero tenía que respetar mi promesa de no acercarme por aquel apartamento ni a buscar todo el oro del mundo. Me abracé a él y me acarició la cabeza. Los señores Isaac e Israel Katz estaban sentados en el sofá y se pusieron en pie. Benítez los saludó, pero esta vez con un fuerte abrazo a cada uno. Después se volvió hacia mí.

—Como eres una muchacha tan inteligente, habrás comprendido algunas cosas de esta historia. Nací en Alemania, en Munich, para ser más exacto. Mi padre y el señor Israel eran amigos y vecinos. Isaac y yo nos criamos juntos y vinimos con él hacia Cuba cuando teníamos siete años. Mi padre debió quedarse para cuidar de mi madre que estaba muy enferma y no podía viajar en esas condiciones. Tres años después, Hitler ascendió al poder, mi madre falleció y él fue despojado de todos sus bienes. Pero mi padre había sido siempre un hombre muy previsor y junto conmigo, le entregó al señor Katz una pequeña fortuna para que me fuera entregada a su discreción, en el caso de que no pudiera reunirse con nosotros. Fue esa cantidad mencionada en mi despacho. Al ocurrir los eventos del "San Luis" y comprender que mi padre había muerto, mi carácter se fue agriando hasta convertirme en la persona sin piedad y sin escrúpulos que soy actualmente. Culpé al señor Katz de no haber hecho más por los viajeros y me separé de ellos. Unos años después, entendí que había sido injusto, pero ya era tarde para volver atrás.

—Si hubieras vuelto atrás, te habría recibido con los brazos abiertos como lo que siempre fuiste, como un hijo, como el único hermano de mi Isaac.

—Ya ni siquiera recuerdo cómo eran los rostros de mis padres. Como comprenderás, soy tan judío como ellos y mi verdadero apellido es Bernstein. Lo cambié al separarme de ellos dos y hoy es la segunda vez que hablo de mis orígenes. Como te dije, Isaac y yo fuimos criados juntos sin que hubiera preferencias. Incluso él era el más castigado.

—Siempre lo merecí más —dijo Isaac con una sonrisa divertida—. En esos tiempos, el terrible era yo y no Daniel.

—¿Von Veidt? —pregunté.

—Está muerto. Te dije que lo había visto antes. Él fue quien impidió que los viajeros del "San Luis" pudieran desembarcar mediante un soborno a Batista. Eso me quitó la vida, mi adolescencia y mi futuro, y no tenía derecho a dejarlo vivir. Luego hice una llamada anónima al departamento de Homicidios. Ellos encontrarán y recogerán el cadáver. Dejé la puerta sin seguro, así no tendrán que romperla y lo dejé todo limpio. En fin, los alcornoques del departamento se van a encontrar lo que de seguro van a catalogar como un crimen inexplicable. Tal vez cuando lo vean desnudo con una bala en la nuca, le echarán la culpa a los nazis que aún andan por las calles de La Habana y lo tratarán como una ejecución. En realidad, lo fue. No creo tener más confesiones.

—Ahora que todo esto ha terminado y te sientes en paz, ¿qué piensas hacer con tu futuro? —preguntó el señor Katz.

—El hombre al que usted contactó para comprar materia prima y ampliar el negocio, es una especie de magnate de la joyería en París que cuando estuvo en Cuba se enamoró de mis cinco pequeños negocios, porque tiene la pretensión de ampliarse por estos rumbos.

—Me pareció un hombre muy inteligente —dijo Katz con una sonrisa—, es casi tan hábil como yo para los negocios y pudimos cerrar el trato con mutuos beneficios.

—Desde hace tiempo quiere tentarme para que le venda mis joyerías, y lo voy a hacer si me ofrece un precio decente. Para eso necesitaré los consejos de un viejo judío capaz de regatear hasta el último centavo.

—Puedes contar conmigo, pero todavía no has contestado mi pregunta.

—El negocio de las joyerías es muy lucrativo, pero mortalmente aburrido y fue divertido mientras lo estuve levantando. En estos treinta días he comprendido que no está hecho para mí o tal vez sea yo quien no está hecho para él. He decidido utilizar el dinero de la venta, más el del banco y la cantidad dejada por mi padre, en algo que me beneficie moralmente.

—Y el que te debo pagar por esclarecer este asunto.

—Le voy a devolver su cheque en blanco. Me quema las manos. Con todo ese capital, me dedicaré a buscar criminales de guerra nazis por el mundo, anden o no fugitivos de la justicia.

Todos nos quedamos muy sorprendidos por aquella declaración que no esperábamos. Al cabo de unos segundos, Israel Katz habló:

—Es una profesión bastante peligrosa, si bien muy útil, para que todos los posibles culpables no queden sin el debido castigo. Tu padre aprobaría que te entregue ese dinero para ser utilizado con ese fin y hacerle justicia a todos los asesinados.

—Puedo pedir también mi liquidación de cuentas al banco de mi padre y sería mi aporte a la sociedad —insinué.

—¿Cuál sociedad? Yo no hablé en ningún momento de fundar una sociedad —dijo Benítez con cierta brusquedad, pero a continuación sonrió—, y solo estoy dispuesto a aceptarla si consientes en casarte con el judío más desalmado que haya vivido jamás en Cuba.

Tal como había planeado, las cinco joyerías fueron vendidas por un precio muy justo. La cantidad me sacó un silbido como los que daba cuando era una pillastre de Miramar. Por cierto, mi padre accedió a devolverme el dinero. No quería un nuevo encuentro con Benítez. Tenía guardada en la caja fuerte de nuestras oficinas principales un maletín con la suma que le había dado Neta Finkelstein. Como les dije, era una habitación acorazada. De esa cantidad sacó cincuenta mil pesos y se los entregó a Dionisio para asegurar su futuro y el de su Manolito, y destinó otros veinte mil para una organización creada para el derrocamiento de Batista. Pero el golpe final me lo dio cuando me invitó a entrar en aquella cámara acorazada y me encontré con toda la biblioteca de mi padre. Intacta. Pensaba subastarla fuera de Cuba. Me dijo el muy bandido que pensaba aceptarlo como un equivalente de mi dote matrimonial. Ese día me explicó que dos hombres, además de Dionisio y él, habían desvalijado la biblioteca y la montaron en un camión con sumo cuidado para no estropear ningún ejemplar, y quemaron en su lugar un montón de libros de uso comprados en distintos lugares de la capital.

Sé que en el fondo de su alma siempre habrá una semilla de odio y maldad y que este hombre mío nunca dejará de sorprenderme. Tal vez por esa razón, entre muchas otras cosas, he decidido amarlo por el resto de mi vida.

F I N

Países Bajos, enero de 2024